KB254101

소설 아쇼카

이명희 지음

우리출판사

소설 아쇼카

서문

상상의 세계는 광활한 대평원이다. 대평원에 자라고 있는 온갖 풀들은 생명의 정령을 품고 싱싱하게 푸르름을 자랑한다. 상상도 푸르름을 지닌 생명성이 있어야 한다. 허구적인 사상은 미망의 늪에서 헤어나지 못한다. 역사와 문화가 공존하고 있는 미지를 상상하여 그 유구(遺構)를 찾아내는 작업은 할 만한 일이다.

소설을 쓰는 것도 인류가 살아온 문화공간에 숨겨진 편린을 찾아내어 짝을 맞추어 보는 한 놀이다. 그러나 그 소설에 짜임새가 없거나 지나친 허구적 가상세계만 그린다면 독자는 환각 증세를 일으키게 된다.

인도에는 오랜 역사의 유적이 땅 속에 고스란히 묻혀 있다. 브라만적인 신화에서부터 타지마할의 달무리처럼 선명한 것도 있다. 인도는 사고와 명상의 보고(寶庫)이며 논리와 인식의 장서각(藏書閣)이다. 아니 인도는 저 높이 빛나는 태양을 맞받으며 무우수 아래 명상의 깊이를 자아내고 있는 생명의 물레도 있다.

인도를 알려고 하면 모르고 있다는 심연에 빠진다. 그러므로 인도(印度)는 인도(人道)의 모습이다. 사람의 길이 무엇인지 잘 알려고 한다면 삼세를 함께 투시하는 눈이 있어야 한다. 그 눈은 명징된 맑은 눈이 되어야 한다.

아쇼카 왕은 누구인가. 인도를 통일한 대왕이다. 그 대왕은 인도의 핏줄을 갠지즈 강에서 맑게 씻어 항상 부처 연못에서 마음을 씻는 대왕이다. 이 아쇼카 왕의 소설은 상상이다. 그러나 그 상상은 인도의 핏줄로 신비한 히말라야 흰눈에 억겁으로 바랜 백혈의 빛이다. 용기 있는 믿음으로 다가서지 아니하면 아쇼카 왕을 만나지 못하고 인도의 정신도 헤아릴 수 없는 것이다.

오늘도 갠지즈 강은 히말라야에서 흘러오는 눈물로 상상을 풍요롭게 하고 있다. 갠지즈 강에서 발을 씻는 것보다 히말라야 산정의 눈덩이를 만져보는 것이 가장 원초적인 상상이 될 것이다.

목 정 배

글을 쓰는 마음

요즘 들어 인도는 한층 우리의 곁으로 다가와 있다.

인도를 다녀온 사람들은 너나없이 인도 기행기나 답사기를 쏟아내고 있다. 그러나 그런 식으로 알려지는 인도가 진정한 인도일까? 그런 고뇌를 나는 한참이나 했다. 한참이라고 하니 꼭 손으로 짚어 넘어갈 수 있는 시간인 것만 같은데 그보다는 훨씬 더 많은 시간들을 고민하다가 이 글을 쓰게 되었다.

인도를 알려면 적어도 인도의 관습과 '아쇼카' 라는 인도가 자랑하는 왕의 역사 정도는 알아야 인도를 안다는 말을 꺼낼 수 있지 않을까? 물론 이 한 권의 책으로 인도를 죄다 알기는 부족할 것이다. 그러나 필자는 감히 이 한 권의 책으로 인도를 얼추 알게 하고 싶은 마음으로 썼다. 또 그런 마음 때문인지 이 한 권의 소설을 읽은 사람이면 이제 감히 인도를 안다고는 말할 수 있게 될 것이란 자신을 한다.

그러나 독자들은 간간이 놀라지 않을 수 없을 것이다. 중국의 비단보다는 인도의 비단이 훨씬 더 유명하다는 것이 그럴 것이고, 그리스가 오랜 세월 인도의 비단을 사고 지불했던 그 많은 금이 탐이 나서 알렉산더가 히말라야를 넘어 19년 간이나 긴 침략을 했다는 것이 그럴 것이다. 거기에 아쇼카의 아버지 찬드라 굽타가 알렉산더 군대를 맞아 전쟁을 치렀으며 그 전쟁중에도 그리스의 군사제도와 정치제도를 본받아 마우리아 왕조의 튼튼한 기반을 만들었다는 것은 독자들에겐 충격일 것이다. 더하여 소와 말을 제식에 바치는 기우제의 장면은 어쩌면 경악스러울지도 모른다.

그러나 그것이 인도의 전체는 아니라는 생각으로 이 글을 보아주기 바란다(물론 그보다야 강도가 약하지만 우리나라에서도 그런 의식은 얼마든지 찾아볼 수 있다. 무당의 굿거리가 그렇고, 금정산에서 여인네를 사당의 장군귀신과 강제로 결혼시켰던 예가 그렇다).

어쨌든 부자나라 인도. 그 부를 기반으로 결국 아쇼카는 남부의 타밀 나두를 제외한 전 인도를 통일할 수 있었다. 그리고 그 부를 기반으로 불법을 전 인도를 비롯한 세계 각지에 홍포할 수 있었다.

아쇼카는 찬달라 즉, 불가촉의 천민이었다. 물론 아버지는 찬드라 굽타의 아들 빈두사라 왕이었다. 비록 찬드라 굽타가 가나 왕조의 마지막 왕과 수드라 사이에서 태어난 서자였지만 어머니가 낮은 계급은 정통 크샤트리아를 유지할 수 있다는 게 인도의 카스트이고 보면

혼혈로 약간의 비난을 넘으면 달리 하자는 없었다. 게다가 찬드라 굽타가 가나 왕조의 이름을 버리고 마우리아를 세워 크샤트리아의 권위를 확고히 했다. 그러니까 아쇼카의 아버지 빈두사라는 크샤트리아로서 일말의 하자도 없었다.

그러나 아쇼카의 어머니는 브라만이었다. 그래서 브라만의 여인을 타계급에 뺏기지 않고 싶어했던 브라만 남성특권의 제도로 하여 아쇼카의 신분은 불가촉으로 추락할 수밖에 없었다. 즉, 어머니의 신분이 아버지보다 높을 때 그 자식은 찬달라(불가촉)가 되는 것이다. 그러기에 그에겐 왕권을 이어야 한다는 절박함이 있었다. 때문에 아버지와 형제들을 죽이고 사티라는 순장을 핑계로 여러 계모들을 죽이고 왕이 되었던 것이다.

왕이 된 뒤에도 오직 전 인도의 통일에만 힘쓰던 그가 갑자기 불교도가 된 이유는 먼 데 있지 않았다. 그가 가장 사랑하는 동생 이우를 그의 손으로 죽였다는 자책감이었다. 물론 기리카의 정사에서 죽어간 니그로다 선인의 공덕 또한 힘이 되었다. 그는 그런 인연으로 일시에(돈오로써) 해탈하여 불법에 귀의해 많은 보시를 하고 석주를 쌓는다. 지금도 아쇼카의 석주가 인도의 여기저기에 남아 있다(산치의 대탑은 그의 어머니를 위해 세웠다고 한다).

그러나 그도 또한 과보가 있는지라 아들의 배신을 맛보게 된다. 그리고 그의 나라는 세 개의 땅덩어리로 나뉘게 된다.

필자는 이제 평생의 작업인 인도의 역사 쓰기를 시작하였다. 이 책이 나오면 곧 아쇼카의 아들이면서 스리랑카에 포교하러 갔던 마힌다에 대해서 쓸 예정이다. 뿐만 아니라 우리들에겐 너무나 잔인한 파불의 역사로 오명을 뒤집어쓰고 있는 슝가미트라의 실상은 그렇게 나쁜 왕이지만은 않았다. 그가 바로 아쇼카가 마무리짓지 못한 산치 대탑을 완성한 왕이고 보면 슝가미트라의 역사도 재평가되어야 한다. 필자는 그의 오명 역시 소설로 벗겨 볼 예정이다. 더하여 달빛에 어리는 서정의 순수, 타지 마할에 얽힌 뭄타지 마할과 평생의 아름답고 순수한 사랑을 나누었던 사쟈한의 이야기도 써볼 예정이다.

더러 좋은 정보는 함께하는 의미로 언제든지 귀를 열어 놓겠다.

佛人禪房에서 작가 智光院

1

빈두사라 왕은 보리수 아래를 천천히 걸었다.

우기의 물기가 빈두사라의 맨발을 타고 모래 바닥으로부터 올라왔다.

'왕위를 누구에게 물려주지?'

할 수만 있다면 빨리 왕위를 물려주고 이젠 왕궁을 떠나고 싶었다. 아버지인 찬드라 굽타처럼 자이나 교도의 나체수행이라도 좋고, 동생 우파 굽타처럼 불교수행자라도 좋았다.

새 한 마리가 하늘을 날다가 보리수 가지에 내려앉았다.

'자유……'

빈두사라는 반사처럼 자유란 단어를 떠올렸다.

'유행…… 그리고 까이왈야'

까이왈야(대자유에 들어 신의 존재에조차도 매이지 않는 상태)라는 단어를 떠올리니, 찬드라 굽타와 우파 굽타 생각이 더욱 간절해졌다.

보리수 가지에 앉았던 새가 하늘로 날아 올라갔다.

'저 새처럼…… 떠날 수 있다면……'

빈두사라의 가슴에 당장이라도 떠나고 싶다는 생각이 용솟음쳤다.

빈두사라는 벌떡 일어났다. 그리고 허공에 한숨을 가득히 뱉었다. 그의 바람은 현실과는 멀리 떠나 있었기 때문이었다.

지금 빈두사라에게는 왕위를 이을 마땅한 자식이 없었다. 양보할 동생도 없었다.

그러나 빈두사라에게 자식이 전혀 없는 것은 아니었다. 빈두사라에게는 여러 왕비들이 있었고 그들에게서 난 자식들이 있었다. 정작 왕위를 승계할 자식은 하나도 없는 것이 문제였다.

'수사이마……?'

애써 제1왕비의 큰자식을 생각해 보지만 고개가 절로 돌아갔다. 수사이마는 아직 나이도 어렸고 그것이 아니더라도 왕재라고 하기에는 성에 차지 않았다. 그는 힘이 세지만 곰처럼 둔하고 어리석어 예민하지 못했다. 모름지기 왕이란 지략과 기운을 겸비해야 한다고 빈두사라는 믿었다. 그러기에 수사이마는 마우리아의 다음 대를 이을 왕재로 빈두사라의 마음에 흡족하지 못했다.

빈두사라는 다시 보리수 아래에 다리를 틀고 앉았다.

"옴, 옴, 옴……"

빈두사라는 요가의 호흡을 넣었다. 그리고 발뒤꿈치로 항문을 죄었다. 어깨를 펴고 양 손바닥을 배꼽 앞에 모아 둥그렇게 오므렸다. 이렇게라도 여기 보리수 아래에 앉아 마음의 대자유를 얻어보고 싶었다.

날아올랐던 하늘의 새는 이미 보이지 않았다.

그러나 빈두사라의 의도와는 달리 찬드라 굽타와 우파 굽타 생각이 더욱 간절해질 뿐이었다.

'우파 굽타는 알았을까?'

괜스레 그런 생각이 들었다.

빈두사라가 우파 굽타에게 왕위를 행여 넘겨주고 떠날까봐 미리 떠나갔다는 생각에 야속하다는 생각이 들기도 했다.

빈두사라도 알고 있었다. 우파 굽타가 떠난 이유는 빈두사라에게 오롯이 왕위를 넘겨주기 위함이었다는 것을…….

사실 대신들 사이에서는 빈두사라보다 우파 굽타가 왕위를 이어야 한다는 의견이 지배적이었다. 장자인 빈두사라보다 덕과 지혜를 지닌 우파 굽타가 왕위를 이어 전륜성왕의 대제국을 이루어야 된다는 것이 대신들의 주장이었다. 그러나 우파 굽타 자신은 그런 지지를 뒤로 하고 떠나갔다. 그것은 자신이 왕궁에 남아있게 되면 움틀지도 모를 왕위 쟁탈 분쟁의 싹을 애초에 봉쇄하는 의미이기도 했다.

자신이 왕위에 있는 동안은 절대로 우파 굽타가 다시 왕궁으로 돌아오지 않을 것이라는 사실을 알고 빈두사라는 있었다.

그 날, 그러니까 찬드라 굽타가 빈두사라와 우파 굽타를 같이 불러 모은 날. 우파 굽타는 한사코 빈두사라가 왕위를 이어야 마우리아의 대통일왕국을 이룰 수 있을 것이라고 했다.

결국 전륜성국도 통일왕국이 이루어지고 난 뒤라야 가능한 일이 아니냐면서 자신은 불제자가 되어 유랑을 떠날 준비가 이미 다 되었다고 했다.

그리고 그는 빈두사라가 찬드라 굽타의 뒤를 이어 왕위 승계를 마치자마자 떠났다.

그것은 아버지인 찬드라 굽타보다 앞섰는데, 그 또한 찬드라 굽타에게 자신의 유랑을 알리기 위함이었다. 자신은 유랑을 떠나니 형제 사이에 왕위 쟁탈 같은 것은 아예 없을 것이라는 뜻이었다. 실제로 찬드라 굽타도 빈두사라에게 왕위를 승계하고 걱정 없이 떠났다. 물론 왕위 승계를 우파 굽타에게 하고 싶은 마음도 없지 않았지만 그렇다고 빈두사라에게 왕위를 승계한 것을 못마땅해 하는 것도 아니었다.

찬드라 굽타 입장에서 두 아들의 비중은 한치의 기울어짐도 없이 똑같았다. 우파 굽타가 덕성과 지략이 있는 반면에 빈두사라에겐 크샤트리아다운 군인정신이 있었다. 어쩌면 아직은 그런 군사적 기질이 필요한 시기인지도 모른다는 생각도 있었다. 탁쉬밀라-간다라의 숙제를 위해서였다.

까르마나와의 경계지역인 인더스 강변에는 그리스 상인들이 있었다. 그들은 마우리아와 인도 대륙의 상인계급인 바이샤들보다 더 많은 물건을 매매하고 있었다. 사실 인도의 금은 아직도 상당량이 그리스로 흘러 들어가고 있었는데, 찬드라 굽타로서는 어쩔 도리가 없었다. 금만이 아니었다. 인도의 비단도 대부분 그리스로 가져가고 있었다.

　그러나 찬드라 굽타는 그리스 군대를 어쩌지 못했다. 결코 군사력의 열세 때문만은 아니었다. 먼 옛날 알렉산더와 그리고 장인이며 그리스의 대신 셀레우코스와 맺은 협약 때문이었다. 찬드라 굽타 자신이 왕위에 있는 동안은 그리스 상인들의 상권을 빼앗지 않을 뿐만 아니라 오히려 보호해 주겠다는 협약을 했다. 그렇더라도 자신이 왕위에서 물러나고 나면, 그 다음 대에서야 협약을 애써 지킬 필요가 있다고 느끼지는 않았다. 그는 선대에 맺은 협약보다는 전륜성왕의 꿈을 이룰 왕이 나와 주길 바랐고, 그러기 위해서 반드시 그리스 군대를 간다라 지방에서 몰아내야 했다.

　살생을 싫어하는 우파 굽타는 태평성대를 이룰 수는 있어도 찬드라 굽타의 감춰둔 대인도 통일왕국의 꿈을 이룰 수는 없을 것이다. 반면에 빈두사라는 덕성을 가진 어진 임금은 되지 않을지라도 어쩌면 그런 찬드라 굽타의 꿈을 이루어 줄 수 있을 것이라고 생각했다. 이것은 찬드라 굽타가 왕궁을 버리고 떠나야 했던 이유 중의 하나이기도 했다. 후대왕의 통일왕국이라는 대업에 걸림이 없게 하는 것, 즉 선왕의 약속이 통일왕국의 장애가 될 수 없기에 어리석은 협약을 맺을 수밖에 없었던 선왕은 사라져 주어야 했다. 그렇다고 제발 그리스 군대를 간다라에 내몰고 통일 왕국을 이루어 달라고 내놓고 호소할 수도 없는 일이었다.

　어차피 운명이었다. 진정 찬드라 굽타의 후손 중에서 대통일왕국을 다스릴 왕이라면, 당연히 그리스 군대를 내몰아야 하는 것이 우선이었다.

찬드라 굽타는 그런 생각을 하며 왕궁을 떠났다.

그 시절 빈두사라에게도 그런 소망이 있었다. 그러기에 행여 왕이 동생인 우파 굽타에게 왕국을 물려줄까봐 한편으로는 두렵기도 했다.

그만큼 동생을 지지하는 대신들의 세력 또한 만만치 않았는데 다행스럽게도 우파 굽타 자신이 나서서 왕위 승계를 강력히 거부했고, 빈두사라만이 대통일왕국을 이루어 전륜성국을 이룰 것이라면서 떠났다.

하지만 지금 빈두사라의 생각은 달랐다. 만약 우파 굽타가 아직 왕국에 남아 있었다면 빈두사라는 우파 굽타에게라도 왕위를 물려주고 떠나고 싶었다. 그만큼 왕국의 여러 가지 일들은 빈두사라의 어깨에 올려진 짐이었다. 어쩌면 이루지 못한 꿈 때문이었는지도 모른다. 그 시절엔 그리도 창창하던 통일왕국의 꿈이 지금의 빈두사라에게는 남아 있지 않았다.

지금 간다라는 이 지역에 남은 그리스 군대를 물리쳐 인도의 상인계급인 바이샤들의 이권을 찾아 주기는커녕, 인도의 바이샤들이 애를 먹는 지역이었다.

셀레우코스는 노익장을 과시하며 간다라에 남아 무역을 주관했다. 물론 중계수수료도 해가 바뀔 때마다 치솟았다. 금과 비단은 대부분 그리스로 들어갔다. 그래도 빈두사라는 손을 쓸 수 없었다. 셀레우코스는 어쨌거나 빈두사라의 할아버지인 것이었다. 찬드라 굽타가 맨 처음 결혼한 여인은 셀레우코스의 딸로 지금은 그리스로 돌아가 있었다. 그녀와 찬드라 굽타 사이에는 두 아들과 딸 하나가 있었는데 그 자식들도 모두 그리스로 데리고 갔다. 아마도 그녀가 두려워한 것은 인도의 카스트였을 것이었다. 철저하게 아리안 우월주의 수호를 위해 만들어진 카스트는 그녀의 자식들에게 결코 도움이 되지 않을 것이라는 판단이었다.

찬드라 굽타가 왕위를 승계하고 왕궁을 떠나자, 곧 그녀는 자식들을 모두 데리고 그리스로 돌아갔다. 가끔씩은 셀레우코스로부터 그들의 소식을 듣고야 있지만 그런 소식은 빈두사라에게 아무 의미가 없었다. 사실 빈두사라로서는 그들에게 가족이라는 의식이 없었던 것이다. 그녀는 단지 외국인에 불과했고 그녀의 자식들은 왕궁에서보다 할아버지가 사는 간다라에서 더 많이 머물렀다. 그녀와 그녀의 자식들은 처음부터 마우리아 왕조의 계승 따위에는 관심도 없었다. 어차피 그들은 알렉산더의 요구에 의해서 결혼했던 것이기에 마우리아에서 왕권을 승계받기보다는 그리스의 대신이 되기를 바랐다. 실제로 지금은 두 아들 모두 그리스에서 요직을 맡은 정치가로 활약하고 있다는 소식이었다. 그리고 머지않아 할아버지 셀레우코스의 뒤를 이어 간다라의 총리로 오게 될 것이라는 소식도 있었다.

그런 소식을 셀레우코스는 선물더미와 함께 항상 빈두사라에게 전했다. 빈두사라는 셀레우코스의 의도를 알고 있었다. 빈두사라를 포함한 마우리아가 그리스의 간다라 점유를 인정하기만 한다면 셀레우코스의 후손들 또한 인도에 더 이상의 욕심을 갖지 않겠다는 협박 겸 회유였다. 그런 협박이 무섭지는 않았다. 물론 그리스 군대가 강성하긴 했지만 협박 때문이라면 오히려 그리스 군대를 맞아 싸울 자신이 빈두사라에게 있었다.

　문제는 회유와 오랜 셀레우코스와의 친분이었다. 왕궁에서 자라면서 오랫동안 빈두사라는 셀레우코스를 할아버지라고 불렀다. 셀레우코스는 왕권을 잇게 될지도 모를 빈두사라와 우파 굽타에게 별나게 친절했고, 어린 시절부터 두터운 친분을 맺었던 것이다.

　지금 셀레우코스는 나이가 들어, 이빨 빠진 호랑이와 같았다. 게다가 찬드라 굽타가 유행을 떠난 지금은 빈두사라에게 더욱 따뜻한 애정으로 대하고 있었다. 어쩌면 마우리아 왕조가 빈두사라 대(代)에 이르면 상업국가로 안정을 할 수 있게 된 근원의 하나가 바로 셀레우코스인 것이었다.

　찬드라 굽타가 유행을 가고, 자신의 딸과 손자들이 그리스로 떠나자 어찌된 일인지 셀레우코스는 간다라 상업권에서 마우리아 왕조의 이권을 상당 부분 인정해 주었다. 물론 마우리아의 이권이 완전히 보장된 자유거래는 아니었다. 어디까지나 그리스가 주도하는 무역이었고 이익도 상당 부분 그리스로 돌아가야 했다. 때문에 바이샤들의 불만은 이만저만이 아니었다.

　빈두사라는 새가 떠나버린 허공을 향해 한숨을 길게 내뱉었다. 아무리 생각해도 자기 대(代)에 간다라는 딜레마일 뿐이었다. 이러지도 저러지도 못하는 딜레마.

　빈두사라는 떠오르는 상념들을 지우려는 듯 눈을 한 번 감았다 뜨고는 다시 호흡을 가다듬었다.

"옴옴옴 옴옴옴옴……."

발뒤꿈치로 항문을 막고 양 손바닥을 자연스럽게 펴고 엄지와 장지를 둥그렇게 모아 양 무릎 위에 살며시 올렸다. 온몸의 힘은 모두 빠진 상태였다. 시선은 1.5m 앞에 두고 눈을 반쯤 감았다. 그런데도 빈두사라의 시선 안으로 여전히 왕궁은 들어오고 있었다.

날아간 줄 알았던 새가 다시 궁궐 지붕 위에서 날갯짓을 해댔다. 빈두사라는 눈을 감았다. 왕이란 굴레에서 완전히 벗어나고 싶었다. 그러나 눈을 감으면 찬드라 굽타와 우파 굽타가 번갈아 가며 떠올랐다. 나체에 맨발 수행을 하는 찬드라 굽타, 지혜를 상징하는 노란 가사를 걸친 우파 굽타. 그러다가 마침내 빈두사라 자신이 그들 사이에 떠올랐다. 왕의 신분으로 사슬에 묶인 빈두사라는 그들의 유랑을 부러운 눈초리로 바라보고 있었다. 그랬다. 떠오른 형상은 사슬에 묶인 빈두사라였다. 사슬에 꽁꽁 묶여서도 사슬에 묶였다는 사실을 잊은 듯 사슬을 풀려는 노력 없이 그저 자연스럽게 움직이며 부러운 눈빛만을 보내는 빈두사라 자신의 형상이었다.

빈두사라는 다시 눈을 반쯤 떴다. 여전히 왕궁이 한눈에 들어왔다. 왕궁을 바라보고 있는 한, 빈두사라는 요긴이 아니라 왕이었다. 마우리아 왕조를 다스리는 왕이었다.

빈두사라는 발꿈치에 좀더 힘을 주어 항문을 눌렀다. 다시 호흡을 가다듬고 생각을 버리려고 애썼다. 시선을 떨구었다. 시선 속에는 이제 아무런 힘도 없었다. 시간이 흐를수록 머리가 맑아지고 왕이라는 생각도 없어지는가 싶었다.

그런데 발꿈치로 떠받힌 엉덩이에 쿤달리니(힘, 기운)가 솟는가 싶더니 갑작스럽게 성욕이 일었다. 얼굴도 알 수 없는 여인이 나타나 빈두사라를 끌어안은 허상이 마치 실제처럼 떠올랐다. 허상으로 나타난 여인은 그 많은 왕비들 중의 하나는 결코 아니었다. 전혀 낯선 여인이었다. 그런데도 그녀는 왕비복을 입고 있었다. 빈두사라가 허상으로 떠오른 여인을 확인하기 위해 얼굴을 보려 하자, 여인은 사라져버렸다.

몸을 가다듬고 호흡을 조절해봐도 여인의 형상은 지워지지 않았다. 여인은 빈두사라의 호흡을 타고 자연스럽게 나타나기를 반복했다. 여인을 지우려 하면 할수록 성욕이 더욱 뜨겁게 솟아오르는 것이었다.

"휴-!"

빈두사라는 엉덩이에 괸 발꿈치를 풀었다. 그리고 눈을 완전히 떴다. 다시 왕궁이 시선 속으로 들어왔다.

착잡한 기분이 되어 그는 자리에서 일어났다. 그 순간 가벼운 현기증을 느끼고는 비틀했다. 손을 뻗어 보리수를 쥐었다. 눈을 들어 다시 왕궁을 바라보았다. 역시 자신은 마우리아의 왕임을 다시 느끼면서……. 그랬다. 빈두사라는 마우리아 왕조의 왕이었다. 빈두사라는 언제나 여기에 왔을 때 느낄 수 있었듯이, 오늘도 그런 사실을 재확인하고 있었다.

왕궁은 보리수를 중앙에 두고 있는 둥근 형태였다. 여기에 오면 왕궁 전체를 휘돌아볼 수 있었다. 보리수에서는 그 어디로든 통했다. 때문에 빈두사라는 자주 이 곳에 왔다. 마치 맹수가 자신의 분비물을 갈기며 자신의 영역을 표시하듯 빈두사라는 가끔씩 여기에 와서 자신이 마우리아의 왕임을 재확인하곤 했던 것이다. 전쟁이 있을 때도 그랬고, 왕으로서 회의를 느낄 때도 그랬다. 전쟁 중에 여기를 오면 전쟁에 승리하리라는 확신이 생겼고, 왕으로서 힘겨움과 회의를 느낄 때 여기에 오면 책임감이 생겼다.

오늘도 빈두사라는 그런 감정을 기대하고 있었다. 그러나 외로웠다. 그것은 왕으로서의 책임감과는 별개의 것이었다. 오히려 막연한 외로움이라고 하면 맞을 것이었다.

빈두사라는 왕비들을 떠올렸다. 그러나 그 어느 누구도 자신의 외로움을 달래줄 것이라는 기대가 없었다. 왕비들에게 간다는 것은 도리어 귀찮은 일이었다. 오늘만큼은 빈두사라 혼자이고 싶었다.

그는 막연히 발걸음을 옮기면서 천천히 시간을 보낼 궁리를 했다. 시간이 조금만 더 기울면 곧장 침소로 들어가 깊은 잠을 잘 생각이었다.

빈두사라는 보리수를 오른쪽에서 왼쪽으로 돌고 있었다. 그 또한 인도식 수행(잡념 제거를 위한 수행임)의 하나였다. 생각들이 사라지고 노을이 붉게 물들어갈 때 빈두사라의 눈에 들어오는 곳이 있었다.

이발소였다.

그러고 보니 아주 오랫동안 머리손질을 안 했다는 생각이 들었다. 빈두사라는 아주 천천히 문을 열고 들어갔다.

2

‘머리를 만지고 나면 기분이 좀 나아질까?’

빈두사라는 그런 생각을 하며 이발소에 들어가 앉았다.

이발을 담당하는 시녀가 조용히 다가와 조심스럽게 왕의 머리를 손질하기 시작했다.

그런데 왕의 머리를 만지는 시녀의 손이 예전과 다른 느낌이었다. 왕은 아마도 기분 탓이라고 생각했다. 착잡한 기분을 바꿔보려고 들어온 곳이라서 정작 머리를 만지기도 전에 기분이 바뀐 것이려니, 바로 이런 것이 일체유심조(一切唯心造:모든 것은 바로 마음으로부터 비롯된다)려니 했다.

머리를 다 손질하고 시녀가 내미는 청동거울 속에 비치는 자신의 모습을 본 왕은 크게 만족했다. 거울 속의 얼굴은 왕다운 왕의 풍모를 그대로 지니고 있었다. 방금 전 보리수 아래서 그렇게 깊이 빠졌던 고민도 없어 보였고 풀지 못하는 간다라의 숙제와 고통도 없어 보였다. 그저 당당하고 품위 있는 위풍당당한 왕의 모습이었다.

왕은 시녀의 얼굴을 돌아보았다. 역시 시녀는 낯선 얼굴이었다. 왕의 신분으로 머리를 만지는 수드라의 얼굴을 바로 본 기억이 없지만 그래도 한동안 자신의 머리를 만져준 사람의 얼굴을 전혀 모르지는 않았다.

한 3년쯤? 아마도 그 즈음부터 전에 있던 수드라가 머리를 만졌을 것이다. 그녀는 빈두사라의 의식 속에 자리잡은 전형적인 수드라의 풍모를 갖고 있었는데 손발은 크고 거칠어 거북딱지 같았으며 키는 손발에 어울리지 않게 작고 왜소했다.

왕은 시녀의 얼굴을 바로 보았다. 키가 크고 이목구비가 환하여 수려한 외모였다. 예전에 보았던 수드라가 아니었다.

"허허, 처음 보는 얼굴인데 넌 참 머리를 잘 만지는구나."

왕은 시녀가 만져준 머리가 마음에 들었다.

그는 다시 청동거울을 보았다. 역시 환하고 수려한 왕의 모습이 있었다.

하긴 시녀가 머리를 만져주는 내내 기분이 좋았었다. 그녀의 손길이 왕의 머리 위에서 움직일 때마다 시원한 느낌과 함께 무거웠던 마음이 상쾌해짐을 느낄 수 있었다.

"언제 이런 솜씨를 배웠는고?"

"……."

　시녀는 아무 말도 하지 않았다.

　왕은 청동거울을 돌려 시녀의 얼굴이 거울 속에 들어오게 했다. 왕은 거울에 비친 시녀의 아름다운 눈을 보았다. 시녀는 유달리 아름다운 눈을 갖고 있었다. 빈두사라의 경험상으로 그런 눈은 순수 아리안에게서나 볼 수 있었다.

　"왜 말이 없는고?"

　"……."

　시녀는 대답 대신 커다란 눈동자에 그윽하게 눈물을 괴었다.

　그러고 보니 이발사 여인이 빈두사라에게 낯이 설지만은 않았다. 이발사라면 브라만, 크샤트리아, 바이샤, 수드라 중에서도 가장 미천한 수드라의 천직인데 시녀는 결코 수드라라고는 생각되지 않았다. 손과 발이 남보다 커 보이지도 않았고 키가 작아 볼품이 없지도 않았다. 오히려 거울 속에 비친 여인은 키가 크고 품위가 있으며 눈은 또 사슴처럼 고왔다.

　그러나 괜한 생각일 것이었다.

　빈두사라는 머리를 저었다. 그렇더라도-아무리 아름다운 수드라도-비천한 신분을 벗어나지는 못할 것이라는 것이 왕의 생각이었다.

　그런 생각을 하고 나니 평생을 비천한 신분으로 살아가야 하는 여인이 더욱 측은해졌다.

　"저……."

　시녀는 무슨 말인지를 하려다가 다시 입을 다물었다.

　"무엇이든 말하라. 오늘은 내 무슨 소원이든 다 들어주마."

왕은 시녀의 일이라면 무슨 일이든 해 주고 싶었다.

머리를 만져준 대가를 지불하고 싶어서일까? 반드시 그렇지만은 않은 것 같았다.

왕은 그녀의 알 수 없는 이끌림에 끌려가고 있었다. 그녀를 만나면서부터 불안한 마음도 가셨고 답답함도 씻은 듯이 없어져 있었다.

"어서 말하라."

"……."

시녀의 눈에 눈물이 그렁그렁 고였다. 왕은 시녀의 손을 잡아주었다. 시녀는 무릎을 꿇었다.

그녀는 뭔가 힘든 말을 꺼내고 싶지만 차마 그러지 못하는 듯 입술을 다물고 있었다.

"어서……."

왕은 시녀의 손을 잡고 일으켜 주었다. 순간 왕은 머리를 저었다.

'수드라, 난다 왕조, 할머니, 찬드라 굽타…….'

빈두사라는 그런 생각에 매여, 어서 이 곳을 빠져나가야 한다고 생각했다. 만약 빈두사라가 수드라와 인연을 맺는다면 그것이 하나의 후궁을 더 들이는 일에 불과하다 할지라도 사람들은 왕이 미천한 신분의 습성을 어쩌지 못한다고 입방아들을 찧을 것이다. 그보다도 어쩌면 또 한 사람의 찬드라 굽타를 만들게 될지도 모를 일이었다.

마우리아 왕조의 창시자 찬드라 굽타는 난다 왕조의 마지막 왕자로 난다 왕과 수드라 출신 후궁 사이에서 태어난 왕자였다. 인도의 카스트는 철저하게 브라만 우월주의를 지키려는 장치였다.

그것도 브라만 남자들의 선택권을 수호하려는 것으로 브라만 남자들은 비교적 넓은 선택권을 갖는 대신 모든 여자들은 브라단 남자를 만나는 것이 행운이 되는 장치였다.

예를 들어 브라만 남자가 브라만 여자와 결혼하면 그 자녀는 최고의 신분이고 크샤트리아와 결혼해도 크샤트리아 이상의 신분은 유지할 수 있다. 또한 브라만 남자가 수드라 여인과 결혼했을 때 브라만과 수드라 사이에서 어색한 신분유지를 할 수 있다. 그러나 브라만 여자가 크샤트리아 남자와 결혼하거나 바이샤나 수드라 남자와 결혼했을 때는 그 신분의 차이만큼 외거 신분으로 추락하게 되는데 이들에 대하여는 찬달라(불가촉)라 부르고 사람이기보다는 짐승 취급을 했다. 그리고 그들은 마을에 모여 살지 못했다. 마을 밖에 살면서 끊임없이 유랑을 하고 떠돌았는데, 그들이 하는 일이란 시체를 치우고 쓰레기를 치우는 일이었다. 그들에게는 자신의 몸을 씻을 자유조차 없었다. 뿐만 아니라 똑바로 서지도 못하고 항상 허리를 굽히고 다녔는데 민가를 지날 때에는 머리를 산발하고 소리를 질러 찬달라가 나타나니 어서들 피하라고 신호를 해야 했다.

빈두사라는 다시 또 혼란스러워졌다. 그리고 어서 이 곳을 빠져나가야 한다고 자신을 재촉했다. 그러나 마음뿐이고, 몸은 분능으로 꽉 차 올랐다. 그녀는 그렇게 매력적이었다. 이미 빈두사라의 몸은 불타오르고 아랫부분은 봉긋하게 솟아올라 있었다. 보리수 아래서 행했던 요가 때문인지 몰라도 그녀를 향한 빈두사라의 성욕이 더욱 뜨겁게 올라 주체하기도 힘들었다. 어쩌면 그녀가 알아챘는지도 모를 일이다.

 빈두사라는 허리를 곧추세우고 앉았다. 뜨겁게 오른 성욕이 한결 안정이 되는 듯했다.

 시녀가 다시 무릎을 꿇고 앉았다. 그리고 조심스럽게 빈두사라를 마주보았다. 수드라라는 그녀의 신분으로 왕을 똑바로 보고 있는 것이었다. 물론 조심스런 눈길이 밉기는커녕 곱기만 했지만 그렇다고 용서할 수는 없는 일이다. 수드라는 크샤트리아를 차마 똑바로 보지 못한다. 왕이 손을 잡아 준 것도 얼마나 황송한 일이던가? 수드라는 크샤트리아에게 물건을 바칠 때도 바로 주어선 안 되고 다른 것을 거쳐 건네 주어야 한다. 그리고 반대로 크샤트리아가 수드라에게 줄 때는 던져 주면 되는 것이다.

 그런데도 빈두사라는 시녀가 당돌하다는 생각조차 할 수 없었다. 그저 뭔가 시녀의 행동이 수드라로서 할 수 없는 것이라는 아련한 생각이 들 뿐이었다.

 왕이 여인의 손을 잡아 주었다.

 "제 소원은……."

 여인은 잠시 말을 멈추고 다시 빈두사라 왕을 바라보았다. 그리고 침을 꿀꺽 삼켰다.

 왕은 여전히 이성과 본능에 밀려 이러지도 저러지도 못하고 있었다. 서둘러 나가야 한다는 이성과 주체할 수 없는 욕구에 휩싸인 육체 사이에서. 여인이 그런 빈두사라의 마음을 알아챘을까?

 여인은 다시 말을 이었다.

 "제 소원은 왕의 제1부인이 되는 것이옵니다."

“……?”

왕이 표정을 잃고 어리둥절해하자 여인이 다시 또박또박 말을 이었다.

“왕의 제1부인이 되는 것이옵니다.”

“……어찌 감히…… 무엄하구나!”

왕은 겨우 놀라는 표정을 지어 시녀를 바라보았다.

시녀는 왕 앞에서 전혀 부끄러워하지 않았고 머리도 조아리지 않았다. 고개를 떨구지도 않았다. 오히려 맑고 아름다운 눈동자를 부드럽게 굴리며 빈두사라를 여전히 똑바로 바라보았다.

“왕의 제1부인이 되는 것입니다.”

비천한 신분으로 목숨을 내놓고 해야 될 이야기를 여인은 떨림이나 두려움 없이 말했다.

그러나 왕은 여인이 밉지 않았다. 어쩌면 그녀가 수드라 출신만 아니라면 그 아름다움과 빛나는 눈동자에 끌려 왕이 먼저 그녀에게 사랑을 구했을지도 모를 일이었다.

그러나 그녀는 불가촉을 제외하고 가장 비천한 수드라였다. 빈두사라는 겨우 마음을 다잡았다. 그리고 그녀에게 말했다.

“나는 크샤트리아의 관정왕(灌頂王)이다. 그러나 너는 저 아래 비천한 수드라인데 어찌 감히 나에게 사랑을 구하는고?”

말은 그렇게 준엄하게 하지만 측은한 마음에 왕은 시녀의 손을 다시 잡았다. 여전히 왕의 아랫부분은 불끈 솟아 있었다. 어쩌면 그녀가 수드라의 신분이라 할지라도 왕의 욕구는 오늘 그녀를 맞아야 꺼질 것이었다.

시녀는 왕이 잡아준 손에 가볍게 의지하고 일어서며 말했다.

"소녀는 수드라의 미천한 신분이 아니옵니다."

마치 왕의 마음을 읽고 있기라도 하는 것 같았다.

"……?"

"아직 소녀를 기억하지 못하시옵니까?"

그녀는 여전히 왕에게서 시선을 떼지 않으며 물었다.

참으로 묘한 일이다. 왕은 궁궐 내의 이발소 외엔 달리 갈 데가 없었다.

"널 기억하다니?"

왕의 욕구가 아주 조금이지만 사그러들고 있었다. 그나마 겨우 여유를 잡을 수 있었다. 방금 전, 왕의 욕망이 최고조에 달했을 때는 한 마디만 뱉고 나면 행여 사정이 되어버릴까 걱정스러울 정도였다. 하지만 지금은 아니었다.

"소녀는 참파 국 산치의 브라만 딸이옵니다."

왕은 어이가 없었다. 브라만 시녀가 궁궐 내에 있다면 그건 요리사일 것이다. 더 낮은 계급으로부터 음식을 대접받을 수 없는 인도의 카스트에 따라 브라만이 크샤트리아의 요리를 맡는다. 물론 브라만의 주요 임무는 성자이지만 누구나 다 성자가 될 수는 없다. 그러니 여자들이나 성자가 되지 못한 브라만은 더러 요리사로 있기도 했다. 당연히 가장 높은 계급이기에 요리사로서 브라만의 신분은 최고였다.

"소녀는 정녕 코살라의 참파 국 산치 브라만의 딸입니다. 그리고 왕께서 손수 소녀를 후궁으로 맞으셨습니다."

　여인은 빈두사라 왕에게 안타까운 시선을 보냈다. 조금의 머뭇거림도 없었고 떨림도 없었다. 오히려 그런 기회가 언젠가는 자신에게 주어지리라 확신하며 기다려온 것처럼 말하고 있었다.

　그녀 말대로 그녀가 중인도 산치 태생이라면 브라만의 신분일 수도 있을 것이었다. 산치는 인도에서 브라만이 가장 많이 사는 지역이다. 그런 이유로 산치의 여인들은 각국의 왕비로 발탁되어 가곤 했다. 붓다에게 왕사성을 지어준 빔비사라 왕의 부인도 산치 여인이었고, 마우리아의 이웃 칼링카 왕국의 현재 왕비도 산치 태생이었다. 산치는 어쩌면 인도의 성지였다. 왕들은 산치의 여인을 왕비로 맞는 것을 가장 큰 자랑거리로 생각했다. 물론 그 왕비와 왕 사이에서 난 자녀는 신분의 어색함을 안게 되지만 그런 것은 제정의 결탁에 그다지 문제가 되지 않았다.

　브라만 여인이 낳은 왕자가 왕이 된다면 신분상 문제가 되지 않았다. 단지 왕이 되지 못했을 때 찬달라의 저주받은 신분으로 추락하게 되는 것이다. 하지만 지금까지 찬달라로 살아가는 왕자는 아직 없었다. 스스로 유랑자의 길을 택하곤 했는데 왕들도 역시 반대하지 않았다.

　왕과 브라만 여인들 사이의 결혼은 정략적인 관습일 뿐 결코 쉬운 일은 아니었다. 그처럼 누구도 허물지 못하는 높디 높은 신분의 벽을 넘어 여인은 스스로 빈두사라 왕의 사랑을 구하고 있었다.

　"여러 사람들이 제 관상을 보고 저희 아버지께 소녀가 왕비가 되어 왕자 둘을 낳을 것인데, 하나는 집을 나가 도를 배워 대성인이 될 것이고, 하나는 남부를 제외한 전 인도를 통일하는 전륜성왕이 될 거라 하였다 하옵니다. 그리하여 아버지께서는 빈두사라에게 후궁으로 주라 하는 그들의 말을 따른 줄 아옵니다."

"그렇더라도……."

왕은 아이의 신분을 생각하고 있었다. 여인이 대답 대신 빙그레 웃었다. 왕은 안타까운 마음뿐 어쩌지 못했다. 여인이 크샤트리아라면 얼마나 좋을까 싶었다.

"신분의 높은 벽을 뛰어넘을 수 없다면, 아이가 어찌 전륜성왕이 되고 대선사가 되겠습니까?"

맞는 이야기였다. 신분을 뛰어넘을 수 없다면 아이는 불가촉 천민 집단으로 들어가야 할 것이다. 그리고 거기서 시체를 치우거나 분뇨를 치우면서 짐승보다 못한 한 생을 억지스레 연명해야 할 것이다. 이미 불가촉의 신분을 안고 나면 숲으로 들어가 도를 구하는 선사의 길도 허용되지 않는 것이 그들의 운명이었다.

전륜성왕이라면 빈두사라 자신도 이루지 못한 꿈일진대 아이가 불가촉의 신분을 넘지 못한다면 수십 겁을 지나도 불가능할 것이었다.

그러나 왕도 한 사람의 남자였다. 그의 눈앞에서 아름답고 기품 있는 여인이 사랑을 구하는데 신분의 벽 앞에 주저앉을 소심하고 나약한 인간이 아니었다. 그는 죽음 앞에서도 당당할 수 있는 전쟁터의 장수였다. 전쟁터에서 그가 죽인 적이 몇이던가. 그의 왕국을 지키기 위해서 자신의 목숨조차 걸어야 했던 기억은 또 얼마나 많던가. 사랑하고 싶은 여자에게 충실하고 싶은 남자였다.

왕은 여인을 택했다. 그날 밤 왕은 여인의 방으로 들었다. 여인

은 틀림없는 브라만이었다. 얄포름히 하늘거리는 사리 속으로 달
빛이 스미어 살결이 마치 달빛인 양 투명하고 보드라웠다.

'선녀……!'

왕은 자신도 모르게 중얼거렸다. 그랬다. 여인은 흡사 선녀가
날개옷을 입고 막 하강한 듯했다. 어쩌면 다시 곧 하늘로 올라가
버릴 것 같아 왕은 여인의 품으로 파고들었다. 욕구의 본능을 더
이상 참을 수 없었다. 기다리다간 여인이 훌쩍 하늘로 날아가 버
릴지도 모른다는 두려움 때문이었다.

"왕이시여……!"

여인이 자신의 팔로 왕을 이끌었다. 그것은 까마수트라의 가르
침이었다. 인도의 기품있는 여인들이라면 누구나 습득하는 까마
수트라의 가르침이었다. 아니 여인은 사람의 손길이 아니었다.
단지 까마수트라의 가르침을 따르는 그런 사람의 손길이 아니었
다. 그 어떤 기품으로도 선녀처럼 부드러운 여인의 손길을 말할
수 없었다.

천상의 행위였다. 그녀의 움직임은 깃털처럼 부드럽고 솜털처
럼 아늑했다. 그녀가 이끄는 대로 몸을 맡기고 있자니 마치 천상
에 올라 깃털요람에 싸여 있는 느낌으로 현실은 물론이고 행복까
지도 아련했다. 여인은 천사가 날개를 벗듯 사리의 긴 가닥을 천
천히 풀어 젖혔다. 그리고 여인의 손으로 왕의 허물 같은 옷도 천
천히 벗겨 나갔다.

왕은 지금에야 비로소 번데기를 탈피한 나비의 자유로움을 맛
보았다. 선녀의 손에 맡겨진 나비! 왕은 여인에게서 자유를 얻은

느낌이었다.

여인의 혀가 입술을 열고 나와 왕의 몸을 핥아 내렸다.

'……!'

본능의 안타까운 감각도 자유가 되어 날아올랐다. 날개가 다 마른 노오란 나비가 꽃 위를 날 듯 왕은 그렇게 감각의 날아오름을 느끼고 있었다. 대자유였다. 여인의 품에 안겨 대자유를 느끼는 왕은 이제 여인조차도 느끼지 못했다.

까이왈야-나비!

여인의 손길이 왕의 몸을 스칠 때마다 왕은 더욱 자유로웠다. 부드럽고 아늑한 자유.

여인의 입술이 왕의 유두 끝에 머물렀다. 순간 왕의 온몸은 화산처럼 솟아올라 참을 수 없었다. 왕이 여인을 안으려 했지만 그건 생각에 머물 뿐이었다. 여인은 천천히 입술을 귓볼에 올렸다. 여인의 물기 가득한 혀가 왕의 귓바퀴를 타고 미끄러졌다. 왕이 다시 자유의 날개를 펴고 여인의 몸짓에 자신을 맡겼다. 여인의 부드러운 손길이 왕의 엉덩이 아래 흘렀고 왕의 몸은 다시 뜨거움으로 감싸였다.

"음…… 음……."

여인의 혀가 급기야 왕의 엉덩이 아래를 흘렀다. 정열이었다. 왕의 온몸은 정열로 달아올랐다. 왕은 여인의 혀놀림을 따라 몸을 돌렸다.

여인의 혀가 드디어 왕의 링가에서 길게 미끄러졌다.

"으…… 으……."

급기야 여인은 길게 신음을 토해냈다. 왕은 자유의 날개를 접은 나비가 되어 여인의 몸으로 파고들었다. 여인의 요니엔 물기가 촉촉이 젖어 흘러내렸다. 왕은 자신의 링가로 여인의 요니 주변을 돌리다가 여인이 그랬던 것처럼 긴 혀를 빼서 여인의 배꼽 주변을 핥아 내리고 입술을 서로 맞대었다. 여인은 더이상 참지 못하고 왕에게 매달렸다. 왕은 여인의 달콤한 혀를 빨아들이며 자신의 링가를 여인의 요니에 밀어 넣었다.

그것은 분명 자유였고 환희였다. 그 어떤 자유도 찰나의 자유를 따르지 못할 것이기에 차라리 까이왈야라고 말하고 싶었다. 나비의 날아오름이었다. 나비가 번데기를 뚫고 나와 마른 날개를 힘껏 젖혀 오르는 대자유였다. 여인은 그런 자유로 왕을 이끌어 이전에 왕이 결코 가져보지 못한 환희를 지속시켜 주고 있었다.

왕의 건강함과 여인의 풍성한 물기가 쉬바와 시타의 향연처럼 길고 뜨겁게 피어올랐다. 쉬바의 링가가 영원한 성을 의미하듯 왕에게 여인은 그런 영원한 남성의 힘을 부여해 주고 있었다.

왕에게는 여러 부인들이 있지만 참으로 이런 경험은 처음이었다. 그렇다고 여인들이 까마수트라의 가르침을 모르는 것은 아니었다. 그녀들 역시 까마수트라의 가르침으로 연신 왕을 유희하곤 했었다. 그러나 그것은 어디까지나 경전을 따르는 여인의 손길이었다. 그 누구도 오늘 밤의 여인처럼 천사의 부드러움으로 왕 자신을 나비로 만들 수는 없었다.

왕은 마지막 달아오른 모든 기운을 링가에 모았다. 여인의 몸은 다시 뜨거운 물을 흘러내렸다.

환희. 절정의 오르가즘이 여인의 몸에서 꽃처럼 피어올랐다. 환한 꽃기운이 빛처럼 피어오르면서 왕이 쏘아준 끈끈한 생명을 고이 받았다.

여인은 오늘의 의미를 알고 있었다. 자신이 그렇게 낳고 싶어하는 전륜성왕의 기운이 우주와 자신과 화합하기에 가장 좋은 날이라는 것을…….

여인이 지긋한 눈빛으로 왕을 바라보았다.

"네 소원이 뭔고?"

왕이 다시 물었다.

"왕의 제1부인이 되는 것이옵니다."

여인은 왕의 질문을 예견이라도 하고 있었던 듯 아무런 머뭇거림없이 그렇게 말했다. 낮에 이발소에서 말하던 것처럼 진지하고 담담한 표정이다.

"제1부인이라? 정녕 왕비가 되고 싶단 말이냐?"

"그렇사옵니다. 소녀는 반드시 두 아들을 낳을 것입니다. 그 두 아들이 모두 불가촉 천민으로 살아가야 된다면 소녀는 아들을 낳지 않을 것이옵니다."

"……"

"그래서 왕비가 되고 싶다?"

"왕비가 안 되더라도 왕의 제목만 충분히 된다면 네 아들로 하여금 내가 왕으로 삼으면 될 것이 아니더냐?"

그랬다 왕이 지목하여 왕의 자리를 계승하면 될 일이었다.

"우파 굽타님께서 어찌하여 왕조를 쉽게 거절하시고 숲으로 들어갈 수 있었는지요?"

"우파 굽타라?"

여인의 입에서 그런 질문이 나오는 순간 왕은 당황하지 않을 수 없었다.

사실 빈두사라의 동생 우파 굽타는 지혜로운 사람이었다. 그러기에 찬드라 굽타가 빈두사라가 왕의 자리를 거부한다면 우파굽타에게 왕위를 물려주고 싶어했던 것이었다. 물론 우파 굽타는 곳곳에 가득한 도마뱀(인도에는 도마뱀이 모기만치나 많다. 기둥에도 천장에도 굼실굼실 기어오르고 빙글빙글 돌며 노는 모습을 쉽게 볼 수 있다. 그리고 그 도마뱀 요리를 먹으면 모기에도 물리지 않고 말라리아에도 걸리지 않는다고 한다. 인도인들은 구운 도마뱀을 간식으로 맛있게 먹는다.) 한마리도 살생하지 못하는 어진 성품이었다. 그랬음에도 불구하고 선왕께서 왕좌를 물려주려 한 이유는 그가 지혜로운 왕의 재목이었기 때문이었다.

그리고 살생은 비록 피하는 어진 성품이었지만 성품이 호탕하고 폭이 넓어서 이미 그에게는 그를 따르는 대신과 군사의 두리들이 모여들고 있었다.

아버지인 찬드라 굽타는 다른 왕조와는 달리 단단한 군사력을 기반으로 하고 있었는데 그 군사조직의 지도자들은 벌써부터 우파 굽타를 새 왕재로 지목하고 있었다.

아버지인 찬드라 굽타도 그런 왕궁의 사정을 어느 정도 헤아리고 있었고 우파 굽타에게 더 큰 기대를 하고 있었다.

그래서 떠난 것이었다. 만약 우파 굽타가 떠나지 않았더라면 빈두사라는 아직까지 왕좌에 있을 수 없었을 것이었다. 아니면 심한 피비린내를 한바탕 왕실과 전 나라에 풍겨야 했을 것이었다.

요즘 들어 가끔씩은 빈두사라도 그런 부왕의 생각을 헤아리고 있었다.

'우파 굽타라면 전 인도를 통일할 수 있었을까? 그리고 전륜성왕이 될 수 있었을까?'

왕은 우파 굽타가 보고 싶어졌다.

그러나 왕도 알고 있었다. 왕 자신이 정권을 쥐고 있는 한 우파 굽타는 나타나지 않을 것이었다.

'아마도 이 왕조(마우리아)를 벗어나 있는 게야.'

빈두사라는 그런 생각을 하고 있었다.

"괜한 소리를 했사옵니다."

"아니다."

"왕좌는 왕비의 아들로 이어져야 튼튼한 것이옵니다."

"좋다. 두 아들을 낳아 줘야하고 그 중 하나는 꼭 전륜성왕의 재목이어야 되느니라. 그리고 하나는……."

왕은 대선사의 재목을 낳아 달라고 하고 싶었지만 차마 그런 말을 할 수는 없었다.

두 아들을 낳아 하나는 자신이 못 이룬 전륜성왕의 꿈을 이루어 주고 다른 하나는 동생 우파 굽타가 이루지 못한 대선사의 꿈을 이루게 해 달라고 말하고 싶었다. 그러나 소식도 알 수 없는 동생을 말하기엔 너무 긴 설명이 필요할 것 같았다.

"우파 굽타님은 간다라 지방에 머물고 있다고 하옵니다."

그런데 뜻밖에도 여인은 우파 굽타의 이름을 다시 들먹이고 있
었다.

"네가 어찌 우파 굽타를 아는고?"

"소녀의 아비와도 안면이 있는 줄 아옵니다."

"안면이 있다고? 그럼 그의 소식도 알겠구나. 어찌 지낸다더
냐?"

왕은 조급하기만 했다.

선사들의 생활이라면 뻔할 것이었다.

공동묘지 주변에서 시체를 둘둘 말았던 분소의(糞掃衣)를 걸치
고 일체유심조(一切唯心造)의 부동심(不動心)을 공부한답시고
시체 주변에서 걸식하며 근근이 연명하고 있을 것이었다.

물론 새처럼 자유스러운 유행일 터이지만 그도 또한 쉬운 일은
아닐 것이었다. 물론 우파 굽타의 성품엔 그런 선사의 길이 잘 어
울릴 터이고 본인 또한 그렇게 살고 싶다고 했지만 생각해 보면
빈두사라의 왕좌를 지켜 주려는 마음 또한 큰 터였다.

그러기에 더욱 우파 굽타가 빈두사라의 마음에 걸렸다.

"공부 중이라 하옵니다."

"공부라고?"

"그리스인들의 도움을 받아 불상조각과 만다라(曼茶羅:부처와
불심을 나타낸 그림)를 배우고 있다 하옵니다."

"불상은 뭐고 만다라는 뭐고?"

불상이란 말도 만다라란 말도 모두 왕으로서는 처음 듣는 말들
이었다.

　"불상이란 커다란 돌을 다듬어 부처님의 상을 조성한 것이고 만다라란 부처님을 상징하는 그림을 그리는 것이라 하옵니다."

　"어찌 감히 부처를 만들고 또 그린단 말이냐?"

　왕은 이해할 수 없었다.

　선사라 할지라도 일체지(一切智)를 얻어 일체법(一切法)을 이룬 그런 분을 어찌 감히 만들 수 있단 말인지 이해할 수 없었다.

　부왕인 찬드라 굽타가 비록 자이나 교도가 되었지만 그 전까지 부왕은 경전조차도 활자화되지 않아야 되고 암송하는 것이 진짜라고 했다. 늘 부처를 기다리면서 그의 공덕을 찬탄 공양해야 된다고 했다. 하지만 활자화시키는 것은 감히 부처를 욕보이는 것이라고 했다.

　어쩌면 찬드라 굽타는 그런 불교의 새로운 운동에 반박을 하듯 자이나 교도가 되었는지도 모를 일이었다.

　그러나 함부로 말할 수 없었다.

　법이란 직접 체험이 아니고는 그 어떤 말도 할 수 없는 것이었다. 하긴 체험조차도 꿀먹은 벙어리에게 그 맛을 묻는 것과 같다고 했다.

　찬드라 굽타는 왕궁을 나가면서 자이나교도로서 너무나 자랑스러워했다. 뭐니뭐니해도 투타의 고행이 제일이라 했다. 그러기에 자이나교도로서의 수행은 자랑스럽고 당연한 것이라고 했다.

　그런데 감히 부처의 상을 그리고 만든다니 그건 더욱 상상을 초월하는 말이었다.

　"처음엔 부처님상을 만들거나 그릴 수 없었다 하옵니다. 그래서 부처님을 상징하는 여러 가지 상징물을 만들거나 그렸는데 지금은 부처님상도 만들고 그런다 하옵니다.

"처음엔 못하던 것을 지금은 한다? 그 무슨 뜻인고? 진리도 바뀐단 말이더냐?"

왕은 여인의 지혜를 알고자 했기에 그렇게 물었다.

"진리가 바뀌는 것이 아니라 세상이 바뀌는 것이라 하옵니다. 불상과 만다라로 하여 다음 시대엔 불법이 온 천하에 퍼질 것인데 누구든지 부처님의 상을 그리기만 하면 그가 곧 부처의 마음이라 하옵니다."

왕은 여인의 마음을 다 알 수 없었지만 우파 굽타가 하는 일은 대단한 것이라는 생각을 했다.

"다음 세대라면?"

"물론 전 인도가 통일되는 다음 세대겠지요."

"전륜성왕의 시대?"

"부처님께서 말씀하신 불멸 후 100년이기도 하옵지요."

그런 전설 같은 소문이 있었다. 아니 지금도 선사들은 종종 그런 말들을 하고 있었다. 보다 솔직해진다면 빈두사라의 할아버지도 아버지도 그런 전설을 믿었고 그 믿음으로 새 왕조를 건설했으며 빈두사라 자신도 그런 건설을 믿었던 적이 있었다. 어쩌면 지금도 그런 미련을 버리지 못하고 있는 것인지도 몰랐다.

"불멸 후 100년? 그건 사람들이 만든 전설같은 이야기인지도 모르지 않더냐?"

이젠 그 전설 같은 소문에 대한 확신이 없었다.

"언제 선사들이 거짓 전설을 퍼뜨리더이까?"

"그렇다면 하룻동안에 8만 4천 보탑을 지을 대왕이 어찌 인간 세상에 존재한단 말이더냐?"

왕은 어쩌면 아직도 자신이나 아들 대에서 전륜성왕이 나올 거란 한가닥 남은 미련을 들고 여인에게 확신을 달라고 요구하고 있었다.

"하룻동안이란 의미는 상징이겠지요?"

호기심과 의문으로 잔뜩 긴장하고 있는 왕과는 달리 여인은 시종 침착한 어조로 말하고 있었다.

"무얼 상징한단 말이오?"

"초발심의 기간이 아니겠는지요?"

"초발심(初發心)의 기간이라……?"

그렇다면 그는 어쨌거나 비불자의 시간들을 보내다가 부처를 알게 된다는 뜻일진대 여인처럼 불심이 깊은 어머니의 아들이 어떻게 불법을 모르는 사람으로 살게 되는 것이냐냐고 묻고 싶었다. 그런데 그 순간 여인이 뭔가를 왕 앞에 꺼내보이고 있었기에 물을 기회를 놓치고 말았다.

"이것을 보시옵소서."

여인은 둘둘 말린 것을 활짝 펴 보였다. 거기엔 연꽃을 곱게 그린 그림이 있었다.

"음……."

"이것은 우파 굽타님께서 직접 그린 것이옵니다."

"부처는?"

“부처의 그림은 워낙 귀한 것이라서 함부로 다룰 수 없기
에…….”

왕은 여인을 안았다. 그런 운명이 아니라도 여인은 왕비가 되기
에 부족함이 없었고 왕도 그런 여인의 매력에 깊이 빠져들고 있
었다. 여인이 빈두사라 왕의 왕비가 되는 것은 의심할 이유가 없
었다.

3

찬드라 굽타는 난다 왕조의 왕자였다.

수드라 출신 후궁과 난다 왕국의 맨 마지막 왕 사이에서 난 왕자로 어색하나마 왕자의 대우를 받는 왕자였다.

그런 그가 왕을 비롯한 모든 왕족들을 죽이고 새 왕조를 세웠다. 그것은 욕심이라기 보다는 어쩔 수 없는 상황이었다.

당시 인도 대륙은 민족집단의 개념으로부터 왕국이 성립되어가는 과도기에 있었다. 정국은 혼란스러웠고 전쟁은 그 어떤 때보다도 많았다. 난다 왕은 이미 정한 태자에게 왕국을 물려주고 싶어했으나 민심은 그렇지가 않았다. 민심은 오히려 왕에게 천대와 멸시를 받는 왕자에게로 쏠리고 있었다.

그는 수드라 출신 후궁과의 사이에서 태어났다. 따라서 비록 그가 왕자의 대우를 받는다 할지라도 그에겐 신분의 어색함이 있었다. 왕은 이왕이면 정통 크샤트리아 출신 태자에게 왕위를 물려주고 싶어했다. 왕과 크샤트리아 출신 왕비에게서 난 왕자라면 충분히 그럴 자격이 있다고 생각했다. 서둘러 태자를 정해놓고 아무도 왕권의 승계에 대해선 감히 왈가왈부를 못하게 할 요량이었다.

하지만 언제부터인지 민심은 수드라 출신 후궁에게로 쏠렸고, 그의 아들 아난 왕자의 왕권승계에 대해서 심각하게 물어왔다. 처음에 왕은 여론에 그다지 신경쓰지 않았다. 까짓것 아난 왕자가 죽어주면 여론도 사라지겠거니 싶었다. 그래서 가벼운 국지전의 전쟁터에 내보냈다.

그러나 결과는 의외였다. 아난 왕자는 너무나 쉽게 전쟁을 승리로 이끌었다. 사정이 이렇게 되자, 여론은 더욱 들끓었고 왕도 감당하기가 어려웠다. 그렇다고 내놓고 거절할 수도 없는 일인지라 고민할 즈음 고맙게도 알렉산더가 히말라야를 넘어오고 있었다.

알렉산더는 겨우 스무 살에 마케도니아의 왕이 되어 그리스를 통일했다. 하지만 성이 차지 않은 알렉산더는 동방으로 눈을 돌렸다. 당연히 그는 인도 대륙에 욕심을 냈다. 당시 인도는 까르마나와 페르시아, 리디아를 거쳐 그리스와 교역을 하였는데 당시의 비단은 그리스 인들에게 상당히 인기가 있어 그리스 인들은 금을 주고 인도의 비단을 사 갔다. 아직 비단길이 열리기 전으로 중국의 비단은 접하지 못한 그리스 인들은 인도 비단을 어찌나 좋아하는지 조만간 그리스의 금은 모두 인도로 흘러갈 것이라고 우려

할 정도였다.

알렉산더는 인도의 비단도 탐이 났지만 인도로 흘러간 그리스의 금이 더욱 아까웠다. 게다가 인도는 그리스에서 흘러들어간 금 말고도 상당한 금을 보유하고 있었는지라 어디로 보나 그리스보다는 부자 나라였다.

알렉산더는 그 먼 길을 금을 찾으러 왔다. 유프라테스 강, 아르메니아 그리고 박트리아를 거쳐 히말라야를 공격했다. 물론 알렉산더가 인도에 들어오기도 전에 온 인도 대륙은 긴장하기 시작했다. 인도의 나라들은 너나 할 것 없이 알렉산더와 싸울 장군을 모았고 난다 왕의 귀에도 그 소문이 들어왔다.

난다 왕은 좋은 기회라고 생각했다. 역시 왕재란 하늘이 내는지라 정통 태자에게 왕권을 물려주게 하려고 알렉산더가 들어오는구나 했다. 그래서 아난 왕자를 불러놓고 자랑스런 크샤트리아답게 알렉산더와의 전쟁터에 나가라고 했다. 의외였다. 그는 별달리 거부하지 않고 그러마고 했다. 아니 오히려 영광이라고 했다. 알렉산더에 대한 소문을 듣지 못한 것도 아닐 텐데 왕자는 알렉산더에 대한 두려움을 갖고 있지 않았다. 왕은 속웃음을 지으며 그를 보냈다. 태자는 궁을 지켜야 하니 태자 몫까지 싸우라고 했다.

하지만 왕자는 죽지 않았다. 전쟁에서 패배하지도 않았다. 그는 알렉산더와의 교전에서 승리를 거두었다.

처음 알렉산더는 눈덮인 히말라야의 동쪽을 공략했다. 그 당시 알렉산더는 심한 동상을 앓고 있었는데 움직이기도 어려운 몸으로 명성과 신하들만을 믿고 난다 국의 왕자와 전쟁을 치른 것이었다. 어려웠지만 분명 난다 국 왕자의 승리였다. 이번 전쟁으로 알렉산더의 명성엔 치명적인 흠집이 났고 찬드라 굽타의 명성은 세상에 드러났다.

사람들은 역시 아난 왕자를 난다 최고의 왕자라면서 난다 왕국의 태자를 바꿔야 된다고 아우성쳤다. 그러나 왕은 왕자의 승리가 그저 우연일 뿐이라고 생각했다. 어쩌다 운이 좋았을 뿐이니, 다음 전쟁에서는 반드시 목숨을 잃을 것이라고 생각했다.

그렇게 19년이나 흘렀다. 알렉산더는 동상이 온몸에 퍼졌으며 치질까지 그를 괴롭혔다. 이젠 전쟁이고 뭐고 염증이 났다. 지난 19년 동안 알렉산더는 히말라야의 동쪽에서 서쪽으로 조금씩 옮겨가며 전쟁을 치렀는데 이렇다 할 성과가 없었다. 금을 죄다 거둬가기는커녕 그동안 전쟁으로 소모된 비용은 그리스가 휘청거릴 정도였다.

'이쯤해서 전쟁을 끝낼 수만 있다면……

그런 생각으로 차 있던 때였다.

그나마 히말라야의 서쪽으로 공격선을 바꾸면서 그리스의 승리가 있었고 간다라를 차지할 수 있었다.

알렉산더에게 안겨준 승리는 난다 국 왕자와의 전쟁이 아니었다. 그는 주로 히말라야의 동쪽을 지켰는데, 그 쪽에서 알렉산더에게 내내 패전의 아픔과 명성에 흠집만을 안겨주었다.

결국 훌륭한 장수란 자존심 따위에 얽매이지 않는 것이라는 깨달음을 얻은 알렉산더는 공격노선을 바꾸었다. 난다 국 왕자가 아닌 다른 장수가 지키는 서쪽이었다. 그런 후에야 몇 번의 승리가 있었다. 이제 간다라는 거의 그리스의 손 안에 있었다.

알렉산더는 본국에서 셀레우코스를 불러 간다라 총독으로 앉혔다. 간다라의 중계무역을 관장하는 자리였다. 이제 이 곳을 거쳐 무역을 하는 상인들은 철저하게 중계수수료를 내야 했고, 수수료는 본국 그리스로 고스란히 보내졌다.

알렉산더는 이쯤해서 모든 전쟁을 끝내고 싶었다. 물론 처음 계획에는 미치지 못하는 결과였다. 그러나 더이상 전쟁을 지속한다면 본국은 산산조각이 나고 말 것이며 알렉산더 자신의 건강 또한 장담하지 못할 일이었다. 아니 건강은 이미 망가질대로 망가져 있었다. 죽음을 각오해야 했다. 그러므로 이쯤해서 전쟁을 그만두고-간다라 무역의 이권을 차지하는 선에서-끝내고 싶었다. 그러나 문제는 간다라의 무역 이권을 언제까지 그리스가 차지할 수 있느냐였다.

난다 왕은 19년 동안 왕자가 죽기를 바랐지만 왕자는 오히려 알렉산더와 백전백승의 전공을 세워 명성을 높여만 갔다. 사람들은 이제 당연히 태자를 내치고 왕자로 하여 왕권을 이어가야 한다고 대놓고 말했다.

난다 왕은 결국 아무도 모르게 왕자의 암살 계획을 세웠다. 전령을 보내 왕자를 죽이라 했다. 그러나 벽에도 눈이 있고, 귀가붙은 왕궁 안이었다. 왕의 밀명은 즉시 아난 왕자의 어머니 귀에 들어갔다. 그녀는 왕의 전령보다 더 빨리 전령을 보냈다.

어머니의 전갈을 받은 아난 왕자는 입을 옷도 제대로 챙기지 못

하고 급히 막사를 나왔다. 거의 알몸에 맨발인 채였다. 딱히 갈
데가 없었기에 무조건 히말라야를 넘었다. 그러나 생명의 위기
앞에서 발이 시려움도 느낄 수 없었다. 바람과 눈으로 뒤덮인 히
말라야를 넘어 오르고 올랐다. 그것이 알렉산더의 막사가 있는
적진이라는 생각도 할 수 없었다.

　알렉산더는 고단한 몸을 이끌고 히말라야 언덕에 서 있었다. 누
군가 전쟁이 끝났음을 알리는 종을 쳐 주기를 바라는 마음, 실로
그런 마음뿐이었다.
　그런데 저만치 누군가가 알렉산더 쪽으로 오고 있었다. 처음에
는 자신을 암살하려는 적진의 척후병이려니 하는 마음으로 신경
을 곤두세우고 다가오는 남자에에 주목했다.
　그러나 남자는 오다 쓰러지고, 다시 오다 쓰러지곤 하는 것이었
다. 자세히 보니 남자에게 병기따윈 없었다. 에이는 추위로부터
자신을 보호할 옷도 변변치 않았다. 어떻게 저런 차림으로 눈 속
을 기어왔나 싶을 정도였다. 남자는 알렉산더 앞으로 다가오다가
결국 고꾸라지고 말았다. 아마도 알렉산더의 모습을 알아보지도
못하는 모양이었다.
　알렉산더는 쓰러진 남자를 일으켰다. 그리고 얼굴을 보았다. 안
면이 있는 얼굴이었다. 알렉산더는 그의 기억을 더듬어 보았다.
그리고 확신했다. 분명 자신의 정면에 서서 용감하게 싸우던 인
도의 장수였다. 알렉산더도 이미 그에 관한 것이라면 다 안다고
할 수 있을 것이었다.

"자네 부친의 왕국이 존재하는 한, 자네의 목숨은 살아있다 할
수 없지."

알렉산더의 얼굴에 비장함이 있었다.

"……."

왕자는 그저 아무 말을 못하고 알렉산더의 말을 듣고 있을 뿐이
었다. 그는 눈을 감았다. 여기에서 그의 손에 죽임을 당하는가 싶
었다. 그러나 너무나 의외의 말이 그에게 들려왔다.

"자네 부친의 왕국을 칠 군사를 내어 주겠네."

알렉산더가 다시 왕자의 손을 굳게 잡았다.

"……?"

"난다 왕조를 물리치고 새로운 왕조를 세우게."

왕자가 침을 삼켰다.

"그것이 자네의 운명이야."

왕자는 아무 말도 하지 않았다. 그리고 알렉산더의 다음 달을
기다렸다.

"그리고 내가 바라는 것은……."

알렉산더는 왕자를 잡은 손을 부드럽게 감쌌다.

"바라는 것이 무엇입니까?"

왕자가 비장한 각오로 말했다. 알렉산더의 요구에 대한 수락의
의미였다.

"간다라 무역의 이익을 자네가 보호해 주는 것일세."

"그야 어렵지 않지만 절 어찌 믿고……."

아난 왕자가 알렉산더 앞에 엎드렸다. 그의 눈에서 눈물이 흘렀다.

“그게……말이야.”

“무엇이든 말하소서.”

왕자가 비장한 각오를 실어 말하고 다시 엎드렸다.

“셀레우코스에겐 딸이 하나 있네.”

알렉산더가 셀레우코스에게 지금 그 여인의 이야기를 꺼내는 의미를 왕자는 이내 알아챌 수 있었다.

왕자가 알렉산더를 향해 고개를 끄덕였다.

“물론 자네를 믿네. 그러나 국제관계란 그렇지가 않아.”

난다 왕조를 치기 위한 모든 전술은 알렉산더에게서 나왔다. 아난 왕자는 그의 도움에 힘입어 난다 왕조를 무너뜨릴 수 있었다.

왕궁이 무너지는 날, 왕자는 얼마나 많은 눈물을 흘렸는지 모른다. 왕을 죽이고 왕자들을 모두 죽였다. 왕족의 사위들도 모두 죽였다. 왕궁의 사람들이 쓰러져갈 때마다 왕자의 눈에 눈물이 흘렀다. 여자들은 죽이지 않았다. ‘사티’라는 인도의 관습을 따라 생매장했다. 순장이었다. 살아있는 사람들을 시체와 함께 묻었다. 왕비들은 그렇게 눈을 부릅뜨고 무덤 속에서 죽어갔다. 생매장되면서 내내 왕자를 향해 갖은 저주를 퍼부었다.

사람들은 왕자에게 피도 눈물도 없는 잔인한 놈이라고 했지만 여인들의 저주 한 마디 한 마디는 왕자의 가슴에 비수가 되어 꽂혔다. 그래도 눈물을 보일 수 없었기에 왕자는 찢어지는 가슴을 안고 마른 눈물만 흘려야 했다.

왕궁에서 살아 남은 사람은 오직 왕자의 친어머니인 수드라 출신 후궁와 그녀를 수발하던 시녀들뿐이었다.

전쟁의 기세를 몰아 난다 왕조의 옆에 있던 작은 나라 가나 왕조도 무너뜨렸다. 가나 왕조는 수드라 출신 왕이 전쟁을 일으켜 세운 작은 나라였는데, 겨우 50년의 세월을 지탱하고 힘없이 무너졌다.

그 후 왕자는 왕위에 오르며 자신의 이름과 성을 찬드라 굽타라고 바꾸었다. 그것은 공작을 의미했다. 이름과 같이 귀해지고 싶었던 것이다.

4

찬드라 굽타는 왕위에서 물러나 자이나 교도가 되어 떠났다. 언제부터 찬드라 굽타가 자이나 교도였는지 알 수 없는 일이다.

찬드라 굽타는 새로이 마우리아 왕조를 수립하였다. 왕위에 오르자 속죄처럼 여러 종교에 두루두루 보시를 하곤 했다. 그것은 적어도 찬드라 굽타 쪽에서 느끼는 속죄의식이었다. 아무리 먼저 칼을 들이댔다 하나 제 손으로 죽인 난다의 왕이 친아버지임에 틀림없고, 왕과 같이 죽어간 왕자들 또한 형제임에 틀림없었다.

그리고 어머니들은 찬드라 굽타에게 바락바락 악을 쓰며 온갖 저주를 뱉어댔다. 저주만으로 미래가 만들어진다면 찬드라 굽타는 문둥병에 걸리고도 남을 것이었다.

꿈에서도 잊지 못할 일이었다. 그들이 나타나 찬드라 굽타의 목을 죄는 악몽을 꾸다가 놀라 일어나면 그의 몸은 식은땀으로 푹 젖어 있었다. 어떤 날은 몸이 싸늘하게 식어 굳는 것 같았다.

찬드라 굽타는 그 불안을 이기려고 많은 전쟁을 일으켰다. 전쟁 터에서 싸우다 보면 불안은 어느새 잊혀졌다.

찬드라 굽타는 거의 전쟁터에서 살았다. 전쟁터에서 얻는 노획물은 모두 종교주의자들에게 보냈다. 처음엔 일부만 보시를 했는데 보시를 하고 나니 불안한 마음이 한결 가셨다. 그 후로는 아예 노획물의 전부를 보시로 냈다. 찬드라 굽타의 보시는 인도 대륙에 알려졌다. 이제 종교주의자들이 돈이 없으면 당연히 찬드라 굽타를 찾아 올 정도였다.

그러나 찬드라 굽타는 마음의 안정을 찾지 못했다.

지바카 정사에는 찬드라 굽타의 기부금이 쌓여 새로운 정사를 짓고도 남았다.

지바카가 처음 붓다에게 기부할 당시에는 아주 작은 암자에 불과했던 정사가 이젠 사찰 정도의 크기를 말하는 정사로 불리우고 있었다.

난다 왕조와 가나 왕조 외에 찬드라 굽타로 인하여 멸망한 왕국은 없었다. 그렇다고 마우리아 왕조의 영토가 늘지 않은 건 아니었다. 마우리아 왕조는 건국 초기의 약 세 배 반의 영토를 가졌다.

그러나 이젠 그 전쟁을 종식할 때가 왔음을 느끼고 있었다. 전쟁을 계속하며 살생을 한 후의 후생이 두려웠다.

인도 대륙의 사람들은 후생을 전생보다 더욱 중시하였고 찬드라 굽타 또한 그랬다. 이 생에선 크샤트리아의 신분이었지만 내

생에 또 자신의 출신처럼 불행한 신분으로 생명을 얻고 싶지 않
았다.

그래서 전쟁을 끝냈다. 전쟁 대신 기도와 요가로 불안한 시간들
을 보냈다. 그렇더라도 간다라는 찾고 싶었다. 전 인도의 무역을
주관하는 간다라의 무역은 인도 대륙의 모든 경제와 맞먹었다.

먼 옛날 상나화수의 예언처럼 찬드라 굽타의 후손 중에서 정말
전륜성왕이 나온다면 그보다 앞서 간다라의 숙제를 풀어야 할 것
이었다.

상나화수의 예언이란 이런 것이었다.

상나화수는 아난의 제자이고 말전지의 사형이다. 아난이 누구
인가? 형 데바닷다와 동진 출가하여 곧 부처의 시자가 되어 53년
동안 부처를 곁에서 모셨다. 부처가 가는 곳마다 아난이 함께 있
었고, 부처가 잠든 동안에도 아난은 잠을 자지 않고 내내 부처 옆
에 다소곳이 서서 수건을 들고 있었다. 아난은 별나게 잠이 없었
고 미각도 예민해서 붓다의 사랑을 받았다.

붓다 입멸 후 크게 깨달아 아라한이 되었는데 남달리 좋은 기억
력으로 경을 정리하는 데 중요한 위치를 차지하였다.

그의 사랑을 받던 제자 상나화수는 몸이 몹시 약하고 늘 기운이
없었다. 난다 왕조와는 아난 시절부터 인연이 있어 마지막 난다
왕과도 친했다.

어느 날 상나화수는 난다 왕에게 말했다.

왕의 후손 중에서 전 인도를 통일할 전륜성왕이 나올 거라
고…… . 물론 왕은 수드라 출신 후궁의 자식인 찬드라 굽타계가

아니라 태자의 후손에서 그 전륜성왕이 나타나길 바랐겠지만, 지금 난다 왕가에서 찬드라 굽타만이 유일하게 살아 있었다.

예언이 실현된다면 그는 찬드라 굽타의 후손일 터이고 태자의 후손 중에서 나올 인물이었다면, 예언은 난다 왕국의 멸망으로 허위인 것이다.

상나화수도 입멸했다. 지금은 말전지가 지바카 정사를 지키고 있었다.

찬드라 굽타는 멀지 않은 세월 뒤에 전륜성국을 이룰 왕이 나와 주길 바랐다. 예언이 틀린 것이 아니라면 그 누군가 반드시 나올 터이지만 그 시기를 한정없이 기다리고 있을 수만은 없었다. 그 일을 이루기 위해서 자신은 왕국과의 인연을 끊어야 했다. 결국 마우리아 왕조는 그리스 총독의 사위 나라이고 간다라는 찬드라 굽타의 장인인 총독이 다스리는 지역이었다. 찬드라 굽타가 사라진다면 사위국의 인연은 끊어질 수 있다고 생각했다. 그래서 떠났다.

찬드라 굽타가 왕궁을 떠난다면 지바카 정사로 떠나야 했다. 그러나 찬드라 굽타는 지바카 정사로 떠난 것이 아니라 자이나 교도가 되어 떠났다.

자이나 교는 바르다마나 마하비라가 마흔두 살에 창시한 종교로 첫째 살생하지 말 것, 둘째 거짓말하지 말 것, 셋째 도둑질하지 말 것, 넷째 재산을 갖지 말 것, 다섯째 절제의 생활을 할 것을 규칙으로 내걸고 세운 종교다.

60

찬드라 굽타는 돌연 빈두사라에게 왕위를 계승하고 나머지 생은 자이나 교도로 출가하여 유랑생활을 하겠다고 했다. 그것도 온몸에 실오라기 하나 걸치지 않은 나체파 자이나 교도(자이나 교도는 몸에 옷을 하나도 걸치지 않는 나체파 즉 공의파와 흰 옷을 입는 백의파로 나뉜다)가 되어 평생을 유랑으로 떠돌며 고행을 하겠다고 했다.

자이나 교도의 수칙대로 출가한 찬드라 굽타는 어느 마을에도 보름 이상을 머물지 않았다. 나체와 맨발에 수행인 하나 동행하지 않고 고행을 했다. 그나마 찬드라 굽타의 고행 초기엔 찬드라 굽타가 어느 곳에 머물다 갔다는 소문이 꼬리를 물고 이어지곤 했으나 언제부터인지 찬드라 굽타를 보았다는 소문조차 끊어졌다. 찬드라 굽타의 마지막 속죄의식이었을 것이었다.

찬드라 굽타가 불교가 아닌 자이나 교에 귀의한 것은 우파 굽타가 머물 곳을 남기기 위한 배려였는지도 모를 일이다. 그런 인연으로 우파 굽타는 지바카 정사로 떠났다. 물론 빈두사라는 우파 굽타가 지바카 정사로 떠난 줄을 몰랐다.

한편 우파 굽타가 보시와 종교에 지대한 관심을 갖고 있는 반면, 빈두사라는 종교보다는 정치에 관심을 두었다.

아버지인 찬드라 굽타가 전 왕조부터 보시를 해오던 지바카 정사에 우파 굽타가 막대한 재산을 보시하고 있다는 사실이야 알았지만, 정작 빈두사라 자신은 그 정사에 단 한 번도 가 본 적이 없었을 정도였다.

우파 굽타는 가끔씩 우기철이면 지바카 정사로 떠났다.

인도의 우기에 스님네들은 일정한 정사에 모여 법담을 나누기도 하고 서로 법을 가르치고 배우는 하안거(夏安居)에 결제를 했는데 스님네만이 아니라 일반인들도 같이 모여 수행했다.

우파 굽타는 종종 우기의 결제에 지바카 정사로 떠나 있었다. 어쩌면 그는 승복을 입지 않았을 뿐 이미 승려의 경지에 있었다. 사람들은 우파 굽타를 왕자스님이라고 불렀다. 스님네들도 우파 굽타에게 되려 법을 물어오기도 했다. 우파 굽타는 왕자로서의 위치 때문만이 아니라 법의 깨달음으로도 존경을 받고 있었다. 그런 덕망이 사람들에게 우파 굽타가 왕위를 승계해야 한다고 인식되어지고 있었다.

우파 굽타 또한 왕좌에 전혀 관심이 없지 않았다. 마음 한 켠에 왕좌를 잇고 싶다는 욕심도 있었다. 그러나 우파 굽타는 알고 있었다. 형인 빈두사라가 왕이 되는 꿈을 꾸고 있다는 것을……. 그것도 전륜성왕의 꿈이었다. 인도 전 대륙을 통일하여 전륜성왕이 되고 싶은 꿈을 빈두사라가 꾸고 있는 한, 우파 굽타는 왕위를 승계하고 싶지 않았다. 그래서 법을 찾아 떠났다. 도를 구하고 죽으면 내일 죽어도 여한이 없겠지만 왕국의 왕으로 죽는다면 설사 전 인도를 통일한 왕이 된다 하여도 살생의 한이 남을 것이며, 인도를 통일하지 못한다면 또 그 나름대로 욕심의 미련이 한이 되어 내생까지 이어질 것이다.

우파 굽타는 그런 생각으로 지바카를 찾았다. 이생의 업을 형에게 떠넘긴 것이라고 비난할 수도 있다. 그러나 형은 왕좌를 바라고 있다. 우파 굽타는 형이 인도 정복에 온 힘을 기울이고, 두려움 없이 왕좌를 지켜주기를 바랐다.

그래서 어디로 떠난다는 것도 가르쳐 줄 수 없었다. 형이 왕좌에 있는 동안에는 마우리아 왕국에 나타나지 않을 심산이었다. 말전지의 제자가 되어 수행을 하기 위해 히말라야로 떠났다.

그 후 지바카 정사에 돌아와서 그리스 인들에게서 조각과 그림을 배웠다. 부처를 조각하고 부처를 그려, 온 세상에 불도를 퍼트리고자 하는 게 우파 굽타의 바람이었다.

그리고 그런 날은 멀지 않을 것이다. 그런 왕이 조만간 나올 것이다. 아버지와 형이 그렇게 바라는 전륜성왕일 것이고 그 때 자신이 무엇을 해야 하는지 우파 굽타는 알고 있었다.

다행스럽게 스승 말전지는 더 이상의 불사를 멈추고 우파 굽타에게 막대한 부를 남겼다. 우파 굽타는 그 돈으로 그리스 화가들을 모았다. 그리고 조각과 그림을 지바카 정사의 모든 스님들에게 배우도록 했다. 행자 수행의 일부로 정한 것이다.

그러나 함부로 붓다를 그리고 부처를 조각하게 하지 않았다. 그 이유는 붓다의 소중함에 금이 가지 않게 하기 위해서였다. 조각 기술이 완성단계에 이른 사람, 그림을 그리는 손이 새의 날개짓처럼 부드럽고 날렵한 사람만이 붓다를 조각하고 그릴 수 있게 했다. 그래서 수행의 맨 마지막에야 붓다의 조각과 그림이 가능했다. 간다라 미술은 이렇게 해서 인도 대륙에 뿌리를 내렸다.

5

발타하리는 고타마 붓다의 어머니 마야 부인의 고향인 코살라 국의 중인도 지역의 산치 태생이었고, 브라만 출신이었다.

당시의 코살라 국은 인도의 여러 민족 중에서도 마가다 국과 함께 가장 강한 나라였고, 실질적으로는 여러 부족들에게 영향력을 행사하며 세금과 조공을 받던 나라였다.

코살라 국에 브라만의 계급이 가장 많았고, 그 나라의 여인들은 각 나라에 왕비로 보내지곤 했는데 붓다의 어머니와 난타의 어머니인 붓다의 이모와 계모를 비롯해, 마가다 국 빔비사라 왕의 부인도 그런 예였다. 물론 거기에는 정략결혼의 의미가 짙게 깔려 있었다.

브라만이라면 인도에서는 최상의 계급이었다.

그는 브라만 가문에서 태어난 넷째아들이었는데 일생 중 한 번은 출가를 한다는 브라만 가문의 관습에 따라 출가를 했고 최근까지 간다라에서 수행을 했었다.

출가를 했다고 해서 그가 결혼한 경험조차 없는 것은 아니었고 고향 산치에서 결혼하여 딸 둘을 낳고 출가를 하였다. 그러니까 인도의 관습대로 학생기, 재가기 그리고 출가기, 유행기의 4기로 나누는 인생 중에 이미 학생기, 재가기를 마치고 출가를 한 것이었다.

그는 출가 후 곧 히말라야에서 좌선수행을 했다. 사람들은 그를 요긴이라고 했다. 요가 수행자라는 뜻이었다.

요가.

주로 인도 전통 종교인 브라만에서 행하는 수행으로, 요가의 여러 가지 행법으로 앉거나 서거나 반쯤 앉은 자세를 하지만 대부분은 결가부좌를 틀고 앉아 호흡법에 심신을 묶어 정신을 일치시키고, 더 나아가 호흡을 정지함으로써 더 진보된 정신세계로 이끌어 가는 수행법이었다.

그러나 요가 수행이 단지 브라만의 수행법만은 아니었다. 인도인에게 요가는 모든 종교와 정신 수행 입문의 길이었다.

그는 브라만 교도로서 요가 수행을 했다.

브라만 교는 자이나 교나 불교처럼 교단이 연맥을 맺고 있다거나 질서가 잡혀 있지 않고 오직 인도의 신분제도에 의지하여 개인별로 수행하는 것이다.

그의 제자들을 비롯하여 사람들은 그를 리쉬 그루라 했다. 스승이란 의미로 스와미라는 말을 쓰기도 하지만 발타하리처럼 수행의 경지에 오른 사람은 그렇게 부르지 않았다. 그들에게는 그루라는 호칭을 사용했다. 그루는 수행승을 말하고, 스와미는 경전을 번역하고 가르치는 스승에 대한 호칭이었다.

발타하리는 히말라야 언덕에서 15년 간의 긴 수행을 하고, 수행 후에는 간다라에 머무르고 있었다. 간다라에서는 우파 굽타와 함께 있었다.

그러나 근접한 거리에서 동고동락한 것은 아니고 간다라 부족 국가의 같은 영역 안에 있었다는 것이다. 그들 사이에는 산맥이 자리하고 있었다.

발타하리는 간다라의 동쪽이면서 산맥의 우측인 캄보자 부근 티벳의 맑은 강이 흐르는 곳에 피라미드 공법으로 아늑하게 지은 아쉬람에 있었고, 우파 굽타는 인더스 강이 풍요롭게 흐르고 그것의 잦은 범람으로 기름진 땅을 지닌 캐쉬미르와 포르투갈의 국경 지역인 간다라의 서쪽 지바카 정사(지바카의 망고 동산과는 다르다. 『능가경』에 나오는 망고 동산은 라자그라하에 있다)에 있었다.

우파 굽타는 불제자로 상나화수와 말전지를 이어, 가섭의 법맥을 잇고 있었다. 그리고 지금은 지바카 정사의 주지였다.

우파 굽타.

그는 마우리아 왕조를 창시한 찬드라 굽타의 둘째아들이었고 현재 찬드라 굽타를 이어 마우리아 왕조의 두 번째 왕이 된 빈두사라의 동생이었다.

그러니까 우파 굽타는 약 200년 전에 출가하여 견성(見性) 오

도(悟道)한 샤카모니 붓다의 제자였고, 발타하리는 인도 고유의
출가 수행자 브라만의 요긴이었던 것이다.

그러나 그둘 사이에는 각별한 우정이 있었다. 벌써 오래 전의
일이었다.

15여 년 전 발타하리가 산치에 두 딸을 두고 출가하여 처음 찾
은 곳이 히말라야였다.

히말라야 산의 중턱에서 분소의(糞掃衣:무덤가에서 시체를 둘둘
말았던 천으로 오물들이 묻었던 것을 주워 입었기에 그렇게 붙은 이름)
하나를 걸치고 다른 요긴들과 함께 요가 수행에 전념하던 때였다.

발타하리는 움막을 짓고 그 앞에서 태양 볕을 쬐며 요가를 하다
가 잠깐씩 움막 안에 들어가 쉬곤 했다.

먹는 것은 거의 없었다. 먹지 않고도 생을 유지할 수 있는 것이
요가의 수행법이었다.

아주 가끔씩 짜이(인도식 카차에 우유와 설탕을 많이 섞어 마심)나
짜이를 탄 물을 마셨지만 사람이 생을 유지하기엔 어림도 없이
적은 양이었다. 이것은 요가의 수행법에서만 가능한 일이었다.

발타하리는 그런 경지에 들어서 있었다.

그 날도 발타하리가 호흡을 조절하고 있을 때였다.

"옴옴옴. 옴-옴-옴-"

발타하리는 그렇게 호흡을 거칠게 하다가 조금씩 호흡을 고르
며 정신을 집중해 가고 있었다. 그러다가 들숨의 과정 중에 간간
이 호흡을 정지해 가며 보다 긴 호흡의 정지를 준비하고 있었던

것이다. 이 때의 보다 긴 호흡이란 약 이틀 정도의 기간이었다.

그렇게 길게 호흡을 정지하고 사람이 어떻게 살 수 있냐고 하겠지만 이틀 간의 호흡 정지는 발타하리에게 전혀 무리이거나 긴 시간이 아니었다. 사람들이 자연스럽게 호흡을 하듯 발타하리어겐 그런 정지의 시간이었다. 발타하리는 12개월, 그러니까 꼬박 1년 간 호흡을 정지하기도 했다.

물론 그렇게 긴 호흡의 정지는 아주 특별한 것이었다. 그리고 그런 호흡의 정지를 위해서는 꾸준한 준비와 그것을 할 만한 정신적 무장이 필요했다. 그런 것은 아주 특별한 것이었고 대부분은 이틀 간의 호흡으로 삼매(三昧:眼耳鼻舌身意로부터 일어나는 모든 잡념에서 벗어난 무상무념의 정신세계)의 기쁨을 얻곤 했다. 호흡을 내쉬고 약간 들이쉬고 하면서 그 약간 들이쉰 상태에서 호흡을 정지하는 시간을 늘려가는 수행인 것이다.

코로 호흡을 하지 않는다고 해서 전신의 호흡이 멈추어 있는 것은 아니다. 허파에 들어간 공기로 피부에서는 미세한 호흡(피부호흡)을 하는 것이다.

그런 미세한 호흡이 되려 육신의 내부에서 활발한 내장운동을 하게 했고 그런 내장운동이 건강을 유지하게 했다. 게다가 호흡이 정지된 상태에서 정신을 집중하고 느끼는 아련한 세계는 그대로 행복이었다.

그런 세계의 깨달음을 얻은 이를 아라한(阿羅漢:깨달은 자)이라고 하고 그런 아라한의 반복된 경험으로 까이왈야(모든 것에 이미 크게 깨달아 신의 부정과 긍정조차도 필요없는 상태), 즉 절대 자유인의 상태가 되면 일체지(一切智)를 얻어 세상사의 모든 것에 자유로운 인도식 지(智)가 되는 것이었다.

그런 경지는 색(色:물질의 상태)의 긍정에도 부정에도 얽매이지 않는 그야말로 자유인(自由人)인 것이다.

그 다른 한 세계의 영상.

발타하리는 그 날도 그 한 세계의 영상을 위해서 준비했다. 움막 앞에서 히말라야의 눈부신 여름 볕을 쬐면서 한 다리를 꼬아 올리고 한 다리에 의지하여 몸을 세운 자세로 호흡의 정지를 점점 늘려가고 있었다.

가끔씩 히말라야의 아사나 원숭이들이 요긴들의 앞을 지나갔지만 호흡이 정지된 요긴들의 마음을 아는지 원숭이들은 요긴들의 앞에서 조심스럽게 스쳐가고 있었다. 어찌 원숭이들 뿐일까? 사슴이나 다른 짐승들도 그랬다.

그래서 히말라야의 짐승들은 특별하다고들 했다. 히말라야의 짐승들도 자주 접하는 요긴들의 정신적 수행에는 어느 정도 풍월을 읊는 모양이었다.

발타하리가 막 정지된 호흡을 풀고 나머지 호흡을 들이쉬었다.

호흡이 풀어지자, 가래를 한 번 뱉고 다시 호흡을 조절하려고 하는데 한 젊은이가 언덕을 올라오고 있었다. 그는 발타하리의 움막 앞을 휘휘 둘러보더니 그의 움막을 틀었다.

그런 일은 다반사였다. 발타하리가 히말라야에 들어온 지 8년이 되어 가는데 그 사이에 얼마나 많은 사람들이 발타하리의 옆자리에 움막을 틀었는지 모른다. 그리고 얼마나 많은 움막 임자들이 내려갔는지 모른다.

대부분 수행이 익기도 전에 산을 내려가곤 했다. 더러는 힘든 수행을 포기하고 내려갔고, 더러는 익지도 않은 수행을 무르익은 것처럼 착각하고 내려갔으며, 더러는 수행을 하기 위해 보다 나은 자리를 찾아 떠나갔다.

그런 사람들에게 발타하리는 초연해져 있었다. 서로 통성명할 필요가 없었다. 그저 먹을 것이 있으면 짜이 한 잔이라도 나누어 먹으면 그만이었다.

그런데 이 젊은이에게 발타하리는 그렇지 못했다.

"어디서 오셨소?"

발타하리는 자신의 금기사항을 스스로 깨고 있었다. 무래무거(無來無去)의 도를 통한 사람들이었다. 오는 곳도 없고 가는 곳도 없으니 시작과 끝이 애초에 없는 것이다. 그런 것을 묻는다는 것이 무슨 의미가 있으리요. 그러나 지금 발타하리는 젊은이의 그것을 궁금해하고 있었다.

"붓다 성도절은 지난 지 이미 오래입니다."

역시 젊은이는 예사 인물이 아니었다. 발타하리의 마음을 추스려주는 법답이었다. 오는 곳도 없고 가는 곳도 없으니 존재하는 것이란 오직 법과 질서뿐인 것이다. 아니 법과 질서조차도 기실은 공(空)인 것이다.

젊은이는 저만치 달아나는 원숭이를 바라보았다.

"허허."

발타하리는 비스킷을 젊은이에게 내밀었다. 그러자 젊은이가 웃으며 말했다.

"짜이도 한 잔 주시겠습니까?"

넉살이 좋다고나 할까.

젊은이는 반 조각의 비스킷을 들고 짜이를 찾았다.

"짜이?"

발타하리는 젊은이의 눈과 반 조각의 비스킷을 번갈아보며 웃었다.

"그렇다면 제가 드리지요."

젊은이의 합장을 하는 손이 고왔다. 손만이 아니라 피부 전체가 곱고 부드러웠다.

왼쪽 어깨에 걸쳐진 황색의 가사가 자연스럽게 흘러내려 오른쪽 어깨의 뽀얀 속살이 드러나 있었다.

값비싼 천으로 만들어진 황색의 가사로 보나 맑은 피부로 보나, 그는 예사 인물이 아니었다.

하긴 히말라야를 찾는 사람들 중에는 브라만의 신분이 대부분이었고 그런 브라만들의 피부와 가사는 더욱 귀한 것이었지만 젊은이는 왠지 그런 브라만들보다 더욱 귀한 품격을 갖추고 있었다.

인도의 4성 중 브라만·크샤트리아·바이샤까지 위 3성은 모두 아리안이라고 하나, 그 계급의 신분에 따라 갖고 있는 고유한 특성이 있었다.

브라만은 아리안이면서도 고운 피부를 갖고 있었고, 크샤트리아는 전사의 늠름한 외형을 갖고 있었으며, 바이샤는 유들유들한 상인의 풍모를 갖고 있었다.

　그러나 우파 굽타는 크샤트리아의 특징적인 풍모가 아니었다. 마치 붓다가 크샤트리아이면서도 브라만을 능가하는 외형을 갖고 있듯이 우파 굽타도 그랬다.

　"이름이 뭔가?"

　발타하리는 짜이를 준비하는 젊은이의 뒤에 대고 물었다.

　"이름요? 굳이 원하신다면 못 가르쳐 드릴 것도 없죠. 우파 굽타입니다."

　"우파 굽타?"

　"네."

　발타하리는 쓰윽 쳐다보며 웃는 젊은이의 눈과 마주치며 어디서 들어 본 이름이라고 기억을 더듬어 올라가다가 '옳거니!' 하며 딱딱 박수를 쳤다.

　"자네가?"

　순간 우파 굽타의 표정이 굳어졌다.

　"자네가 그 우파 굽타란 말이지?"

　발타하리는 우파 굽타가 내미는 짜이를 받아들었다.

　"이미 벗어버린 코브라의 허물이 그렇게 중요합니까?"

　우파 굽타는 왕가의 신분에서 벗어난 자신을 코브라의 허물 벗기에 비유하고 있었다.

　"코브라의 허물? 과연 듣던 대로군."

　우파 굽타의 굳었던 표정이 다시 온화해졌다. 발타하리도 이미 우파 굽타의 소문을 듣고 있었다.

　빈두사라의 친동생인 우파 굽타가 출가를 했는데 근기가 대단

하다는 소문이 꼬리에 꼬리를 물었고 히말라야 언덕에서는 모르는 사람이 없었다. 그러나 그가 어디에서 수행을 하는지 아는 사람이 거의 없었다.

그런데 히말라야의 언덕, 그것도 발타하리의 옆자리에 움막을 튼 것이었다.

발타하리는 그런 운명에 따라가고 있었다.

"부는 바람에 나뭇가지가 흔들리는군."

"부는 바람도 나뭇가지도 아무 죄가 없습니다."

그렇게 친해졌다.

우파 굽타는 사문이었고 발타하리는 브라만 요긴이었지만, 그런 종교적 차이는 둘 사이에 어떠한 장애도 되지 않았다. 차이라면 단지 우파 굽타는 불가의 사문답게 황색의 가사를 걸치고 있었고 발타하리는 분소의를 아랫도리에만 간신히 걸치고 있을 뿐이었다.

나중에 안 사실이지만 우파 굽타는 아난의 법손이었다.

아난의 뒤를 이어 상나화수와 말전지가 있었다. 상나화수는 비교적 그 법맥이 짧았고 말전지는 장수를 누리고 있었다.

우파 굽타는 인도 서북쪽 간다라의 지바카의 정사에 머무르고 있는 그 말전지의 제자였다. 그러니까 우파 굽타는 아난의 3대 법손이었다.

우파 굽타는 발타하리처럼 긴 고행을 하지 않았다. 숱한 사람들이 그랬듯이 우파 굽타도 6개월 뒤에 움막을 정리하고 산을 내려갔다.

그러나 우파 굽타의 하산은 발타하리에게 특별하기만 했다. 다른 사람들처럼 수행을 포기했다거나 익지도 않은 수행을 익었다고 내려간 것이 아니었다. 그가 6개월 만으로도 이미 충분한 수행을 마치고 내려간다는 것을 발타하리도 알고 있었다.

"어디로 가시오."

벌써 8년을 히말라야의 언덕에서 좌선(坐禪)만으로 보낸 발타하리가 세상사의 끈을 묻고 있었다. 오는 곳도, 가는 곳도 바람 같기에 모든 것은 인연에 따라 흐를 뿐이라는 지(智)를 얻기 위해 고행하고 있는 발타하리였다. 그가 또, 처음 우파 굽타를 만날 때처럼 그렇게 묻고 있었다.

인연의 가닥을 벗어나려고 수행을 하고 있는 발타하리가 인연에 연연하고 있었다. 오히려 우파 굽타 쪽에서 그런 발타하리의 질문에 놀라고 있었다.

"나도 산을 내려가거든 한 번 찾아보리다."

발타하리가 우파 굽타의 손을 잡았다. 우파 굽타는 차마 대답을 하지 못했다. 발타하리로선 전혀 준비되지 않은 말이었다. 그리고 자신이 그런 말을 하리라곤 상상도 못했다.

"그러시겠습니까?"

우파 굽타가 짐을 싸다가 잠시 멈추고 말했다.

어쩌면 인연의 가닥을 억지스레 풀으려고 하는 것도 결국 대이는 것이라는 생각이 들었기 때문이었다.

"……"

발타하리가 고개를 끄덕였다.

"간다라에서 왔으니 다시 간다라에 가서, 당분간 거기 있을 예정입니다."

"간다라?"

히말라야의 서북부 지역으로 인더스 강이 흐르고 아주 기름진 평야가 있으며 밀과 보리가 풍성하고 양, 소, 말과 같은 가축들도 풍부한 지역이었다.

"예. 인연이 있으면 뵙고서 말씀드리죠."

우파 굽타는 어느 새 타심통(他心通:수행의 경지로 남의 마음을 들여다 볼 수 있음)을 얻고 있었던 것이었다. 6개월 간의 짧은 고행(苦行)으로 그런 결과를 얻기란 상당히 어려운 것이었다. 발타하리도 짐작은 했지만 직접 그런 대답을 듣고는 놀랐다. 물론 발타하리가 수행에서 우파 굽타에의 경지에 못 미치는 것은 아니었다.

그러나 그는 히말라야에 아직 남아 있었다. 발타하리는 요긴이었다. 이미 뛰어난 경지에 들고서도 수행을 멈추지 않는 것…… 끝없는 고행…… 그리고 끝없는 깨달음…….

그리하여 까이왈야의 경지에 이르고, 그 후로는 어떤 애착도 연민도 없이 죽음을 기다리는 고행의 삶이 바로 요긴의 삶이었다.

요긴들에게 사람의 몸이란 번데기의 껍질같은 것이었다. 나비가 번데기의 껍질을 벗고 슬퍼하지 않듯이, 인간도 죽음이라는 과정에서 그 육신의 껍질을 벗어야 생사고(生死苦)의 윤회(輪廻)에서 벗어나 해탈(解脫)에 이를 수 있다고 믿는 요긴이었다.

발타하리는 하산하는 우파 굽타의 뒷모습을 언제까지나 바라보았다.

우파 굽타가 히말라야 언덕을 내려가고도 발타하리는 고행을 계속했다. 결국 까이왈야에 이르렀지만 발타하리는 쉽게 히말라야의 언덕을 벗어나지 못하고 여전히 고행(苦行)의 요가를 할 뿐이었다. 어떻게 소문을 들었는지 사람들은 히말라야의 언덕에 올라와서 발타하리에게 스승이 되어 달라고 했다.

"내가 뭘 안다고 스승이 되라는 건가?"

처음 발타하리는 스승이 되기를 완강히 거부했다. 발타하리 자신은 스스로 깨달은 수행이었다. 그러기에 스스로 깨달아야 한다는 것이 그의 지론이었다.

"여러 가지 호흡법을 스스로 실행해 보게. 자신에게 맞는 법이 분명 있을 테니, 그 방법으로 호흡을 하는 게야. 우리 인도인치고 어려서부터 호흡법을 모르는 사람이 어디 있던가?"

발타하리는 돌아앉았다.

"그러나 스스로 여러 가지 호흡법을 수행하다 오랜 시행착오를 거쳐 자신에게 맞는 법을 알아내기 보다는 스승의 도움으로 보다 빠르게 호흡을 고를 수도 있지 않겠습니까?"

"에끼, 이사람! 스승이 있다고 해도 실패는 하는 게야. 스승이 있다 하여 단박에 자신에게 맞는 호흡법을 찾아내리라고 생각한다면 어서 산을 내려가게."

발타하리는 그들을 보며 우파 굽타를 생각했다. 우파 굽타는 스스로 호흡을 고르면서 남보다 빠르게 그 호흡을 마음대로 조절할 수 있는 경지에 올랐던 것이다. 그리고 그가 그 호흡의 조절 속에 놓아버린 속세간의 인연의 끈도 발타하리는 알고 있었다.

발타하리는 그들에게서 돌아앉아 우파 굽타가 내려간 산등성이를 바라보았다.

"그러나 그 실패의 횟수가 적다는 것이지요."

정말 마지못해 스승이 되어 주었다.

그러나 그것이 시작이 되어 발타하리 주변에는 제자들이 모여들었고 그 수가 늘어나 히말라야 언덕에서 그 제자들을 거느린다는 것은 무리였다.

그래서 아쉬람(신비한 피라미드 공법으로 지어져 있는 비교적 작은 단위의 수행처다. 우리나라로 말하면 사찰에 딸려 있는 암자로 볼 수 있는데 인도에는 아직도 라즈니쉬 아쉬람과 같은 아쉬람이 남아 있다)을 지을 곳을 찾아 간다라로 내려갔다.

처음부터 우파 굽타를 찾아간 것은 아니었다.

우파 굽타를 히말라야 언덕에서 내려보낼 때는 찾아보겠다고 했지만 제자들과 수행에 몰입하다 보니 까맣게 잊고 있었다.

처음엔 갠지스 강가로 갈까 했다. 히말라야 남쪽으로 내려가 갠지스 강가에 가면 수행자들도 많고 또 아쉬람들도 많으니 그런 곳에 아쉬람을 틀기란 그렇게 어려운 일이 아니었다.

하지만 그 중에는 제대로 되지 않은 그야말로 사이비 수행으로 수행자들을 현혹하는 그루들이 있을 것이고, 자신의 제자들이 그런 사이비 스승에게 끌려들 수도 있겠다는 생각이 들었다. 그런 선입견에 매이고 싶지 않았지만 그건 현실이었다.

그보다는 한참 불교의 기운이 홍성하게 일고 있는 간다라가 더욱 수행에 적격지일 터였다. 그래서 간다라로 가기로 했다. 그리고 생각난 것이 우파 굽타였다.

발타하리는 인도 북부 동서로 긴 히말라야의 서쪽 경계를 내려
갔다. 간다라에서 새로운 일을 하겠다던 우파 굽타를 떠올리며
그를 그리워했다.

어찌된 일인지 발타하리에게 있어 우파 굽타는 이미 굵은 인연
의 그림자를 남겨 두고 있었다.

간다라.

그 곳은 새로운 아란야(阿蘭若:깨달음을 구할 만한 수행지)였다.

히말라야라면 붓다의 사촌형이면서 철저한 고행승이었던 데바
닷다의 마지막 수행지였고, 그 제자들이 지금도 산재해 있는 곳
이었다. 친형을 두고서도 가섭과 손을 잡았던 아난의 법맥을 이
은 제자들도 지금은 대부분 간다라에서 수행을 하고 있었다. 물
론 데바닷다의 제자들은 주로 히말라야의 우측 등성이에서 수행
을 하고 있었고, 아난의 제자들은 히말라야의 끝자락 간다라에
있었다.

히말라야에서 15년 간을 수행만 한 발타하리에게도 귀는 있었
다. 간다라에서 만들어지는 부처님의 전생 이야기인 자타카의 그
많은 이야기들을 더러 듣고 있었다.

그런 이야기들은 남부에는 없는 이야기였다. 남부에만이 아니
라 발타하리의 고향인 중부 산치에도 없는 이야기였다.

산치라면 붓다의 십대제자 사리불과 가전연의 고향이기도 했
다. 그리고 급고독 장자와 수보리의 고향이기도 했다.

그런데도 그 곳에서는 부처님의 자타카 이야기를 들을 수 없었다.

그런 이야기를 듣고 오는 사람들은 오직 간다라 사람들이었다.

하긴 붓다-가섭-아난-상나화수-말전지로 이어진 그들의 제자들과 데바닷다의 제자들이 많은 곳이고 보니, 많은 붓다의 이야기들이 나오는 것도 당연하겠지만 그중의 상당수는 날조된 것이거나 새롭게 창작되고 있다는 것을 발타하리도 알고 있었다.

어쨌거나 간다라는 새로운 수행지로 떠오르고 있었다.

발타하리는 히말라야를 내려오면서 우파 굽타 생각이 났다. 벌써 7년도 더 지난 일이었다. 그러나 다시 생각해보니 어제와도 같은 일이었다.

우파 굽타의 성령(聖靈)스런 얼굴이 떠올랐다. 짜이를 건네주던 우파 굽타가 허공 속에서 빙긋이 웃는 것 같았다.

"선생님, 여기가 어떨까요?"

히말라야가 끝나는 곳의 계곡 아래였다.

젊은 제자는 그 언덕처럼 봉긋이 솟아오른 바위 위에 짐을 내려놓고 거기에 아쉬람을 짓자는 표정을 지었다.

부처님께서도 정사(아쉬람보다는 큰 사찰의 단위)를 지어드리고 싶어한 급고독 태자에게 말했듯이 마을에서 멀지 않고 물이 있으며 조용하고 한적한 곳이 수행처로 좋다는 것은 이미 수행을 원하는 사람들에게 잘 알려져 있었다.

제자가 멈추어 짐을 내린 그 곳은 정사로는 부적격이겠지만 아쉬람의 터로는 적격이었다.

그러나 발타하리는 고개를 저었다. 이왕 히말라야의 북쪽으로 내려온 바에는 우파 굽타를 먼저 만나고 싶었다.

"물맛이 참으로 달콤합니다."

"게다가 공기는요. 이렇게 맑고 상쾌한데……."

제자들이 그의 뒤를 따르며 못내 아쉬운 표정을 지었다. 우파 굽타는 발길을 돌리다가 다시 돌아보았다.

정말 괜찮은 곳이었다. 저만치 마을이 한가롭게 보였다. 야자나무로 기둥을 세우고 야자잎을 얼기설기 올려 만든 주거용 움막들이 보였다. 마을 앞에는 밀밭도 보였고 얌(인도식 감자)과 같은 여러 가지 감자밭도 보였다. 멀리 보리밭이 있고 그 보리밭 옆에서 한가롭게 노니는 양떼도 보였다.

부자 마을인 것 같지는 않았지만 마을이 앞에 있다면 제자들을 굶기진 않을 것이다.

인도의 풍습으로 여염집의 사람들은 뭇 사문들을 대하면 그것이 자신의 종교와 일치하든 혹은 그렇지 않든 수행승들에게 음식을 나누어 주는 것이 당연한 일이었고 그런 보시공덕이 내생을 보다 풍요롭게 만든다고 믿고 있었다.

"그래, 그 곳이 좋겠다."

발타하리는 미적거리며 짐을 챙겨 들고 따라오는 제자에게 말했다.

"정말입니까?"

"그래."

발타하리는 그렇게 말하고 있었지만 계속 걷고 있었다. 제자 하나가 발타하리의 뒤를 따르며 물었다.

“그런데……?”

“왜 나는 계속 걷고 있냐고?”

“예.”

“아쉬람을 다 지어 놓거라. 내가 돌아올 때까지.”

발타하리는 주장자(柱杖子:설법인이 들고 다니는 지팡이) 하나만을 들고 우파 굽타를 만나기 위해 가고 있었던 것이다.

7년도 더 된 일인지라 그를 만날 수 있을지 모르나, 그는 우파 굽타를 만나기 위해 찾아가 보고 싶었다. 그리고 어쩌면 그를 만날 수 있으리라는 예감이 있었다.

발타하리는 소문을 따라 티벳의 북서쪽 국경 카라코람 산맥을 넘었다. 파키스탄이 있고 슬라이 산맥 쪽으로 더 올라갔다.

부처님의 전생 이야기인 자타카의 새로운 이야기들과 아난의 제자들에 관한 소문을 따라서였다.

위로는 이란이 있고 인더스 강의 줄기가 서쪽으로 시작되는 곳으로 북서부의 캐쉬미르 부근에 이르자 아난의 제자들이 있는 곳을 알 수 있었다.

젤럼 · 찌납 · 라비라의 3강이 모여 인더스 강의 줄기를 만드는 곳이었다. 인더스 강이 매년 홍수 때마다 범람하여 땅은 기름졌고 그 땅이 생산해내는 밀과 보리는 모든 간다라 인들이 먹고도 남았다. 더구나 이란과 그리스 인들이 드나들기 쉬운 서쪽의 평야지대였다.

그리고 그런 지리적 조건이기에, 부(富)를 찾아 동진정벌에 나섰던 알렉산더 대왕의 잔인했던 침략의 흔적이 아직도 여기저기 남아 있는 곳이었다.

우파 굽타가 머무는 정사를 찾기란 그렇게 어렵지 않았다. 슬라이즈 산맥의 지류가 시작되고 젤럼 강의 평야가 드넓게 펼쳐진 곳에 정사가 있었다. 발타하리는 그 정사의 입구에서 휘휘 둘러보다가 정사로 들어섰다.

발타하리가 막 정사의 입구에 들어서자, 시자 하나가 쪼르르 달려나와 합장을 했다.

발타하리는 그가 누군지 알았기에 입가에 미소를 띠었다.

"혹시 발타하리 선사님이십니까?"

"우파 굽타님의 시자시오?"

"선사님께서 그걸 어떻게?"

시자는 합장을 한 채 놀란 눈으로 발타하리를 올려다 보았다. 몽고계의 둥근 얼굴에 키가 작았다. 아마도 몽고계의 순수 혈통을 그대로 유지하고 있기 때문일 것이다.

인도의 강한 카스트의 울타리 탓에 자기 카스트와 종족을 순수하게 이어가는 그런 경우는 드문 일이 아니었다.

히말라야의 티벳 등성이, 그러니까 인더스 강의 동쪽 끝에서 데바닷다가 영원한 고행을 찾아 들어갔던 부탄 지역까지는 주로 몽고 계의 종족이 많았다. 물론 드라비다 족과 아리안 족도 있었지만 그건 몽고 족에 비하면 아주 적은 수에 불과했다. 붓다 족도 인도의 이 티벳-몽고 족이라는 설이 있다.

"애야, 바람에 날리는 세월이 말하더구나."

"……"

사자는 고개를 끄덕였다.

"어서 안내하여라."

발타하리가 주장자로 시자의 어깨를 살짝 밀쳤다.

삭발한 시자의 민둥한 머리가 햇빛에 반짝이고, 발타하리의 긴 머리카락이 바람에 날렸다.

발타하리는 주변을 둘러 보았다. 비교적 큰 가람이었다.

"선사님, 이 곳은 지바카가 부처님께 드린 가람이었다고 합니다."

"지바카?"

"부처님의 건강을 돌보던 의사 말입니다."

"그렇군."

발타하리가 비록 긴 머리를 정수리 위로 틀어올리고, 붉은 가사를 입은 요긴이라 하지만 그 정도는 알고 있었다.

지바카라면 의사로서 지극정성으로 부처님을 돌보던 사람이었다. 정사를 하나 부처님께 드렸다는 말을 들었다. 그 정사가 어디에 있는 줄은 물론 그때까지 모르고 있었다.

그 곳이 여기 캐쉬미르와 티벳의 사이에 있는 간다라였다니.

"처음엔 작은 가람이었습니다. 아쉬람보다는 약간 큰 정도였죠. 처음 아난 존자께서 증축을 하시고 그분의 제자들이 모여들면서 하나 둘 증축을 한 것이 이렇게 큰 가람이 되었습니다."

시자가 가람의 주위를 둘러보며 소상히 설명을 해 주었다.

인더스 강이 멀리 흐르고 있었다.

계곡의 숲에서 흘러나오는 향기가 향긋하게 다가왔다. 게다가 가람의 여기저기 야자나무가 가로수로 심어져 있었다. 노란 야자열매가 주렁주렁 매달려 있었다.

그리고 그 야자열매 숲 저만치 뒤에는 바나나 숲이 우거져 있었고 가람(건물)은 그 숲 사이에 간간이 세워져 있었다. 원숭이들이 야자나무 숲에서 팔딱거리고 있었다.

야자나무가 양쪽으로 죽 늘어선 길을 지나자 아주 커다란 도량(승가의 마당을 말함)이 나왔고, 거기에는 사람들이 무엇인가를 아주 열심히 하고 있었다.

도량에 커다란 돌이 세워져 있는데 사람들은 그 커다란 돌 즈변에 모여 있었다.

"……?"

발타하리는 낯선 황색의 가사 사이사이에 끼어 있는 이방인들을 보았다.

"그리스 인들입니다."

"……?"

"우파 굽타님의 주선으로 조각을 배우고 있습니다."

"조각?"

그리스 인들이 정과 끌을 쥐고 한 가닥씩 돌멩이에 모양을 새겨가면서 사문들에게 열심히 설명을 하고 있었다.

"무엇을 조각하는 거지?"

"붓다의 상징물을 돌에 새기는 것이지요."

"붓다의 상징물?"

"네."

"왜 붓다가 아닌 붓다의 상징물이란 말인가?"

"조만간 붓다의 조각도 할 것이라 들었습니다."

"조만간에?"

"익숙해지면요. 그 전에 연습이 필요한 것이지요."

발타하리도 알 것 같았다. 직접 붓다의 조각에 임할 때 보다 신중하려는 마음인 것이었다. 사람들 곁으로 다가가자 낯익은 얼굴이 보였다.

"어서 오십시오."

우파 굽타였다.

우파 굽타가 조각상 앞에서 합장을 했다. 7년이란 세월을 실감하게 그는 변해 있었다.

벌써 머리엔 흰 머리가 드물지 않게 올라 있었고, 눈가의 주름도 잔잔하게 내려 앉아 있었다. 그러나 그런 모습은 또다른 성스러움이었다.

"선생님께선 여전하십니다."

우파 굽타가 말했다.

아직 손엔 정과 끌이 쥐어져 있었고 돌가루도 뿌옇게 손목과 가사 위에 얹어져 있었다.

"직접 그걸 배운단 말입니까?"

히말라야에서 우파 굽타를 처음 만났던 순간부터 그러했지만 여전히 발타하리는 우파 굽타에게 말을 놓지 못했다. 아니 놓을 수가 없었다.

세속의 나이로야 발타하리가 10년 정도 앞설 것이었다.

게다가 발타하리는 나는 새도 오금을 저리고 하늘에서 떨어진다는 브라만의 사제 가문이었고 우파 굽타는 크샤트리아의 **왕족** 가문이었다.

겉으로는 한 계급의 차이지만 인도의 카스트에서는 어마어마한 차이었다.

감히 크샤트리아가 브라만을 올려다 보거나 눈을 마주칠 수 없는 관계였고, 감히 동등한 어투로 말을 하거나 존대를 받을 수 없는 계급의 차이가 존재했다.

물론 우파 굽타야 불가의 출가사문이니 그런 계급은 이미 벗어난 터이지만 발타하리는 카스트의 울타리 안에 있는 브라만의 요긴이었다.

요긴의 요가 수행은 탈(脫) 카스트와는 아무 연관이 없었다.

그런데도 그들의 사이는 이미 카스트 제도에서 벗어나 서로 존중하는 관계로 무르익어 있었던 것이다.

"이리로 오시지요."

우파 굽타는 발타하리를 방으로 안내했다. 그리고 비단과 무명 조각들이 겹겹이 쌓인 보자기를 발타하리 앞에 꺼냈다.

"이건……?"

발타하리는 고운 끈으로 동여매진 보자기를 쳐다보았다. 향긋한 냄새가 천으로부터 흘러나왔다.

우파 굽타가 오색의 끈을 풀었다.

"선생님께 드리려고 준비해 두었던 것입니다."

우파 굽타가 꾸러미를 살짝 발타하리 쪽으로 밀었다. 우파 굽타는 이미 발타하리가 자신을 찾아오리란 걸 알고 있었던 것이다.

"내 히말라야에서 이미 근기를 알아 뵈었지만 벌써 이리 되실 줄은 정녕 몰랐습니다."

발타하리는 천을 펼쳤다.

흰색 비단 위로 고운 연꽃이 피어났다. 활짝 벌어진 연잎이 금방이라도 뚝 떨어져 내릴 것처럼 위태롭기까지 했다.

"이건 연습작이었어요."

우파 굽타가 수줍게 미소지으며 첫장을 걸었다.

다음 장은 물결이 흐르는 작은 연못에 홀로 핀 연꽃이었다.

발타하리는 자신도 모르게 손을 내밀었다. 연꽃을 만져보고자 함이었다.

그 순간 발타하리는 그것이 그려진 이름일 뿐이지, 진짜 연꽃은 아니라는 것을 알게 되었다. 그림은 그렇게 세밀하고 아름답게 그려져 있었다.

발타하리가 조심스럽게 그 연꽃을 걸었다.

다음은 아기 코끼리였다.

"웬 아기 코끼리입니까?"

"……."

우파 굽타는 대답 대신 씨익 웃었다.

그리고 다음 장은 지바카였다. 지바카가 서있는 모습이었다. 지바카 다음은 문수보살이 있었고 그리고 그 다음은 마야 부인이었고 그 다음에는 마하파자파테가 있었으며, 그 다음으로 사리불이 있었고 그 다음에 목련이 있었고 그 다음은 수보리가, 그 다음에는 아난이 있었고, 그 다음은 데바닷다였다.

"마지막 한 장입니다."

우파 굽타가 공손한 표정으로 무릎을 꿇었다.

그런 우파 굽타의 표정으로 마지막 장은 예사 인물이 아님을 알 수 있었다. 어쩌면 가섭일지도 몰랐다.

'그렇지, 가섭이겠지?'

이제까지 본 그림에는 가섭이 빠져 있었다.

우파 굽타는 아난의 법손이라고 했는데 그렇다면 당연히 가섭의 법손이기도 했다. 그런데 데바닷다도 있고, 목련도, 사리불도 있었다. 지바카는 비교적 앞쪽에 있었으며, 상나화수와 말전지도 있었다. 단지 가섭이 나오지 않았다.

발타하리는 조심스럽게 아난의 사촌형인 데바닷다의 그림을 걸어 올렸다.

"아……!"

발타하리의 입에서 주체할 수 없는 경탄의 외침이 터져나왔다.

"붓다이시옵니다."

우파 굽타가 그림을 향해 합장을 했다.

32상 80종호.

붓다의 장엄하고도 화사한 모습이 마지막 비단 위에 결가부좌를 틀고 앉아 있었다.

일설에는 붓다가 인도의 그 많은 부족 중에 두 번째로 많은 티벳-버마 족이라는 말이 떠돌고 있었다. 그러니까 순수 아리안 계의 크샤트리아 계라기보다는 어쩌면 몽고 족의 크샤트리아 계라는 말이었다. 물론 순수 아리안 계라고 하여 반드시 우수한 건 아니었다. 그러나 외모에 있어서만은 이목구비가 수려한 아름다움을 갖고 있음을 부인할 수 없었다.

그렇더라도 붓다는 이미 아리안의 순수 혈통을 넘어서 있었다. 아름다움을 넘어 신비가 전체의 모습에 아지랑이처럼 피어오르고 있었다.

"저는 늘 이런 차례로 불화를 그립니다."

우파 굽타가 붓다의 모습에 취한 발타하리에게 말했다.

그 후로 간다라에 머물면서 우파 굽타와 발타하리는 친형제처럼 지냈다.

브라만 교의 요긴 발타하리와 승가의 사문 우파 굽타에게는 아무런 장벽이 없었다.

때로는 우파 굽타가 히말라야의 끝자락에 있는 발타하리의 아쉬람을 찾았고, 때로는 발타하리가 캐쉬미르의 국경지대인 우파 굽타의 가람을 찾았다.

그리고 5년의 세월이 바람같이 흐른 어느 날이었다.

우파 굽타는 조심스럽게 말했다.

"당신의 자손 중 후대에 전륜성왕이 나올 것입니다."

그것을 듣고 발타하리는 웃으며 말했다.

"저는 출가 전에 딸만 둘을 남겼습니다. 그런데 어떻게 전륜성왕을 후손으로 두겠습니까?"

"비록 딸이라 하나 딸의 자식이라 하여 어찌 후손이 될 수 없겠습니까? 죄송한 일이지만, 그 따님을 저의 형인 마우리아 왕조의 왕 빈두사라에게 왕비로 주심이 어떠신지요?"

빈두사라 왕.

비록 왕이라 해도 그의 신분은 크샤트리아였다. 발타하리와 그의 딸은 브라만이었다. 신분을 뛰어넘는 혼인은 그 자손에게 수십 나락의 미천한 신분을 갖게 하는 것이었다. 특히 어머니의 신분이 높을 때는 피하지 못할 굴레인 것이다. 단, 아버지가 왕이고 그 자식이 왕이 된다면, 신분의 구애는 받지 않을 것이었다. 그러나 예측할 수 없는 미래의 일이었다.

하지만 발타하리도 그런 예감을 갖고 있었다. 그러기에 아쉬람을 제자들에게 맡기고, 간다라를 떠나 두 딸을 만나기 위해 산치의 집을 찾았다.

큰딸은 이미 인근의 브라만 가문에 출가를 했고, 둘째딸이 남아 있었다. 둘째딸의 용모는 발타하리 자신이 보기에도 분명 전륜성왕을 낳을 귀상이었다.

그러나 무작정 왕에게 보낼 수는 없는지라, 예언력을 가진 몇몇 요긴들에게 물어 보았다. 그들 역시 같은 대답이었다.

그러나 딸을 궁으로 보내는 일은 대단한 각오를 필요로 했다. 자칫 딸의 일생을 엉망으로 만들어 버리고, 못난 애비라는 원망을 들을 수도 있는 일이었다. 발타하리는 딸의 의사를 묻지 않을 수 없었다.

"넌 어찌 생각하느냐?"

"무엇을 말이옵니까?"

"빈두사라의 후궁이 될 수 있겠느냐?"

"그렇사옵니다."

놀라운 일이었다. 딸은 의외로 그런 말을 기다리고 있던 것처럼 쉽게 대답을 했다. 그 길로 발타하리는 딸을 데리고 빈두사라 왕이 사는 왕궁으로 향했다.

인도 중서부 산치에서 마우리아 왕궁까지는 먼 거리는 아니었지만 그렇다고 쉬운 길도 아니었다. 산치는 브라만의 주요 성지로 붓다 어머니의 고향이며, 10대 제자 중 설법 제일 가전연과 목련, 수보리 등의 고향이기도 했다.

사막을 지나 동쪽 길에 접어들었다. 마우리아 왕궁이 보였다. 왕궁 앞에 다다른 발타하리는 성문을 열었다. 인도에서는 성자의 발길을 거절하지 않는 관습이 있었고 왕궁도 마찬가지였다. 성자들은 자연스럽게 왕궁을 드나들 수 있었고 보시를 요구할 수 있었다. 행여 그들에게 보시하느라 왕궁의 재산이 거덜나지 않겠느냐고 물을지 모르지만 성자들이란 절대로 필요 이상의 보시를 요구하지 않았다.

그 필요라는 것도 돈을 받아서는 안 되고 주로 식사만을 보시받았는데, 성자들은 보시의 기회를 되도록 여러 집에 주고자 했다. 그래서 열 집을 거쳐야 한 끼 식사 양이 되었다.

그러므로 왕궁이라 할지라도 한 끼 식사의 10분의 1만 보시하면 되는 것이었다. 그러니 복을 쌓는 기회를 주는 성자의 출입을 왕궁이라 하여 막을 리 없었다.

발타하리는 딸의 손을 잡고 왕궁으로 들어가 왕인 빈두사라를 찾아 앞으로 나아갔다. 발타하리는 산발한 머리에 분소의를 걸친 브라만 교의 요가 수행자의 차림이었다.

이런 식으로 왕을 찾아오는 사람들은 많았다. 따라서 빈두사라 왕은 발타하리에게 별 관심이 없었다. 빈두사라는 선사의 물음에 대충 대답해 주고, 어서 보내고 싶은 생각뿐이었다.

"왕이시여!"

발타하리가 왕 앞에 엎드렸다. 빈두사라가 비록 왕이라 하나, 이미 성자의 지위를 증득한 발타하리가 빈두사라 앞에서 엎드릴 이유는 없었다. 그런데도 발타하리가 왕 앞에 엎드린 것이었다.

빈두사라도 의외라고 생각했다.

발타하리의 딸은 발타하리 옆에서 다소곳이 서 있었다. 사막을 건너는, 결코 쉬운 여정은 아니었지만 그녀의 아름다움은 조금도 빛이 바래지 않았다. 겉으로는 머리와 몸이 온통 흙범벅이 되었지만, 그녀는 비범한 아름다움을 지니고 있었다.

그 곳에서 그녀를 본 사람들은 누구나 느낄 수 있었다. 오로지 빈두사라만이 어서 성자가 일어나 나가주길 바랄 뿐, 그 옆에 선 그녀의 아름다움을 보지 못하고 있었다.

"무슨 일이시오?"

발타하리를 향해 묻는 빈두사라의 목소리는 예의를 차린 인사였지만 실상은 귀찮은 투정이 배인 목소리였다.

"제 딸이옵니다."

발타하리는 옆에 서 있는 여인을 가리켰다. 빈두사라는 여인을 슬쩍 스쳐 볼 뿐, 여인의 아름다움을 알아채지 못했다. 그저 긴 여정에 지친 여인으로만 보일 뿐이었다.

성자가 비록 브라만의 기품을 지니고 있다 하나, 그렇다고 하여 딸도 반드시 브라만 신분이란 확신은 할 수 없는 곳이 인도였다.

왕 역시 그녀의 신분과 발타하리의 신분을 굳이 연결시키지 않았다. 여인은 그저 여인인 것이다.

"제 여식을 후궁으로 삼으소서."

발타하리는 다시 고개를 숙이면서 말했다.

"후궁?"

"그렇사옵니다."

빈두사라도 여느 사내와 마찬가지였다. 새로운 후궁이 들어오는 것을 마다할 리는 없었다. 하지만 그는 달갑지 않았다. 지금 거느린 왕비들의 성격도 가지각색이고 욕심도 많아 서로 질투하고 싸우는데, 괜스레 후궁을 더 들여 분쟁의 씨앗을 만들고 싶지 않았다.

"그저 왕궁에서 살게만이라도 허락해 주시옵소서."

"음……."

빈두사라는 고개를 끄덕였다. 왕궁에서 사는 정도라면 애써 반대할 이유가 없었다.

그녀의 지친 모습을 보면 근거리에 집이 있는 것도 아닐 터이고, 그녀의 삶을 보시하는 기분으로 그녀가 왕궁에 머무를 수 있게 후궁으로 받아들였다.

그러나 왕비들의 마음은 그렇지 않았다. 그녀의 아름다움을 행여 왕이 알아차리는 날이면 왕비들의 행복이란 그 날로 끝이 난다는 것을 알았기 때문이다.

6

인도는 화려한 비단의 나라였다.

비단길이 열리고 중국에서 값싼 비단이 대량으로 유입되기 전까지 인도의 비단은 전인도에서 유럽까지 최고의 인기를 누렸다. 인도는 처음에 간다라에서 그리 멀지 않은 북쪽 나라 이란과 비단 거래를 시작했다. 이란 인들은 인도의 비단을 받아들였고, 그리스까지 인도 비단의 소문이 퍼졌다.

그리스 인들은 이란 인들보다 훨씬 더 인도 비단에 매혹되었다. 그리스 인들은 인도 비단을 사러 인도의 서북쪽 간다라에까지 드나들었다.

그리스 인들은 어떤 방법으로든 인도의 비단을 사고 싶어했다. 대량의 금을 들고 와서 인도의 비단을 사갔다. 고액의 가격을 치르고 가져간 건 아니지만 인도의 비단이 그리스에 유입됨으로 해서 그리스의 금이 바닥이 났다는 말이 날 정도였다.

비단과 금의 나라, 부자의 나라 인도를 차지하기 위해 알렉산더 대왕이 쳐들어 왔다. 인도의 북부에 동서로 길게 뻗어 있는 히말라야를 동쪽에서부터 서쪽으로 끈질기게 침범해 온 것이었다. 히말라야를 넘어 인도를 꿈꾸었던 것이었다. 그 대원정은 무려 19년이나 계속되었다.

알렉산더는 그 19년 동안 단 하루도 쉬지 못하고 꼬박 전쟁에만 몰두했다.

알렉산더는 인도 정복의 열정을 안고 계속 진격했다. 하지만 추위와 굶주림으로 부하들의 사기는 떨어져 갔다. 결국 히말라야의 정상을 넘지 못하고, 알렉산더는 간다라로 진격지를 바꿀 수밖에 없었다. 그리하여 19년 만에 인도의 서북부 간다라와 캐쉬미르를 손아귀에 넣었다.

그러나 정작 본토 그리스는 3개로 분할되는 상황이 되고 말았다. 그렇더라도 인도를 포기할 수는 없었다. 자신이 본토로 돌아가도 인도에서 그리스의 힘이 오래도록 남아 있게 하고 싶었다. 그래서 찬드라 굽타같은 인물을 심어둔 것이었다.

알렉산더가 보기에도 찬드라 굽타는 대단한 인물이었고, 예언처럼 인도를 통일할 강력한 군왕이 나온다면, 그의 후손에서 나오리란 확신이 있었다. 그래서 찬드라 굽타를 도왔다. 인도를 통일하게 된다면 그리스의 인도 통치에 있어서 최소한의 피해를 받을 것이었다.

알렉산더는 철저히 불자가 된 셀레우코스 총독에게 간다라와 캐쉬미르를 맡기고 그리스로 돌아갔다. 이제 간다라와 캐쉬미르는 그리스 식민정치로 들어간 것이었다.

바이샤는 인도의 4대 계급 중 농사를 짓거나 소를 치고 수산업에 종사하거나 상업을 하는 계급이었다. 그들에게는 총 수입의 6분의 1을 정부에 세금으로 지불할 의무가 있었다. 그 대가로 그들은 브라만과 크샤트리아의 계급과 함께 지배계급의 혜택을 입고 있었다.

캐쉬미르와 간다라 지방에서 바이샤에게 거둬들인 세금의 3분의 1은 그리스로 상납되었다. 그렇다고 억울하고 분한 것만은 아니었다. 헬레니즘으로 발달된 그리스 문화가 인도 문화에 직접 영향을 주고 있었던 것이다. 건축과 미술의 보급에 있어 그리스인들은 인도에 와서 그 방법을 전수하는 데 조금도 머뭇거리지 않았다.

우파 굽타도 그 영향을 받고 있었다.

우파 굽타는 정사의 도량을 따라 천천히 걸었다. 베개를 베고 오른편으로 누워 빙그레 웃고 있는 부처의 노란 가사가 바람에 흩날리는 것처럼 세심하게 조각되어 있었다. 그리고 그 붓다의 옆에는 언제나 그랬듯이 수건을 들고 서 있는 아난이 빙그레 웃고 있었다.

우파 굽타는 아난을 바라보았다.

사실 붓다가 입멸하고 제1차 결집 후, 아난의 친형인 데바닷다와 수보리가 교단에서 추방당했다. 철저한 고행을 주장하던 데바닷다의 교리는 붓다의 대기설법과 중용에 대립되는 것이었고, 수보리의 공(空)사상은 마하가섭의 깨달음을 능가하는 것이었기에 그들은 교단에서 추방을 당해야만 했다. 그들을 추방한 가섭을 정당화시키기 위해서 데바닷다에 관한 모함적 이야기들을 만들어냈던 것이었다.

게다가 가섭의 세속 신분은 수드라였다. 그것도 주인에게 정당하게 허락을 받고 출가한 것이 아니라 주인 몰래 도망쳐서 출가를 한 것이었다. 반면에 수보리는 바이샤라는 계급의 약점을 제외하면 기원정사를 기증한 급고독 장자의 아들로 대단히 부유한 가문의 외아들이었다. 그의 아버지가 부처에게 기원정사를 기부했을 뿐 아니라, 천안통을 얻은 그는 목련의 수제자였던 것이었다.

목련은 도술을 부리기도 했고 포교에도 남다른 관심을 가졌던 부처의 제자로, 자신이 죽을 줄을 알면서도 이방인들의 포교에 나섰다가 그들에게 돌을 맞아 죽은 제자였다.

수보리가 그 포교의 길을 말리자, 그것도 이미 자신에게 주어진 운명이라면서 자신의 죽음 후 그 이방의 세계에 불법이 전해질 것이라고 했다. 수보리의 만류도 통하지 않았다.

목련은 결국 돌에 맞아 죽었고 그 소식을 들은 부처는 눈물을 흘렸다. 일체지(一切智)를 얻어 이미 인연의 끈에 느낌이 없던 부처가 눈물을 흘릴 정도로 부처는 목련을 사랑했던 것이었다.

게다가 수보리의 공(空)에 대한 깨달음은 부처를 제외하고 가장 뛰어났다. 공이 곧 일체지의 문전이었던 것이었다.

가섭에게 수보리는 큰 걸림돌이었다.

그나마 다행스러운 것은 수보리가 욕심이 없다는 것이었다. 공(空)을 깨달은 수보리라서인지, 아니면 대상인으로 어마어마한 부를 소유한 급고독 장자의 외아들로 물질적으로나 계급적으로 어떤 불만을 느끼지 못해서인지 수보리는 교단의 승계 따위에 별로 관심이 없었다. 아니 오히려 그는 그런 거추장스런 지위의 떠맡김을 꺼려하고 있었다.

그리고 데바닷다, 그는 아난의 친형이자 석가모니 부처와 사촌 형제간이었다.

부처가 대기설법으로 중용을 주장하는 반면, 데바닷다는 철저한 고행을 주장했고 또 그를 따르는 무리도 만만치 않았다. 게다가 승단에도 직접 영향을 줄 수 있는 사람이 그였다. 아난과 난타를 비롯한 비구 교단의 친척 집단과 마하파자파티와 손다리 등이 있는 비구니 교단에 두루두루 영향력을 갖고 있는 인물이었다. 그리고 그 수는 이미 5백 명을 훨씬 넘고 있었다.

가섭은 그런 데바닷다가 두려웠다. 그래서 아난에게 위협과 설득을 해가며 자신의 곁으로 끌어들였던 것이었다.

마하가섭이 법문을 잇기까지 아난은 붓다의 시자 시절처럼 나약하고 여리기만 한 성품이었다. 그러나 마하가섭이 죽고 아난이 다시 법맥을 이었을 때부터 아난은 곧고 강인한 성품을 내보이곤 했다.

그는 교단에도 혁신이 있어야 한다고 주장했다. 부처께서 여자 승려인 비구니를 승단에 받아들이지 않으면 불법은 영원할 것이나 비구니를 받아들인다면 불법은 500년 정도만 이어질 것이라고 했다. 그것을 아난은 이렇게 되새겼다. 교단이 비대해지면 교단을 효과적으로 운영할 수 없다. 그러므로 비구니 교단에도 할 일을 주어 각자 책임을 다하는 교단으로 이끌어 가야 한다는 것이다.

그러나 아난은 비구니들에게 할 일을 만들어 주지 못했다. 단지 많은 경전을 정리했을 뿐이었다.

붓다의 곁에 가장 가까이 있었기에 부처의 말씀을 가장 많이 알고 있었고, 또한 아난의 기억력은 대단해서 부처의 이야기를 그대로 기억하고 있었다.

부처님이 유일하게 출가를 권유했던 사람이고 보면, 아마도 부처는 아난이 할 일을 알고 있었을 것이다.

아난의 뒤를 상나화수가 이었고, 그 뒤를 말전지가 이었다.

상나화수는 찬드라 굽타의 아버지와 친분이 있었고, 말전지는 찬드라 굽타와 친분이 있었다.

찬드라 굽타의 아버지도, 찬드라 굽타도 불가의 교단에 많은 보시를 하였다. 그러나 찬드라 굽타는 불가에 귀의한 것이 아니라 자이나 교에 귀의했다.

궁궐을 떠나면서 단 한 가지의 보석도 소유하지 않고 나체의 수행을 시작한 것이었다.

우파 굽타는 부처의 옆에 다소곳이 서 있는 아난의 눈을 보았다.

그리스 인의 도움을 받아 조각한 것이지만 자비스러운 눈이 마음에 들었다.

우파 굽타는 조각된 아난의 가사 부분을 부드럽게 쓸어내렸다

새 한 마리가 아난의 머리 위를 빙빙 돌다 날아갔다.

우파 굽타는 하늘에 둥둥 떠다니는 구름을 보았다. 고향 생각이 났다. 형인 빈두사라 생각도 났다.

"스님!"

우파 굽타가 아난을 돌아 관세음보살의 옆으로 가고 있는데 발타하리가 도량의 야자나무 길을 걸어오고 있었다.

"나무 관세음보살."

우파 굽타는 발타하리를 향해 합장을 했다.

"다녀왔습니다. 아주 시원합니다."

발타하리는 하늘을 한 번 바라보고 머리를 만지작거렸다. 머리에 터번을 쓰고 있었다. 붉은 가사에 어울리는 붉은 터번을 머리에 둘러 길게 산발한 머리가 흘러내리지 않도록 하고 있었다. 그것도 역시 이란 인들의 영향을 받아 새롭게 등장하는 요긴들 사이의 멋내기였다.

"……."

우파 굽타는 대답 대신 웃어보였다. 발타하리가 시원하다고 말하는 이유를 알고 있었다.

"첫째아이는 이미 출가를 했길래 둘째를 지금 막 빈두사라의 후궁으로 들이고 오는 길입니다."

발타하리가 모두 던졌다는 듯 양 손을 허공에서 펴 보였다.

"그나저나 오면서 보니 그리스 인들이 비단과 금을 수레에 가

득가득 싣고 가더이다."

"나무 관세음보살."

우파 굽타는 합장을 해 보였다.

"요즘은 총독이 상납하는 물건만 가져가는 것이 아니라 캐쉬미르와 간다라에서 무역을 하는 인도 전역의 대상인들을 상대로 상납금을 억지로 뺏어가기도 한답니다."

발타하리가 관세음보살상을 돌아 문수보살상으로 다가갔다. 연꽃송이를 손에 든 문수보살의 손가락을 긁적거렸다. 그러다가 우파 굽타의 말을 기다리는지 우파 굽타를 바라보았다.

"걱정입니다."

우파 굽타가 역시 말이 없자, 다시 말했다.

"오래 가지 않을 겁니다."

우파 굽타는 남의 일처럼 말하고 관세음보살이 쥔 연꽃을 가다듬었다. 연꽃은 돌로 조각된 것이 아니라 금속으로 길게 주물을 하여 손에 쥐어 주었던 것이었다.

"그보다 우리 절의 보시금을 좀 가져가시지요."

우파 굽타는 요사채 안으로 들어갔다. 2층으로 된 정사였다.

아래층은 사미승들이 쓰고 2층은 비구승들과 교단의 지도자들이 사용하는 방이었다. 그리고 그 2층의 요사채 뒤에는 별채가 있었는데 그 곳에는 그리스 인들이 묵고 있었다. 물론 그 중에는 불가에 귀의하여 머리를 깎고 승복을 입은 사람들도 있었지만, 대부분은 그리스의 관습대로 있으면서 헬레니즘 미술양식만을 전해주고 있었다. 별채도 그들이 헬레니즘 양식으로 지은 건물이었다.

우파 굽타는 발타하리와 2층의 주지방(우파 굽타의 방)으로 들어갔다. 그리고 방 한켠의 문을 열고 보자기에 싼 작은 꾸러미를 꺼내 놓았다.

"뭡니까?"

"죄송합니다. 금을 약간……."

우파 굽타는 오히려 미안하다는 표정이었다.

"괜찮습니다."

발타하리는 보자기에 싸인 것을 살며시 밀쳤다.

"아닙니다. 그래야 제 마음이 편합니다."

"……."

"저희 절이야 넉넉하지 않습니까?"

"그렇더라도……."

"나눠쓰는 게 도리가 아닙니까? 선사님께서도 제가 히말라야에 있을 때 선사님께서 받은 보시를 꼬박꼬박 제게 나누어 주셨지 않습니까?"

"그럼."

발타하리는 미안함을 무릅쓰고 꾸러미를 받았다.

"펴 보십시오."

"……"

발타하리는 가볍게 고개를 끄덕이며 보자기를 풀었다.

금이었다. 현물과 직접 물물교환이 되기에 현물처럼 사용되는 금덩이들이었다.

"아쉬람을 운영하자면 상당한 자금이 필요할 텐데요."

"그야 그렇지요."

그랬다. 당시의 요긴이나 자이나 교도들은 경제적으로 힘이 들었지만 지바카 정사처럼 비교적 커다란 정사는 경제적으로 별로 힘이 들지 않았다. 아니 오히려 풍족한 편이었다.

부처님 입멸시 사후의 처리를 묻는 아난에게 부처님은 붓다의 다비는 재가자들에게 맡기고 승가 사문은 오직 도를 구하는 것에만 열중하라고 했던 부처의 지시에 따라 승가 사문은 부처의 열반식에 관여할 수 없었다.

그러나 부처의 사리를 여덟 등분으로하여 8분의 1의 분량은 외국으로 보내고 나머지는 인도 각지에 사리탑을 세운 까닭에 사찰의 경제는 풍요로워질 수 있었다. 사리탑을 관리하는 재가신자의 도움 때문이었다. 재가신자는 사리탑을 세우고 사리탑 주변으로 신도들을 모을 수 있었다. 스투파라는 원형의 돔을 짓고 그 안에 사리를 안치하였고, 신도들은 그 탑을 돌면서 소원을 빌었다.

당연히 사리탑으로 모여든 사람들은 보시금을 아끼지 않았고 그 보시금이 모여 사리탑을 관리하는 재가신자는 어마어마한 재력을 갖게 되었다.

그러나 사리탑만으로는 명분이 생기지 않았다. 부처님도 '자등명(自燈明) 법등명(法燈明)'을 말씀하시며 오직 자신과 법에 의지할 뿐 사리탑(舍利塔)에 의지하라고는 하지 않으셨다. 그런 명분이 승가를 도왔다. 승가 사문의 뒷바라지를 해 주며 승가 사문이 필요할 때는 언제든 신도들의 행사를 돕게 함으로써 사리탑 주변으로 신도가 모이는 것에 당연한 명분을 쥐어준 것이었다.

지바카 정사도 마찬가지였다.

간다라의 사리탑은 지바카 정사와 그런 연계를 갖고 있었다.

그 대가로 사리탑의 관리자는 정사에 경제적 도움을 주었고 가끔씩 비구들이 나가 탑사의 행사를 도왔다. 뿐만 아니라 정사에 직접 보시를 하는 사람들도 만만치 않았다. 그러다 보니 지바카 정사도 단단한 경제력을 바탕으로 설 수 있게 된 것이었다.

찬드라 굽타도 지바카 정사의 대단한 조력자였다.

그러나 찬드라 굽타가 말년에 자이나 교로 개종을 하고 자이나 교의 승려가 되어 왕궁을 떠나면서 불교와 왕실과의 인연은 깨끗이 끝났다.

그래서 빈두사라는 우파 굽타가 지바카 정사에 머물러 있으리라고는 생각지도 않았다. 한때는 우파 굽타의 소식을 알려고 노력했지만 지바카 정사는 염두에 두지 않았다. 그저 아버지인 찬드라 굽타처럼 자이나 교도가 되었거나 요긴이 되었을 거라고 생각하였다. 설사 불가의 사문이 되었다 할지라도 설마 지바카 정사라고는 상상 밖이었다.

"저, 그보다……."

"……?"

"부탁 하나 들어주시겠습니까?"

"말씀하시지요."

"연꽃의 그림을 몇 개 더 주시겠는지요?"

"불화 말씀이십니까?"

"……."

발타하리가 고개를 끄덕였다.

"일전에 드린 것은 누구에게 주셨습니까?"

"딸에게 줬습니다."

"……?"

"행여 필요할지도 모르겠다 싶었습니다."

"그런데 왜 연꽃만……."

"내 아무리 브라만 교의 요가 수행자 요긴이라 하나, 어찌 크게 깨달아 까이왈야에 이른 붓다를 소홀히 할 수 있겠습니까. 그래 연꽃만 골라 주었습니다."

"……."

우파 굽타는 고개를 끄덕였다.

비록 발타하리가 그의 말대로 요긴이라 하나, 붓다에 대한 마음가짐은 불제자에 못지않다는 생각이 들었다.

"그러시지요."

우파 굽타는 다양하게 그린 연꽃 그림을 꺼냈다. 더욱 화려해지고 세밀해져 있었다.

발타하리는 연꽃을 다시 둘둘 말았다.

"저야 그림을 잘 모르지만, 더욱 좋아진 것 같습니다."

"고맙습니다."

발타하리가 금과 그림을 들었다.

"아쉬람까지는 먼 길인데 좀 쉬었다 가시지요."

우파 굽타는 일어서는 발타하리를 따라 일어서며 말했다. 발타하리는 대답 대신 우파 굽타를 보며 씨익 웃었다. 히말라야 언덕에서의 일이 생각나서였다.

"부끄럽습니다."

우파 굽타가 합장을 하고 고개를 숙였다.

"바람이라고 매이는 것이 어찌 없겠습니까? 기압에도 매이고 습기에도 매이고 비에도 매이지 않습니까? 단지 그런 매임을 벗어나려는 게 유랑인이겠지요. 아쉬람에도 매이지 않을 겁니다."

발타하리는 우파 굽타의 마음을 헤아리며 말했다. 우파 굽타가 다시 고개를 가볍게 끄덕였다.

발타하리가 끝없는 유랑을 찾아 이제 곧 떠나겠다는 걸 안다는 의미였다. 그리고 그런 유랑 끝에 어디선가 죽음을 맞을 것이다. 아니 스스로 죽을 곳을 찾아 드러누워 그가 늘 연습하고 단련했던 그 호흡법으로 마지막 호흡을 끊을 것이다. 우파 굽타는 더 이상 아무 말도 하지 못했다.

그 마지막 선택은 요긴이라면 누구나 그렇듯이 발타하리에게도 너무나 영광스러운 것인 줄을 우파 굽타도 알고 있었다.

7

빈두사라는 약속대로 여인을 제1왕비로 맞아들였다. 이젠 왕의 자리에 있다는 것이 부담스럽지 않았다. 왕으로서의 고통과 시름도 여인으로하여 잊을 수 있었다. 여인은 빈두사라에게 삶의 의미를 주었다. 매일 밤 여인의 처소에 들면서도 낮이 되면 여인은 언제나 그리운 존재였다. 밤은 그렇게 짧은데 낮은 왜 그리 긴지 빈두사라는 하루 해가 답답하기만 했다. 해가 서쪽으로 기울기가 무섭게 여인의 처소에 들어 밤이 다 지치도록 여인의 품에서 놀다가 일어났다.

그래도 빈두사라는 피곤하지 않았다. 예전보다 더 젊어진 느낌이었다.

이제는 전쟁에 관심이 없었다. 그저 여인의 품에서 행복하기 살고 싶었다. 여인이 만일 아들을 낳으면 그가 빈두사라의 이루지 못한 꿈을 이룰 것이다. 바람이 있다면 그것뿐이었다.

여인은 첫날 밤의 인연으로 임신을 했다.

여인의 배가 남산만 해졌어도 빈두사라는 여전히 매일 밤 여인을 찾았다. 링가와 요니가 엉기는 쉬바의 향연 때문만은 아니었다. 6~7개월이 되고 그런 사랑 행위을 할 수 없어도 빈두사라는 여인의 방을 매일 찾아갔다.

행복이었다. 그녀를 보는 것만으로도 하루 내내 쌓인 피로가 말끔히 사라졌다. 여인의 배가 남산만 해졌을 때 빈두사라의 성욕도 깨끗히 가셨다. 그저 여인의 부풀어 오는 배를 쓸다보면 고환에 고인 정액도 말라 없어졌다. 여인이 애를 낳을 때까지 그런 이상한 현상은 계속되었다.

"어찌 되었다더냐?"

왕비가 드디어 산방으로 아이를 낳으러 들어갔다. 왕은 산방에 들지 못한다는 것이 원망스러웠다. 빈두사라는 불안한 마음으로 산방의 소식을 기다리고 있었다.

이윽고 산방으로부터 전갈이 왔다.

"아들이라 하옵니다."

"아들이라고?"

새삼 아들을 낳았다는 소식이 신기하기만 했다.

그 동안 빈두사라는 다른 부인들에게서 여러 아들들을 두었다. 그 많은 아들을 낳아도 신기해 본 적이란 큰아들인 수사이마뿐이었다. 그것도 지금의 신기함에는 차마 비교할 수 없었다. 지금은

110

그때와 달랐다. 설레임이었다. 알 수 없는 설레임이 온몸에 전율처럼 와 닿았다.

"정녕 아들이옵니다."

"산모는 어떤고?"

"별 진통이 없었던지라 아주 건강하다 하옵니다."

"그래?"

왕은 왕비가 막 낳았다는 아들이 보고 싶었다.

얼마나 사랑스러운 왕비던가? 그 왕비가 낳은 아들은 하늘의 신처럼 황금빛 피부에 고운 살결일 것이라고 생각했다. 눈은 왕비를 닮아 사슴처럼 곱고 맑은 눈동자일 것이다. 전통적인 크샤트리아보다는 브라만의 온유함을 왕은 바라고 있었다.

왕은 대신을 따라 산방으로 갔다.

"우리 아들이오?"

왕은 기대와 설레임으로 왕비의 옆에 누운 아기의 이불을 걷었다. 그러나 왕은 아이가 아들이라는 상징물까지도 보려 하지 않고 다시 이불을 덮었다. 참을 수 없는 분노에 이성을 잃은 왕의 손이 반사적으로 이불을 덮고 있었다.

아이는 어느 구석도 브라만의 온유함을 닮지 않았다. 피부가 황금빛으로 곱지도 않았다. 손바닥은 솥뚜껑처럼 크고 힘이 넘쳐 보였다. 왕이 바라던 대로 눈이 크긴 했지만 사슴처럼 맑고 청아한 눈동자가 아니었다. 호랑이처럼 혹은 표범처럼 맹렬한 야수의 눈동자였다. 방금 낳은 아이에게서 그런 눈동자를 보는 것은 처음이었다. 아이의 눈과 마주쳤을 때 왕은 두려움에 싸이며 굴복

감까지 느꼈다. 표정 없는 아이에게서 쏟아져 나오는 기운은 그 눈빛만 마주쳐도 패배감과 굴욕감을 느끼게 하고 있었다.

왕은 실망스러웠다.

그러나 왕비에게 그런 실망을 보이고 싶지 않았다. 어쩌면 아이는 커가면서 그 흉물스런 허물을 벗고 브라만의 어머니를 닮을지도 모른다고 억지로 자위했다.

왕은 아들이 그렇게 변할 때까지 보고 싶지 않았다.

아이는 많은 시간을 유모와 보내야 했고 왕은 아이가 제 어미인 왕비와 함께 있지 않은 시간을 택해 왕비의 거처를 드나들었다.

"아이의 이름을 무우라 하시오."

아들이 태어난 지 1주일이 지난 어느 날 왕은 왕비에게 아들을 낳은 일이 마치 남의 일인 것처럼 무심하게 말했다. 남의 아이 이름을 대신 지어주는 것처럼…….

"무우라고요?"

왕비는 일부러 왕에게 되물었다. 왕이 아이를 볼 때마다 질겁한다는 것을 왕비는 알고 있었다.

"산통이 없었다는 뜻이 아니겠소?"

왕은 그 아들의 이름조차 다시 말하고 싶어하지 않았다.

무우가 커가는 동안 외모의 변화를 기대하던 왕의 뜻과는 달리 무우의 얼굴은 조금도 브라만을 닮지 않았다. 오히려 태어날 때보다도 더 용맹스럽고 힘이 있어 보였다. 이글이글 타오르는 눈동자는 먼 거리에서 마주쳐도 충분히 주눅이 들고도 남았다.

왕도 브라만의 외모에 대한 강한 열등의식과 부러움의 열망이 있었다. 때문에 더욱더 브라만을 닮은 아이를 원하고 있었다.

브라만의 외모. 그래야만 브라만의 어머니와 크샤트리아의 아버지 사이에서 태어난 아이가 불가촉의 신분을 뛰어넘을 것이었다.

왕은 둘째만큼은 반드시 브라만을 닮은 아이를 낳고 싶었다.

"왕비여, 이번만큼은 반드시 당신을 닮은 아이를 낳아 주구려."

"그 또한 하늘의 뜻이 아니겠는지요."

왕비는 무우에 대한 지나친 기피증세를 보이는 왕이 못내 걱정되었다.

그러나 무우가 누구를 닮았단 말인가! 바로 크샤트리아인 왕 자신을 닮은 것이다. 크샤트리아 계급도 여러 종족이고 그 종족의 사람들도 외모가 가지가지이지만 왕 자신이 크샤트리아 중에서도 유달리 골격이 크고 전투적인데 아버지를 닮은 아이를 어쩌란 말인가! 아이가 빈두사라보다 더 용맹스러워 보이고 골격 또한 더 큰 건 사실이다. 그렇게 골격이 크고 용맹스러운 무우이기에 왕의 재목이라는 것을 왕비는 알았다.

인도가 통일되지 않고, 그러니까 지금 빈두사라가 다스리는 영토만을 승계한 채로 전륜성왕이 된다는 것은 한 가닥 허망한 꿈이었다. 사실 지금의 마우리아 왕조는 제후 정도의 힘보다 아주 조금 강할 뿐이다.

왕비는 그러기에 무우야말로 반드시 마우리아 왕조를 이어가야 한다고 생각했다.

그런 생각을 가진 왕비가 다시 아이를 낳으려는 이유는 왕의 생각과는 다른 데 있었다. 왕이 '왕좌를 이어갈 마땅한 아이가 비로소 태어날까?' 하는 막연한 기대감이라면, 왕비가 아이를 또 낳으려는 이유는 나머지 예언을 이루려는 것이었다. 대성인들이 일찍이 예언한 대로 왕비가 낳은 두 아들 중 하나는 전륜성왕이 될 것이며, 한 아들은 숲으로 가 대성인이 될 것이라 했다. 왕비는 그 예언을 완성하고자 했다.

그 아이는 슬픈 운명을 타고난다고 하였다. 하지만 그 아이로 하여 온 세상에 불법을 전할 계기가 마련된다고 하였다. 계기가 무슨 의미인지는 몰라도 왕비는 어쨌거나 그 예언 모두를 이루고 싶었다.

그리하여 왕비 자신의 고향인 중서부 산치에도 이제 브라만 교와 자이나 교를 능가하는 붓다의 불법을 전하고 싶었다. 우파 굽타는 아버지에게 자신이 능히 그런 인물을 낳을 수 있을 것이라고 했다. 비록 크샤트리아인 아버지와 브라만 여인의 어머니 사이에서 난 불가촉(찬달라)임에도 불구하고 자기 신분을 뛰어넘어 통일된 인도의 전역에 불법을 전할 계기가 될 것이라 하였다. 그리고 그 힘은 전륜성왕이 된 아들의 도움을 받겠지만, 왕비의 두 아들이 힘을 합해야 된다고 했다. 그것이 그들에게 주어진 생의 의미였고, 그들을 낳을 역할이 지금 왕비에게 주어진 이생의 역할이라 했다.

왕비는 무우를 낳고 1년이 지나 다시 임신했다. 왕비가 임신을 하자, 왕은 다시 예전의 왕이 되었다.

무우를 낳고부터 왕비의 처소를 출입하는 횟수가 차츰 줄었던 왕은 와비가 다시 임신을 하자, 처음 무우를 임신했을 때처럼 매일 찾아와서 왕비의 배를 쓸어주고 입을 맞춰주었다. 무우에 대한 왕의 미움도 그나마 사그러들었다.

아마도 왕은 무우가 자신의 아들이란 사실을 잊고 있는 것 같았다. 빈두사라 왕은 태어날 아이에게만 온갖 관심을 보였다. 그리고 왕비는 예언처럼 또 아들을 낳았다. 왕비를 꼭 닮은 아이였다. 아이는 키가 클 것인지 손발이 길죽길죽 했다. 눈은 움푹하고 쌍커풀이 깊은데 그 안에 괸 눈동자가 호수처럼 맑고 사슴처럼 청아하게 아름다웠다. 피부 또한 감로처럼 매끄럽고 부드러웠다. 당연히 둘째 왕자는 왕의 관심과 사랑을 받았다.

"이우를 잘 키우시오."

왕은 둘째를 안으며 함빡 웃었다.

첫째인 무우에게는 그런 웃음을 단 한 번도 보이지 않았던 왕이었건만, 둘째에게는 웃음을 떼지 않는 것이었다.

"이우라니요?"

"우리 아들의 이름이오."

왕비가 아이를 보며 함박 웃는 왕에게 묻고 있을 때 멀리서 무우의 울음소리가 아련하게 들렸다. 왕도 무우의 아련한 울음을 들었는지 그 함박 웃던 얼굴을 일순간 찡그렸다.

왕비는 그런 왕의 행동이 걱정스러웠다. 왕의 잘못된 행동으로 하여 자칫 무우가 성격이상자가 될 수도 있을 것이었다.

"당신과 내가 낳은 아들이 전륜성왕이 된다면 바로 이 아들일 것이오."

다행히 무우가 곧 울음을 그쳤는지 다시 울음소리가 들리지 않았다.

왕은 아이를 안고 사랑스럽게 어르며 그런 말을 반복했다.

"왕이시여!"

"왜 그러오?"

왕은 아이를 내리고 근심스러워하는 왕비의 안색에 놀라고 있었다. 왕비가 무우를 낳았을 때는 처소에 찾아오는 것도 관리를 하던 왕이었건만, 이우를 낳고부터는 이우를 보기 위해서인지 아니면 왕비를 보기 위해서인지 그야말로 쥐가 곡창에 드나들 듯 왕비의 처소에 드나드는 것이었다. 그렇더라도 왕은 단 한 번도 무우의 안부를 묻거나 걱정한다거나 장래를 이야기하지 않았다.

"아니옵니다."

왕비는 입을 다물었다.

어차피 왕좌의 승계야 왕 자신이 스스로 선택할 것이었다. 그런 것을 지금부터 왈가왈부해서 비위를 거슬릴 필요는 없을 것이었다.

그러나 왕비의 얼굴에는 여전히 근심이 어렸다.

"왜 그러시오? 내가 당신에게 뭔가 섭섭하게 했나보구려?"

왕은 아이를 내려놓고 왕비를 안았다.

"아니옵니다."

"당신이 낳은 아이가 전륜성왕이 될 거라고 하지 않았소? 그렇다면 바로 이 아이가 아니겠소? 혹여 당신은 저 흉물스런 무우가 그런 엄청난 인물이 될 거라는 생각을 하는 것 아니오?"

왕은 무우에게 어떤 혐오감까지 갖고 있었다. 그리고 왕비도 그걸 느낄 수 있었기에 무우의 성장이 두려운 것이었다.

왕비의 생각대로 무우는 용맹스러웠다. 반면에 이우는 겸손하고 자비로웠다. 무우는 틈만 있으면 사냥을 즐겼고, 이우는 틈만 있으면 조용히 앉아 생각하거나 어머니인 왕비에게로 와서 대자연의 이치를 묻곤 했다.

한 번은 궁궐에 커다란 코브라가 나타났는데, 이우는 그 코브라를 바라보면서 빙그레 웃었다. 겁을 내지도 않았다. 코브라 역시 이우에게 덤벼들 기세가 아니었다.

그런데 무우가 다가오자, 코브라가 입을 벌리고 무우에게로 덤벼드는 것이었다. 무우가 갓 열 살을 넘겼을 때였다. 무우 역시 코브라 따위에게 겁을 내고 있지 않았다.

그러나 무우가 겁을 내지 않는 것은 이우의 자비심(慈悲心)과는 다른 것이었다. 무우는 고민하는 기색도 없이 손으로 코브라의 주둥이를 잡아 요절을 내고 말았다. 몽둥이도 필요 없었다. 맨손으로 독이 오를대로 오른 코브라를 잡은 것이었다.

무우의 손에서 코브라가 흙먼지 이는 바닥으로 나동그러졌다.

그것을 보고 있던 사람들은 꼬마장수의 힘에 놀라 겁을 먹었다.

그러나 이우만은 아무 표정 없이 그런 형의 얼굴을 바라보고 있었다. 단지 아까까지 코브라의 행동을 보며 입가에 번졌던 미소만이 사라졌을 뿐이었다.

"너 줄까?"

무우는 동생 이우에게로 축 늘어진 코브라를 던졌다.

이우는 무우가 던진 코브라를 받지도 거절하지도 않았다.

무우가 이우에게로 코브라를 던지자, 맨손으로 이우가 그걸 주위 보리수 나무 아래 늘어뜨려 놓았다.

"왜 그걸 거기 늘어뜨리는데?"

무우가 이우에게 다가와서 이상하다는 듯이 물었다.

"장례를 치르는 거야."

"장례?"

"선사들도 그렇게 하잖아?"

"선사들이라고?"

"선사들처럼 작은 벌레들이 죽은 코브라를 뜯어 먹을 수 있게 여기 이렇게 두는 거야."

이우는 나뭇잎 몇 개를 주워 코브라 위에 슬쩍슬쩍 덮어두었다.

겁을 먹지도 않았고 징그러워하지도 않았다. 미끌거리는 코브라의 비늘을 두 손으로 쓸어가며 길게 늘여뜨려 놓았다.

왕에게 그 소식이 전해졌을 때 왕은 포악한 무우는 역시 왕의 재목이 아니라고 단정지었다. 더불어 이우도 왕의 재목으로는 너무 나약하다고 생각했다. 이우의 성격이 강해지지 않는 한, 왕좌는 다른 부인들의 자식이이어야 할 것이었다.

그러나 세월이 갈수록 무우는 용맹하고 포악해졌다. 무우가 그렇게 변하면 변할수록 이우는 삶과 죽음에 더 무감각해졌다.

무감각해졌다는 것은 무우와 이우 모두에게 해당되는 것이었다. 무우는 생명을 거침없이 죽였고, 이우는 무우가 죽인 생명을 또 그렇게 무감각하게 장례를 치르는 것이었다.

그러나 이우 자신은 개미 한 마리도 죽이지 않았다. 개미만이 아니라 모기 한 마리도 죽이지 못했다. 모기가 자신을 뜯어 먹으려고 달려들어도 이우는 그것을 피하기 위해 움직이거나 손으로 날려 보내지 않았다. 오히려 행여 모기가 놀라 도망이라도 갈까 봐 모기가 자신의 피를 빨아먹고 다시 날아갈 때까지 꼼짝 않고 그대로 있으며 모기를 도와주었다.

왕은 이제 두 아들 모두 왕이 될 재목이 아니라고 생각하게 되었다. 그러나 왕비와의 약속이 마음에 걸렸다.

그래서 왕은 한 묘책을 생각해냈다. 대선인을 불러 왕자들의 상을 보고 왕자감을 결정하는 것이었다.

빈두사라 왕은 전 왕비의 소생인 수사이마나 이우 중 하나가 다음 왕이 되겠지만, 이우 역시 왕이 되기에는 부족한 점이 많다고 생각했다. 왕은 방갈라 아밧사지를 불렀다.

"왕자들을 죽 둘러보고 누가 다음 대의 왕이 될 것인지 관상을 보도록 하시오."

"다음 대의 왕이라고요?"

방갈라 아밧사지도 이미 무우와 이우의 소문을 듣고 있던 터였다.

"그렇소. 다음 대의 왕이 누가 될 것인지 점을 쳐 보도록 하시오."

화상은 점을 치고 싶지 않았다. 화상도 이미 무우를 멀리서 보아왔다. 충분히 왕의 재목이 되고도 남을 인물이었다. 전 인도를 통일할 인재로 무우만한 적격자가 없음에도 불구하고, 왕의 무우에 대한 병적인 혐오감을 방갈라 아밧사지도 알고 있었다.

운명은 어차피 주어지는 것이었다. 무우는 분명 왕의 뒤를 잇게 될 것이고, 예언대로 전륜성왕이 될 것이다.

물론 빈두사라 왕의 생각은 다르다는 것을 방갈라 아밧사지도 알고 있었다. 수사이마나 이우 중에서 왕의 자리를 승계하고 싶어했다.

그러나 수사이마는 명이 짧은 관상을 가지고 있었다. 게다가 이글이글 타오르는 불화로에 빠져 죽을 운명이었다.

그리고 슬픈 일이지만, 이우 역시 짧은 운명을 타고났다. 그의 운명이란 전륜성왕이 불법에 귀의하게 하기 위해 피를 흘리고 처참하게 죽어야 하는 운명이었다.

그런 왕자들의 운명을 대성인들은 이미 알고 있었다. 단지 왕만 모를 뿐이었다.

방갈라 아밧사지가 왕자들의 이런 운명을 왕께 그대로 말한다면 그는 살아남을 수 없을 것이었다. 그래서 왕자들의 관상보는 것을 피하고 싶었다.

"아드님들을 데리고 금전원관으로 가서 그 상을 보겠나이다."

금전원관은 왕궁의 뒤편에 있는 숲이었다.

거기서라면 혹시 왕이 싫어하는 무우가 왕이 되고, 수사이마는 곧 죽명이라는 예언은 하지 않아도 될 것이었다.

"그래? 이유는 뭔가?"

"점심이나 같이 먹으며 관상을 볼까 하옵니다."

"식습관의 상도 보려는 게군?"

"그렇사옵니다. 음식 먹는 상을 보면 그의 복을 알 수 있사옵니다."

"그렇게 하라."

왕은 모든 왕자들에게 좋은 옷과 좋은 말을 타고 금전원관으로 모이게 했다. 그러나 무우에게만은 아무런 연락도 하지 않았다.

왕자 무우는 단지 궁인들이 쑥덕거리는 이야기만을 들었을 뿐이었다.

빈두사라 왕이 무우에게만은 왕좌를 물려주고 싶어하지 않는다는 사실, 궁궐 여기저기를 기어다니는 도마뱀들조차도 아는 사실이었다.

무우는 보리수 나무등걸을 어슬렁어슬렁 기어가는 도마뱀 한 마리를 집어들었고, 그것의 두 눈을 캐어 보리수 나무 아래로 내던졌다. 그리고는 도마뱀 몸뚱이를 다시 패대기쳤다.

왕비가 그런 무우를 멀리서 지켜보다가 무우 앞으로 갔다.

"왜 그러느냐?"

왕비도 심란한 무우의 마음을 알고 있었지만 내색은 하지 않았다.

"아닙니다."

무우는 어머니 왕비에게만은 부드러웠다. 어머니의 사랑을 알고 있기 때문이었다.

"아버님께서 금전원관에서 왕자들의 상을 본다는구나."

왕비는 조심스럽게 말을 꺼냈다.

무우라고 모를 일이 아니었다. 그러나 무우의 자존심을 그런 식으로라도 챙겨 주고 싶은 어머니의 마음이었다.

"알고 있습니다."

"그렇구나."

왕비는 무우가 패대기친 도마뱀을 전에 이우가 그랬듯이 보리수 나무 아래 단정히 놓아 주었다.

"아버님께서 행여 내가 나타나거든 늙은 코끼리를 내주라 하였

다 하옵니다. 물론 다른 왕자들에겐 좋은 말과 점심을 준비해주
라 했답니다."

"코끼리보다 더 좋은 말이 있더냐?"

왕비는 무우의 어깨에 자애롭게 손을 올렸다. 왕비는 보리수 잎
을 하나 주워 무우에게 주었다. 어차피 모든 것은 운명에 따라 흘
러가게 될 것이었다.

"어쨌거나 저는 가지 않겠습니다."

"무우야, 그저 가 보기나 해라."

"뭐하러 간단 말입니까? 아버님께서 또 저를 보고 상을 찡그리
거나 화를 낼 것인데요."

"그저 한 번 가 보기나 해라."

"그럼 어머니께서 점심을 준비해 주십시오."

무우가 아무리 거칠고 맹수처럼 사납다하나 왕비인 어머니 앞
에선 착한 아들이었다. 무우는 어머니의 애타는 마음을 헤아려
그저 한 번 가 보기로 했다.

그러나 궁궐을 나오며 생각하니 금전원관까지 가서 왕의 찌푸
린 모습을 보기가 싫어졌다. 숲에 가서 실컷 사냥을 즐기다가 왕
궁으로 돌아갈까 하며 망설이고 있을 때였다

"왕자는 어디로 가시옵니가?"

노란 가사를 걸친 선사가 무우의 앞으로 다가왔다.

"선사는 누구시옵니까?"

"전 아누룻다이옵니다."

"아누룻다 선사님이시군요. 일찍이 명성은 들었습니다."

“어디로 가시옵니까?”

슬쩍 비켜가는 무우에게 아누룻다가 선사가 다시 물었다.

“난……난…….”

“…….”

“부왕께서 금전원관에 왕자들을 모아놓고 상을 본다고 합니다. 왕좌를 이을 재목을 찾는 것이지요. 그러나 제게는 다 필요 없는 일이 아닙니까? 적어도 아버님께서 제게만큼은 왕좌를 물려주지 않을 것이라는 건, 전 인도의 도마뱀들도 아는 사실이 아닙니까?”

무우는 도망치듯 아누룻다를 비켜가려 했고, 아누룻다는 바싹 무우의 앞으로 다가가며 말했다.

“그래서요?”

“어머님께서 저도 그 곳에 가 보기만 하라고 해서 나오긴 했지만, 차마 엄두가 나지 않습니다. 아버님께서 행여 저를 보고 노하거나 화를 내지나 않을까 두렵기도 하고요.”

무우의 시선이 땅에 떨어졌다.

“그렇지 않을 것이옵니다. 그저 가 보기나 하십시오.”

선사는 주장자를 들고 돌아섰다.

무우는 발길을 돌렸다. 그리고 왕의 명령대로 늙은 코끼리를 타고 천천히 금전원관으로 향했다.

무우가 그 곳에 도착했을 때는 이미 여러 왕자들이 숲 여기저기에 모여 있었고, 숲의 중앙에 방갈라 아밧사지와 왕이 나란히 자리를 잡고 앉아 있었다.

“왕자들은 준비된 자리에 앉아 식사를 하시오.”

신하가 큰 소리로 말하자 각기 왕자들은 준비되어 있는 자리에 앉았다.

무우도 자기 자리를 찾아 보았다. 그러나 무우의 자리는 어디에도 없었다. 이우의 자리가 맨 앞에 수사이마 자리와 나란히 있었지만 이우는 보이지 않았다. 이우는 본인 스스로 왕이 되고 싶지 않다고 했다. 이우는 산으로 가서 도를 깨우쳐 아라한이 되겠다고 했다. 그러나 빈 자리라 할지라도 이우의 자리에 무우가 앉을 수는 없는 일이었다. 무우는 커다란 야자나무 아래 땅바닥에 앉았다.

때마침 준비한 식사가 왔다. 어머니인 왕비가 준비해 준 예쁜 사기그릇 안에 잘 담긴 타락밥이었다.

"누가 왕이 되겠는고?"

방갈라 아밧사지가 난감해하며 상을 보기를 미루건만, 알 턱이 없는 왕은 어서 상을 보라고 방갈라 아밧사지를 재촉했다.

방갈라 아밧사지는 다시 왕자들을 둘러보았다. 아무리 봐도 무우가 왕이 될 상이었다. 아니 무우만이 왕이 될 상이었다.

방갈라 아밧사지는 적당히 둘러델 말을 생각해 보았다. 그러다가 모두 말을 타고 왔건만 무우만이 코끼리를 타고 온 걸 보았다.

"가장 좋은 것을 타고 온 분이 왕이 될 것이옵니다."

방갈라 아밧사지가 빈두사라 왕에게 말했다.

빈두사라 왕은 무우에게 관심조차 없었으므로, 말을 타고 온 왕자들을 둘러보며 혼잣말로 되뇌었다.

"가장 좋은 것이라고?"

“그렇사옵니다. 가장 좋은 것을 타고 온 왕자님이 왕이 될 것이
옵니다.”

“모두 좋은 말일진대, 누구의 말이 가장 좋은 말이더란 말이오?”

“잘 보시면 좋은 것이 있을 것이옵니다.”

방갈라 아밧사지는 무우의 코끼리를 보았다. 참으로 왕자를 태
울 코끼리였고, 무우 또한 왕이 될 상이었다.

“다시 잘 보시오.”

왕이 방갈라 아밧사지에게 왕자들의 상을 다시 봐 달라고 했다.

“가장 좋은 음식을 먹는 왕자님이 다음 대를 이을 것이옵니다.”

왕이 왕자들을 둘러보았다. 왕자들은 미리 준비한 최고의 도시
락들을 먹고 있었다. 야자잎에 싸인 각종 반찬들이었다. 모두 최
고의 반찬이었다. 단지 구석에 무우만이 사기그릇에 멥쌀이 섞인
타락밥을 먹고 있었다.

“도대체 누가 왕이 된단 말이오? 모든 왕자들이 한꺼번에 왕이
될 순 없지 않겠소?”

“잘 보시오소서, 가장 좋은 음식을 드시는 왕자님이 계실 것이
옵니다.”

방갈라 아밧사지는 무우의 타락밥을 보며 말했다.

“아무리 봐도 난 모르겠소. 다른 걸로 좀 봐주시오.”

방갈라 아밧사지는 난감하기만 했다.

어떻게 이 난관을 극복한단 말인가. 왕이 바라는 것은 어떤 왕
자가 왕이 될 것인지를 확실하게 언급하는 것이었다. 더불어 무
우가 왕좌를 잇지 않을 것이라는 확신을 얻는 것이기도 했다.

'운명을 어찌 사람의 힘으로 거스를 것인가!'

방갈라 아밧사지는 다른 묘안을 생각해 봤다.

"어서 말해 보시오. 누가 왕이 되겠소?"

왕이 재촉했다. 왕자들은 서로 자신이 왕이 되리라는 생각들을 하게 되었다.

각자 자기가 타고 온 말이 가장 좋은 것 같았고 자기가 먹는 음식이 가장 좋은 음식이라는 생각이었다.

단지 무우만이 그런 대열에서 빠져있었다.

"가장 좋은 자리에 앉은 왕자가 왕좌를 이을 것입니다."

"가장 좋은 자리라고?"

"그렇사옵니다."

방갈라 아밧사지의 말에 왕자들은 각기 자신들이 앉은 좌석을 봤다. 모두 가장 좋은 자리였다. 각자는 왕이 특별히 준비하게 한 가장 좋은 자리에 앉았었다. 수사아마가 가장 앞자리에 앉아있었지만 그렇다고 좌석까지 특별한 건 아니었다. 그저 그가 앞에 앉아있을 뿐이었다. 그렇더라도 수사이마보다 한 발쯤 뒤에 앉아있는 왕자들도 모두 각자 자신들이 왕이 될 것이라는 바람을 갖고 있었다. 단지 무우만이 야자수 잎 하나를 깔고 땅바닥에 앉아있었다.

인도에서의 야자나무는 참으로 유용한 것이다. 움막을 지을 때 야자나무 잎으로 지붕을 엮으면 그대로 사람이 살 수 있는 움막이 되었다. 야자나무 잎을 깨끗이 씻어 음식 밑에 깔면 그대로 위생적인 일회용 접시가 되었다.

지금 왕자들의 도시락도 그랬다. 왕자들이 먹는 음식 밑에 야자
잎이 접시 대용으로 사용되고 있었다. 커다란 야자잎을 반듯이
잘라 음식을 싸왔다가, 그대로 바닥에 펴놓고 먹는 것이었다.

무우처럼 나뭇가지와 잎을 엉덩이에 깔고 앉을 수도 있었다.

"허허."

결국 왕은 어떤 왕자가 왕좌를 이을지 정확한 답을 듣지 못했
고, 방갈라 아밧사지는 위기를 모면할 수 있었다.

"누가 왕이 될 것이라더냐?"

금전원관에서 돌아온 무우에게 왕비가 물었다.

"가장 좋은 것을 타고 온 사람이 왕이 될 거라 하더이다."

"가장 좋은 것이라고? 그래 누가 가장 좋은 것을 타고 왔더냐?"

"왕자들은 각자 자기들이 좋은 것을 타고 왔다고 했지만, 제 생
각엔 제가 가장 좋은 것을 타고 왔더이다."

"왜 그런 생각을 했느냐?"

"제가 타고 간 건 늙은 코끼리였는데 코끼리는 힘과 정복의 상
징이 아닙니까? 게다가 늙은 코끼리는 지혜의 상징이기도 하지요."

왕자는 아주 담담하게 말했다. 그러나 왕비는 어떤 확신이 필요
했다. 이미 오래 전에 들은 예언이었지만, 지금은 그 예언에 가졌
던 자신의 확신이 흔들리고 있었다. 그러기에 다시 대성인으로부
터 재확인이 필요했다.

"다른 말은 않더냐?"

"가장 좋은 음식을 먹는 왕자가 왕이 될 거라고 하더이다."

“그래서?”

“왕자들은 각기 자기들이 가장 좋은 음식을 먹고 있다고 했지만, 제가 보니 제가 가장 좋은 음식을 먹더이다. 왕자들의 음식은 집단적으로 만들어진 것이지만 제것은 어머님이 사랑으로 만들어 주신 것이 아닙니까?”

“더는 말을 않더냐?”

“가장 좋은 자리에 앉은 왕자가 왕좌를 이을 거라고 했습니다.”

“누가 좋은 자리였느냐?”

“왕자들은 모두 자기가 좋은 자리라고 했지만, 제가 보니 제가 가장 좋은 자리이더이다.”

“왜 그렇게 생각했느냐?”

“왕자들은 모두 똑같은 좌대에 앉았더이다. 그러나 저는 왕자들의 음식을 쌌던 야자잎을 깔고 앉았으며 땅에 앉았습니다. 세상에 땅보다 좋은 것이 어디 있겠습니까? 왕이란 모름지기 땅을 지키는 땅의 주인이 아닙니까?”

무우는 방갈라 아밧사지가 금전원관에서 자신에게 보냈던 흐뭇한 미소를 가슴에 간직하고 있었다.

왕비는 그런 무우가 흐뭇했다. 그러나 왕의 마음이 걱정이었다. 왕은 무우에게 왕좌를 물려줄 마음이 전혀 없는 것이었다. 아니 전혀 없는 정도가 아니라 혹여 무우가 왕좌를 잇게 될까봐 두려워 하고 있는 것이었다. 그런데 어떻게 무우가 왕좌를 잇는단 말인가?

왕비는 걱정스러웠다. 자칫 용맹한 무우가 의미 없는 피만 흘리게 되지 않을까 싶어서였다.

"무우야, 혹여 왕이 되지 않더라도 속상해하지는 말아라."

왕비는 하늘을 보았다. 아마도 나이를 먹나 보았다. 아버지의 손을 잡고 처음 궁궐에 들어올 때는 그렇게도 자신이 있었다. 억지스레 왕비들의 손에 이끌려 이발사 노릇을 할 때도 왕의 사랑을 독차지하고 대성인의 예언대로 자신이 낳은 아들로 전륜성왕을 만들 자신이 있었다. 정말 두 아들을 낳았고 모두 장성했는데, 지금은 오히려 자신이 없었다. 모두가 왕에게 달린 것이었다.

무우가 아무리 용맹스럽고 지혜롭다 하나 왕에게는 한낱 불가촉의 천민인 것이었다. 아들이란 감정도 왕은 없는 것 같았다.

이우는 본인 스스로 왕이 되고 싶어하지 않았다. 그는 오히려 왕이 자신에게 왕좌를 물려줄까봐 걱정하고 있었다.

왕의 마음은 이제 수사이마에게로 가 있었다. 왕비도 그것을 알고 있었다. 그러기에 대성인들의 그 옛날 예언은 이제 왕비에게 아무런 확신도 힘도 되지 못하고 있었다.

얼마 후에 금전원관에서 왕자들의 상을 봤던 방갈라 아밧사지가 왕비와 무우에게 문안을 왔다.

"도대체 누가 후대의 왕이 되겠습니까?"

왕비가 방갈라 아밧사지를 맞아 물었다.

"그것은 말할 수 없습니다."

방갈라 아밧사지는 다음대의 왕의 재목을 말하지 않았지만 그 뒤로도 종종 왕비를 찾아와 문안을 하곤 했다. 사실 그 행동단으로도 이미 방갈라 아밧사지의 마음을 보이고 있었다.

8

아리아 인들에게는 독특한 관습이 있었다. 멀리까지 말을 몰아 먹이를 먹게 하였다. 강하고 힘이 센 말일수록 멀리까지 도망칠 수 있었고, 그 말의 도망친 거리만큼 말을 붙잡고 소유한 아리아 인의 힘은 그만큼 강력해지는 것이었다. 그리고 그 말은 제사에 쓰였다. 오스트-아시안 계의 타밀 나두와 연합한 쉬바 링가의 축제는 인도에서는 가나 짜크라로 불린다.

모래바람이 몹시 날리던 날이었다.

건기의 막바지였기에 초목조차도 그 무더위에 시들어가고 있었다. 모래바닥이 뜨거워 걷다보면 발바닥이 벌겋게 달아오르곤 했다.

무우는 누렇게 타들어가며 시들고 있는 풀잎 위를 걸어 왕궁을 나갔다. 오늘은 모처럼 왕궁 밖을 구경해볼 참이었다.

물론 건기의 무더위에 별반 구경할 것이 있을 것 같지는 않지만 더위에 지쳐 헉헉거리는 맹수를 맨손으로 잡는 것도 만만치 않은 재미일 것이었다.

무우는 호랑이든 표범이든 잡아보려는 마음으로 나갔다.

둥둥둥둥…….

그런데 뜻밖에 북소리를 들었다. 북소리가 생생하게 들려왔고 비교적 가까운 거리인 것 같았다. 무우는 북소리를 따라 나아갔다. 직감으로 그 북소리 끝에는 뭔가 재미있는 일이 벌어질 것이라는 생각이 들었다.

아니나 다를까, 북소리가 나는 곳에는 사람들이 발디딜 틈없이 모여 있었다. 그리고 그 사람들 사이에 단이 있는데 그 단위에서 몇몇 사람들이 춤을 추며 둥둥 북을 치고 있었다. 북을 치는 사람들은 옷과 머리에 두른 터번이 모두 하얀 색이었고, 터번의 끝과 허리띠만 붉은 것이어서, 더욱 붉어 보였다.

무우는 그들의 한켠에 끼어들어 갔다. 말로만 듣던 인도 전통의 기우제였다. 말은 기우제라 하지만 사실 추수감사제의 축제와 별반 다르지 않았다.

무우는 아직 추수감사제의 축제를 단 한 번도 구경을 하지 못했다. 물론 추수감사제의 축제야 매년 추수철이면 며칠씩 있는 것이지만, 어쩐 일인지 모친인 왕비께서는 그런 행사 구경을 한사코 만류했던 것이었다.

무우는 오늘에야 비로소 모친 몰래 그 축제를 구경하게 되어 기뻤다. 그리고 뭔가 새로운 것에 대한 기대감으로 가슴이 설레기도 했다.

　사람들이 구름처럼 모여들었다. 북을 치던 사람들이 후다닥 사라지고 다른 사람들이 나왔다. 소마를 마시고 취해서 흥얼거리는 남자들과 춤을 추는 무희들이었다. 그리고 그들은 한동안 춤을 추며 놀았다.

　그러다가 그들이 잠시 무대 뒤로 사라지고, 다시 북 치던 사람들이 나와 아까처럼 북을 치다 들어갔다.

　별반 놀라울 것도 없는 일이었다.

　그의 호기심이 시들해질 무렵이었다. 갑자기 북소리가 커지면서 빨라지더니 하얀 숫소 한 마리와 숫말 한 마리가 끌려 나왔다. 그리고 나체의 여자들이 소마를 마시고 흐리멍텅한 눈으로 소 주변에서 춤을 추며 놀았다.

　소마란 마취기가 있는 식물로, 마시고 나면 정신이 흐릿해지는 것이었다. 수행자들이 가끔씩 삼매를 맛보려고 일부러 마시기도 했는데, 이렇게 축제에서 정신을 빼는 특별한 의식을할 때는 거의 강제적으로 마시게 하곤 했다.

　여자들이 끌려온 소와 말 사이를 돌면서 춤을 추었다. 춤을 추면서 소에게 입을 맞추기도 했고, 말에게 입을 맞추기도 했다. 춤을 추는 여자들의 주변으로 남자들이 모여들어 침을 흘리며 여자들을 따라 몸을 흔들어댔다. 하긴 전라의 여자들에게서 풍기는 기운은 아쇼카마저도 달뜨게 만들고 있었다. 무우는 불끈 달아오는 몸으로 돌아섰다.

　제단에 암소가 서 있었다. 암소는 제 운명을 아는 듯 불안한 눈망울을 꿈벅이고 있었다.

북소리가 더욱 커지고 빨라졌다. 여인들의 춤동작도 더욱 교태스러워졌고 다리를 흔드는 남자들의 몸부림도 도를 더해갔다.

브라만이 제단 위로 나와 한참이나 기도를 드렸다. 그리고 소를 단번에 쓰러뜨렸다.

슬프게 제단에 서 있는 소의 목덜미를 단칼에 베어 소를 눕히고 그 피를 받아 일부는 제단에 뿌리고 나머지 피는 제단에 모인 사람들에게 나누어 마시게 했다.

열대의 나라 인도의 무더위에서 생활하다 보면 단백질이 모자라게 되는데 그런 단백질을 보충하는 방법으로 짜이를 마시곤 했지만, 짜이만으로는 모자라는 단백질을 충당하기에 어림없었다.

그래서 축제 때는 완전히 다 성숙했지만 새끼는 한 번도 낳지 않고 피가 오염되지 않은 암소를 잡아, 피가 굳기 전에 마심으로써 단백질을 보충하는 것이었다.

무우도 사람들과 함께 피를 받아 마시고 입을 닦았다. 고기는 구워 나누어 먹을 것이었다.

사람들이 장작더미 위에서 익어지는 고깃덩어리의 주위를 빙빙 돌며 춤을 추었다. 그러다가 다시 전라의 여인들 쪽으로 몰려들었고, 여인들의 춤은 한층 더 열이 올라 있었다.

그런데 그녀들의 사이사이에 언제 옮겨졌는지 시체들이 알몸으로 눕혀져 있었다. 누군가 거기 그렇게 옮겨 놓은 것이다.

시간이 얼마나 흘렀는지 작열하던 태양은 기운이 시들어가며 서쪽 하늘로 조용히 사라져가고 있었다. 사제들이 여인들 사이에 몰려드는 남자들을 끌어내었다.

"흐흐……흐흐흐……."

남자들은 여자들 사이를 빠져나가며 소마 기운 탓인지 신음소리를 냈다. 그들의 입에서 침이 무절제하게 흘렀다.

무우는 아직 입 안에 고여 있는 피 냄새를 느끼며 그들의 움직임을 주시하고 있었다. 여인들의 춤이 시간이 갈수록 더욱 고태스러워졌다. 남자들이 그녀들에게 칼을 갖다 주었다. 정성들여 갈은 칼날에 석양빛이 반사되어 반짝이는 날카로운 칼이었다.

여자들은 그 칼을 들고 춤을 추었다. 아차 실수라도 할라치면 칼날에 그대로 찢겨 제단에서 죽어간 소처럼 피를 줄줄 흘릴 판이었다. 무희들은 그 칼날을 소와 말의 얼굴에 갖다대며 비벼댔다. 여인들의 동작에 소와 말은 아무 반응이 없었다. 그저 커다란 눈에 눈물 방울이 맺혀 있을 뿐이었다.

서슬이 퍼런 칼을 든 여자들은 마치 위협이라도 하는 듯이 소와 말을 번갈아 가며 칼을 들이댔다. 그건 마치 망나니들의 살인 동작 같았다. 어쩌면 맹수들이 자신들의 먹이감을 죽이기 전에 혼을 빼놓는 동작 같기도 했다.

정말 소와 말이 그녀들의 동작에 혼이 빠진 모습으로 눈동자가 망연해져서 눈물을 흘리고 있었다. 그녀들은 더욱 춤을 강렬하게 추다가 그 날카로운 칼날로 소와 말의 아래로 기어들어가서 중심부에 돌출된 것을 단박에 거세했다. 거세된 것에서 붉은 피가 뚝뚝 흘렀다.

그러나 그런 것은 그녀들에게 아무 문제도 되지 않았다. 그녀들

은 그녀들이 막 잘라 냈고 아직 피가 뚝뚝 흐르는 것을 입에 물고
길게 누운 시체 위로 하나씩 다가갔다.

'시체……?'

무우는 상상력을 발휘해 보려고 노력했지만, 무엇을 하려는 것
인지 알 수 없었다.

무희들은 그것을 자기의 요니(여자의 성기)에 들이밀며 장난을
치다가 입에 물고 시체의 링가 부분(남자들의 성기)을 미친 듯이
마사지했다. 그리고는 시체의 링가를 자신들의 요니에 밀어 넣었
다. 그리고는 차츰 몸놀림이 빨라졌다. 무희들은 격력한 몸놀림
과 함께 뻘뻘 땀을 흘렸다.

죽은 시체와의 성관계. 그것은 부활을 의미했다. 죽은 자에게
얻어지는 생명의 탄생을 의미했다.

거세당한 소와 말이 쓰러졌다. 그녀들은 시체 위에서 한참이나
놀다가 다시 쓰러진 소와 말에게로 가서 시체와 했던 놀이를 반
복했다.

"자, 자! 지원자는 나오시오."

정신이 말짱한 남자가 관중들을 향해 두 손을 높이 들고 말했
다. 몇몇 남자들이 주체할 수 없는 몸을 이끌고 앞으로 나갔다.
앞으로 나간 남자들도 춤을 추는 여자들처럼 소마 기운이 온 몸
에 배여 있었다. 그 기운으로 침을 질질 흘리고 있었고, 자신들의
몸동작이 어디로 이끌려가는지 인식하거나 제어의 능력이 전혀
없어 보였다.

앞으로 나간 남자들이 훌훌 옷을 벗어던지고 여기저기 몸에 피

가 줄줄 흐르는 것처럼 묻어 있는 여인들에게 다가가서 그녀들과 춤을 추었다. 전라로 춤을 추는 그들의 링가가 뻗어올랐다. 그들은 여인들이 베어서 한참 갖고 놀았기에 딱딱하게 식어 굳은 소와 말의 링가를 자기들의 것에 대어보고 히죽히죽 웃다가 다시 춤을 추었다. 그러면서 여인들의 몸에 스칠 때마다 다시 커져오는 자신들의 것을 지켜보며 춤을 추었다.

여인들은 시체 주변으로 가더니 시체의 그것을 거세하고 시체를 둘둘 말아 굴려 던졌다. 그리고는 시체에게서 거세한 것을 다시 가져다 입에 물고 놀았다.

이제 남자들은 커질대로 커진 자기들의 링가를 주체할 수 없는지 여인들의 요니에 그것을 밀어넣고 춤을 추었다. 그런 그들의 주변을 무희들이 빙빙 돌며 춤을 추었다.

그것을 보고 있는 무우의 몸도 불끈 달아올라 있었다. 소마를 마시지 않았기에 망정이지 약간의 취기만 있어도 그것을 빙자하여 뚜벅뚜벅 앞으로 걸어나가고 싶은 충동을 아쇼카는 애써 참고 있었다.

무우는 입에 힘을 주며 주변을 둘러보았다. 아쇼카만이 아니라 모인 사람 누구나 그런 생각을 하고 있는 모양이었다.

영원한 성관계. 그런 동작처럼 그들은 지칠 줄 모르는 동작으로 무희들에게 둘러싸여 있었다.

사람들은 뭘 기다리는 것처럼 그들 앞에서 움직이지 않고 서 있었다. 어쩌면 이제 오지 않을 자기들의 순서를 아쉬워하는지도 몰랐다. 하긴 무우도 그랬다. 그들 앞에서 망연히 서 있었다.

고기는 벌써 요리가 되어 익는 냄새를 풍기고 있었다.

무희들의 춤도 지쳐가고 있었다.

"후-!"

결국 한 남자와 한 여자가 딱 달라붙어 다시는 떨어질 것 같지 않던 접착된 동작을 풀었다. 그리고 하나 둘 그들을 따라 풀어졌다. 오직 한 남자와 한 여자만이 그 후에도 한참을 버티다가 풀어졌다.

"우우우우우우-!"

사람들이 그 남자 주위를 돌며 춤을 추었다. 그 남자에게 암소한 마리가 부상으로 주어졌다. 가장 오랫동안 성관계를 하는 사람에게 주어지는 부상이었다. 남자는 소를 끌고 갔고 여자는 다시 누군가 건네준 코브라를 들고 춤을 추었다.

'코브라'

무우는 예전에 이우가 장례 치러 준 코브라를 기억했다.

그러나 여인은 코브라를 들고 한참 춤을 추면서 코브라와 입을 맞추더니, 온몸에 칭칭 감고 사라졌다.

암소 고기가 사람들에게 나누어졌다. 사람들이 고기를 나누어 먹는데 연기 탓인지, 정말 비가 오려고 하는지 하늘에는 검은 구름이 깔려 있었다. 축제에 희생된 소만 해도 수십 마리였다.

무우는 그런 비이성적이고 잔인한 축제를 언젠가는 폐지해야겠다고 생각했다. 더구나 축제에 제물로 바쳐지는 소의 희생은 어떻게든 막아야 할 것이었다.

인도는 농경사회였고, 그러기 위해 소는 반드시 필요한 것이었

다. 그런 중요한 소를 희생시키고 한꺼번에 먹어치워 없애기에는
인도에서 소는, 너무나 절실히 필요한 것이었다.

그 개선을 위해서도 반드시 왕이 되어야 했다. 아쇼카는 그런
생각을 하며 왕궁으로 돌아왔다. 그러나 후에 왕이 된 무우는 생
전에 소에 대해서 언급하지 못했다. 단지 그보다 훨씬 후대에 힌
두교가 부흥하면서 비로소 소를 영물화하기 시작했다. 그러나 농
경을 하기 위한 보호와는 다른 것이었다.

왕궁에 들어오면서 한 시녀와 마주쳤을 때까지도 축제에서 달
아오른 무우의 몸은 식지 않았다. 무우는 마주친 시녀를 예전에
코브라를 잡던 것처럼 잡았다. 그리고 그녀를 강제로 그녀의 처소
까지 끌고 가서 정열을 불태우고 자신의 처소로 돌아왔다.

"어딜 다녀오느냐?"

왕비가 아쇼카의 처소 앞에 서 있었다.

벌써 무우의 소식을 듣고 무우가 돌아오기를 기다리고 있는 눈
치였다.

"저어……."

무우는 머뭇거렸다.

"하긴 알 건 다 알아야겠지."

왕비는 야자나무에 몸을 기대며 말했다. 검은 먹구름이 하늘에
잔뜩 끼어 있을 뿐, 비는 아직 내리지 않고 있었다.

왕비는 그 곳에서 그렇게 한참이나 서서 무우를 기다리고 있었
다. 그 때문에 피로에 지쳐 어지럼을 견디려 야자나무에 기대는

것이었다.

"그럼 왜 못 가게 하신 겁니까?"

"그것이 너의 입장이지 않느냐? 부왕의 귀에라도 들어가면 어쩔테냐?"

왕비는 더 이상 거론하고 싶지 않았다. 하지만 어쩌면 잘된 일인지도 몰랐다. 왕의 노여움이 두렵지 않았다면 왕비 자신이 일부러라도 보여주어야 할 것이었다. 이러다가는 얼마 안 가서 인도의 소들이 죄다 바닥이 날 것이었다. 더구나 그것이 쉬바와 민속의 결합이고 민속의 축제라 하나, 잘못된 것은 권력의 힘으로라도 바로잡아야 한다는 게 왕비의 생각이었다.

왕비는 보리수 아래를 걸으며 무우도 조만간 결혼을 시켜야겠다고 생각했다.

무우가 열정을 불태운 여인은 궁녀였지만, 브라만이었다. 그녀의 이름은 사라였다.

브라만의 여인들이 크샤트리아의 왕궁에 후궁으로 들어오는 경우는 뻔한 것이었다. 왕에게 발탁되어 왕재를 낳고 싶다는 소망이었다. 아니면 다음 대의 왕좌를 이을 유력한 왕자의 후궁이 되어 다음 대의 꿈을 키우는 것이었다.

사라에게도 그런 꿈이 있었다. 자기라고 못할 것도 없었다. 지금의 왕비도 후궁 출신으로 왕궁에 들어와 다른 후궁들의 간계로 이발사 노릇도 했지만, 왕에의 눈에 띄어 사랑을 받았고 왕자를 낳았다.

왕자를 낳은 게 중요한 것이 아니라, 왕비가 된 것이 중요했다. 기존의 왕비를 내쫓고 왕비가 되었다. 사라라고 하여 그런 운명이 되지 말라는 법은 없었다. 사라는 그런 꿈을 갖고 있었다.

행여 왕이 아니라면 수사이마의 눈에 띄여 수사이마의 후궁이라도 되려고 갖은 노력을 하고 있었다. 사라의 생각으로 다음 대의 왕좌는 분명 수사이마에게 이어지리란 확신이 있었다.

그래서 수사이마의 처소 주변을 일부러 얼쩡거리며 다니곤 했다. 특히 여인이 임신을 할 수 있는 배란 시기에는 더욱 그랬다.

은혜를 입고도 잊혀질 우려가 있으니 아예 단 한 번의 은혜로 아이를 갖게 되면 그 아이와의 연계 때문에라도 왕이나 수사이마는 그녀와 함께 할 것이고, 그렇게 되면 자신은 왕비가 되고 아들은 왕으로 세울 수도 있을 것이었다.

오늘도 그런 심사로 왕궁 여기저기를 돌아다니다가 자신의 처소로 돌아가고 있었다. 사라는 여인이 아이를 가질 수 있는 시기였다. 사나흘 전 달거리를 마쳤다.

암컷들은 이런 시기에 암내를 풍기며 수컷을 부른다고 한다. 짐승들의 발정기가 인간들처럼 수시로 이어지는 것이 아니기 때문일 것이었다. 반면에 늘 발정기가 이어지는 인간에게 특별한 냄새가 없는 것이 사라는 원망스러웠다.

그러나 미모라면 자신이 있었다. 왕이든 수사이마든 자신을 한 번 보기만 하면 홀딱 빠질 것이었다. 단지 그들과 마주친다는 것이 힘들 뿐이었다. 사라는 왕이 자주 걷는다는 보리수 아래를 걸었다. 보리수 나무를 돌보는 척하며 왕을 기다리고 있었다.

그러나 종일이 다 가도록 왕도, 수사이마도 나타나지 않았다. 사라는 다시 왕의 이발소 주변을 서성였다. 역시 빈두사라 왕을 보지도 못했고 수사이마를 보지도 못했다.

대신 불끈 달아올라 축제에서 빠져나온 무우와 마주친 것이었다. 무우는 그 축제의 흥분을 어딘가에 뿜어내야 할 판이었다. 무우는 이발소를 돌아 보리수 아래를 걸어오는 그녀를 보았다.

물론 그녀의 사냥감(?) 중에 무우는 들어있지 않았다. 오히려 무우는 그녀의 머리 속에 저주받은 인물로 자리잡고 있었다. 이제 무우는 조만간 불가촉으로 전락하여 외거집단으로 쫓겨가게 될 것이었다.

왕은 무우를 싫어했다. 그러므로 무우가 왕이 될 가능성은 전혀 없었다. 그리고 그런 사실을 모르는 사람은 이 왕궁 안에 없었다.

무우는 사라를 보자, 곧 그녀에게 다가갔다. 축제에서 춤을 추던 여인의 형상이 아직도 무우의 머리 속에 남아 있었다. 그리고 그 축제의 행위들도 무우의 머리에 남아 있었다. 무우는 그녀를 가슴에 바스러지도록 안고 그녀를 끌고 갔다.

사라는 거부하고 싶었다. 그러나 인도에서 후궁은 왕의 현재 후궁, 그러니까 왕과 동침한 후궁만 아니라면 왕자도 후궁을 마음대로 고를 수 있었다. 그것은 왕실의 번영을 바라는 마우리아 왕조의 법이었다.

따라서 무우의 행동이 법에 저촉되는 것은 아니었다. 하지만 사라가 그를 거부하지 못한 것은 그런 법률 때문이 아니었다. 사라는 무우를 발견하자, 무서워 벌벌 떨고 있었다.

힘센 무우의 팔이 사라를 낚아 채고 사라의 침소로 이끌고 갈 때부터 사라는 파랗게 질려서 아무 말도 할 수 없었던 것이었다.

무우는 축제의 분위기에 들떠 사라를 겁탈했다. 미친 듯이 사정을 하고 돌아갔다. 사라는 배란 시기였다. 그리고 어젯밤의 꿈이 심상치 않았다. 그래서 더욱 왕이나 수사이마에게 띄기를 바랐던 것이었다. 결코 미치광이 무우가 아니었다.

사라는 간밤의 꿈을 떠올려 보았다. 낯선 남자와 망고밭을 거닐고 있었다. 그리고 망고 하나를 주인 몰래 따서 주머니에 넣고 나왔는데, 나와서 꺼내보니 망고가 손아귀에서 썩어 들어가는 것이었다. 화산의 용암에 잠식되어 사라지는 마을처럼 썩어 들어가는 망고는 손아귀 안에서 흥건한 물이 되고 말았다.

종전까지만 해도 망고를 땄기에 자식을 낳을 꿈이라는 해석을 했지만, 지금은 썩어 물이 된 부분을 애써 강조하며 만약 아이가 생긴다면 그 아이가 세상 밖으로 나오기 전에 어떤 방법을 써서라도 아이를 없애야 겠다고 생각했다.

사라는 불안한 마음으로 달거리를 기다렸다. 만약 아이가 생기지 않는다면 미치광이 무우는 아마도 자신이 한 일이지만 사라를 범했다는 기억조차 잊을 것이었다.

그렇다면 사라는 그런 한 번의 기억이야 그저 미친 개에게 물렸으려니 하고 잊어버리고, 다시 한 번 더 왕비가 되고 싶은 꿈을 실행해 봐야겠다는 생각을 했다.

그러나 달거리는 보이지 않았다. 달거리가 보이지 않자, 사라는 잔뜩 긴장하여 임신 여부를 확인하고 싶어했다. 그런데 엎친 데

덮친 격으로 무우는 그녀를 한 번의 실수로 잊지도 않았다.

사라가 궁궐의 소문을 피해 민간인 복장을 하고 궁궐 밖의 의원을 찾아 나서려는데 무우가 들이닥쳤다.

그리고는 다시 또 자신의 남성을 과시하고 갔다.

사라에게 이제 희망은 남아있지 않았다. 그녀는 절망에 빠지고 말았다.

사라는 뱃속에 있는 아이를 어떻게든 죽여야겠다고 생각했다. 그래서 갖은 방법으로 낙태를 시도했다. 민간에서 흘러 다니는 약품을 구해 먹어보기도 했고, 부적을 여기저기에 숨기고 묻어두기도 했다.

소문에 의하면 갠지즈 강물에 빠져서 갠지즈 강가의 주술사들에게 주문을 들으면 아이가 떨어진다고 해서 그렇게 해 보기도 했다. 그러나 사라의 노력에도 아이는 지워지지 않았다.

다행히 무우는 사라의 임신 소식은 모르는 것 같았다. 사라는 마음이 조급해졌다. 무우에게 알려지기 전에 어서 뱃속에 든 아이를 죽여야 할 것이었다.

이제 왕이나 다음 왕위를 이를 수사이마의 후궁이 되어 왕자를 낳아 다음 대의 왕재로 만들겠다는 사라의 꿈은 사라졌다. 불가촉으로 추락할 무우의 아이를 낳아 그 아이의 불행을 어미로서 보고 살 수는 없는 일이었다.

더구나 무우는 왕의 아들이라 하나 시정의 불량배에 지나지 않았다. 왕은 언제든 그를 제거할 것이었다. 아비도 없는 천민의 아이는 짐승처럼 살아야 하는 것이었다. 그런 운명을 자식에게 주

144

고 싶지 않았다. 브라만의 배에서 불가촉의 자식이라니……!

사라가 궁궐에 들어오기 전, 관상쟁이들은 그녀의 관상을 보며 전륜성왕의 뒤를 이를 왕재를 낳을 것이라고 했다. 물론 그런 과정에는 불운이 있을 것이고 그 아들로 하여 자칫 전륜성왕의 나라는 조각이 나고 말겠지만, 어쨌거나 그녀의 몸에서 왕재가 나올 것이라고 했다.

그러나 그녀는 이제 왕재를 낳겠다는 소망을 깨끗이 버렸다.

어서 무우가 알기 전에 아이를 없애야 했다. 행여 무우가 알게 되면 아이를 낳으라고 할지도 모를 일이었다.

만약 왕비가 알게 되면 더욱 그럴 것이었다. 왕비는 왕궁의 아이들을 무척 아끼고 귀여워했다. 다행히 그녀는 브라만의 신분이기에 여러 후궁의 아이들을 두루두루 돌볼 수 있었다.

만약 그녀가 낮은 계급이라면 비록 왕비라 하더라도 보다 높은 계급의 아이들을 돌볼 수 없겠지만, 브라만이기에 같은 브라만을 포함하여 바이샤나 수드라 출신 후궁들의 아이들까지 그녀의 손길을 받을 수 있었다.

도리어 크샤트리아 후궁들이 그녀의 손길을 반겨하지 않았다. 이미 그녀가 크샤트리아와 결혼함으로써 브라만의 신분을 박탈당하고 불가촉이 되었으니 자신들의 신분보다 낮은 것이라고 주장하였다.

사라는 아이의 낙태를 고민하느라 제대로 잘 수도, 먹을 수도 없었다. 그러던 어느 날 무우가 사라의 방에 찾아왔다.

"아이를 가졌다고?"

방문을 들어서기가 무섭게 사라를 쏘아보며 말했다.

사라는 대답을 하지 않았다. 뱃속에 있는 아이가 무우보다 더 원망스러울 뿐이었다.

"아이가 내 인생의 걸림돌이 되게 하진 말아라."

무우는 침대의 모퉁이에 앉아보지도 않고, 문 앞에 서서 그렇게 말하고는 나가 버렸다.

사라는 분노했다. 그 분노가 아이를 낳아야겠다는 복수심으로 자라났다. 스스로 왕비에게 가서 자신이 무우의 아이를 가졌다고 말하고, 왕실의 한적한 방으로 이사를 했다.

왕비는 사라의 임신 소식을 반가워했다. 왕비의 그런 태도는 너무나 당연한 것이었고, 그녀의 그런 행동을 상상했기에 사라는 임신을 더욱 알리고 싶지 않았었다. 그러나 무우에 대한 미움이 그녀로 하여금 그런 왕비의 태도에 한 가닥 위로를 얻게 하고 있었다.

사라는 아이를 낳았다. 아들이었다.

그녀는 그 아들에게 불가촉의 천한 신분임을 매번 상기시키곤 했다. 말을 전혀 알아들을 수 없는 어린아이일 뿐인데도, 그녀는 그 아이가 불가촉이고 시체를 치운다거나 쓰레기를 치운다거나 분뇨 처리를 하며 사람의 곁에는 자유롭게 올 수도 없는 짐승과 같은 신분임을 가르쳐주었다.

그리고 그런 신분이 되게 한 아버지 무우에게 복수를 해야 되는 것이라고 일깨우곤 했다

9

방갈라 아밧사지가 왕비에게 여러 번 문안 인사를 오고 난 후였다.

"누가 다음 대의 왕이 되겠습니까?"

왕비는 더 이상 견딜 수 없었다. 자신의 아들이 왕좌를 잇지 못한다면 불가촉을 벗어날 수 없는 것이었다. 천민으로 인간들이 내뱉는 오물덩어리나 치우고 다니다가 시체관리를 하게 하느니 차라리 모두 출가를 시켜 사문을 만들고 싶지만 무우는 정녕 사문이 될 수 없는 아이였다. 그래서 방갈라 아밧사지에게 물은 것이었다.

"말씀드릴 수 없습니다."

방갈라 아밧사지는 합장을 했다.

"정녕 말씀하실 수 없단 말입니까?"

“그렇사옵니다. 그러나 실망하지 마소서. 하늘의 뜻은 마마를 위해 있을 것이옵니다.”

“하늘의 뜻이라고요?”

“천기야 어디 변하는 것이오이까?”

방갈라 아밧사지가 안타깝게 왕비를 바라보았다.

“그 천기의 주인이 누구이옵니까?”

왕비는 보다 구체적인 대답을 원하고 있었다. 오늘은 그 대답을 꼭 들으리라고 벼르고 있었다.

만약 무우가 그 천기의 주인이 아니라면 이참에 방갈라 아밧사지를 따라가게 할 것이었다. 불가촉 천민으로 저 밑바닥의 짐승보다 못한 생활을 하느니 차라리 사문이 되어 아라한(阿羅漢)이 되면 다음 생에는 천민을 벗어날 수 있을 것이었다. 그것이 브라만의 어머니로서 혹은 왕비의 권한으로 아들에게 해줄 수 있는 유일한 권력행위일 것이었다.

마침 사라가 아들을 낳았으니 비록 미천한 신분이지만 혈통은 이어갈 수 있을 것이었다. 그러나 불가촉이 혈통을 이을 필요는 없었다. 그렇다고 축복받아 태어난 아이를 신분이라는 울타리로 하여 저주할 수는 없는 것이었다. 아이는 또 자신의 운명을 타고났을 터였다.

사라의 아이는 무우를 그대로 쏘옥 빼어 닮았다. 흡사 무우의 어린시절과 혼돈을 일으키게 했다. 무우를 보면 어른이 된 아이의 생김새를 상상할 수 있었다.

그러나 무우에게 수도니 유행이니 하는 말은, 아무리 갖다 붙이려 해도 어울리지 않는 말이었다. 그는 전형적인 전사였다.

"불안해하지 마소서."

방갈라 아밧사지도 말할 수 없는 자신이 안타까웠다.

그러나 죽음을 각오하지 않고서는 천기를 누설할 수 없었다. 만약 그가 아쇼카 다음 대의 왕이라는 천기를 왕비에게 말한다면, 왕은 그를 능지처참시킬 것이었다. 금전원관에서 왕자들의 관상 보기를 피한 것도 이 때문이었지 않은가.

사실 방갈라 아밧사지가 왕비에게 자주 문안인사를 하는 것을 왕은 주시하고 있었다.

"그렇다면 말씀해 주십시오. 왕이 될 수 없다면 이참에 무우를 성인을 따라 보낼 것이옵니다. 성인께서는 그 아일 선사로 만들 수 있을 것이옵니다."

"거참, 저는 이미 다 말씀드렸습니다. 천기는 마마에게 있사옵니다. 왕자님의 이름을 아쇼카라고 하소서."

방갈라 아밧사지는 이제 천기를 위해 목숨을 버릴 각오를 했다.

"아쇼카라고요?"

왕비는 방문을 열어보았다. 다행히 밖에는 아무도 없었다. 그러나 방심할 수는 없는 일이었다. 왕실에는 벽에도 귀가 있고, 눈이 있었다.

"그렇사옵니다. 아쇼카라 하소서."

방갈라 아밧사지가 목소리를 낮추었다.

"성인이시여!"

왕비가 방갈라 아밧사지를 보았다. 방갈라 아밧사지가 빙그레 웃었다. 이미 역사를 위해 목숨을 버릴 각오를 한 것이었다.

"성인이시여!"

왕비는 다시 침을 삼키고 방갈라 아밧사지를 불렀다.

"성인께서는 곧 고향으로 돌아가소서."

"……?"

"왕께서 아시면……."

"모두 운명인 게지요."

"운명도 사람의 보완으로 이루어지는 것이겠지요. 아쇼카가 왕
재라면 성인께서는 그 왕재가 왕재에 오르는 것을 보는 것이 운
명일 겝니다."

그랬다. 방갈라 아밧사지가 자기 상을 보건대 운명의 위기가 곧
닥칠 것이고 그것으로 능지처참을 당할 수도 있지만, 위기를 극
복할 수도 있었다. 그래서 아무도 모르는 고향의 숲으로 가 선정
에 들었다.

방갈라 아밧사지와 왕비의 대화는 어느덧 온 나라 안의 화젯거
리가 되었다.

왕도 그 소문을 들었다.

빈두사라 왕은 어림 없는 소문이라고 일축해 버리고 싶었지만
오히려 자신의 내부에 감추어진 어떤 불안을 확인한 것만 같았다.

"어찌하면 좋겠소?"

왕은 한 신하를 은밀히 불렀다.

"왕이시여, 묘책이 있긴 있사옵니다."

묘책이라는 말에 빈두사라 왕은 대신을 가까이 불렀다.

"묘책이 있다고?"

"정녕 있사옵니다."

빈두사라가 대신에게 물었다.

"그것이 무엇이냐?"

"탁쉬밀라……."

대신은 아무리 왕이 아쇼카를 미워한다 해도 아쇼카가 왕의 아들임을 감안하여 차마 힘주어 말할 수 없었다.

"탁쉬밀라?"

마우리아 왕조는 무역국가였고, 대부분은 캐쉬미르와 간다라를 통한 무역이었다. 무역상들은 물론 이란 인들이거나 그리스 인이 대부분이었다.

그러나 요즘 그 탁쉬밀라가 말썽을 일으키고 있었다. 물론 부왕인 찬드라 굽타는 알렉산더와의 약속이 있었기에 어찌할 수 없었지만 이제 그 아들인 빈두사라로 왕권이 이어진 지금, 그 약속의 의미는 남아있지 않았다. 알렉산더도 찬드라 굽타의 아들대까지 그 약속을 지켜달라고 하지 않았었다. 게다가 지금의 탁쉬밀라는 반정이 여기저기 일어나 혼란스럽기 그지없었다.

주변의 사막지역이 확대되면서 먼 거리를 오고 가는 것도 불편할 지경인데, 부근의 그리스 인들이 상인들을 노략질하는가 하면 도둑떼까지 들끓어 상인들을 괴롭히고 있었다.

"꿩먹고 알 먹깁니다."

대신은 합장을 하고 손을 비볐다. 경의를 표하는 방법이었다.

하긴 탁쉬밀라를 쳐서 승리하기만 한다면 이참에 모든 그리스

인들을 쫓아낼 수 있을 것이었다. 그리스 인들을 인도에서 몰아내는 것, 그것은 굽타 왕조의 숙원이기도 했다. 아버지인 찬드라 굽타는 히말라야를 동쪽부터 서쪽으로 밀리며 꾸준히 넘어오는 무수한 그리스 인들과 전쟁을 치렀다. 히말라야의 만년설을 비롯한 악조건이 그리스 인들의 사기를 떨어뜨렸고 찬드라 굽타에게 승리를 안겨 준 것도 사실이었다.

찬드라 굽타는 그리스의 군대와 정치방식을 빠르게 받아들여 전쟁의 와중에서 마우리아 왕조를 세웠다. 결국 알렉산더는 서북부까지 밀려갔고 간다라와 캐쉬미르만을 차지할 수 있었다. 사실 그 서북부의 땅도, 난다 왕조와 찬드라 굽타와의 갈등이 없었다면 차지할 수 없었을 것이었다. 알렉산더가 찬드라 굽타를 위기에서 구해주고 대신 셀레우코스의 딸을 찬드라 굽타의 아내로 주면서 맺은 모종의 계약이 있었다.

적어도 찬드라 굽타 시대 만큼은 간다라의 경제권이 셀레우코스를 통해 그리스에 주어질 것이며 인도 대륙의 운영자인 찬드라 굽타는 그리스의 간다라 운영을 보호한다는 협약이었다.

그러나 그 지역은 부유하였고, 무역의 중심지이며, 또 전 인도의 중심지였다. 그 곳을 마우리아 왕조가 차지할 수만 있다면 다음 대의 왕이 누가 되든 경제적으로는 전륜성왕이 될 수 있을 것이었다.

그리고 실패를 한다고 해도 골칫덩어리 아쇼카를 왕비의 원망 없이 처치하게 되는 것이었다. 비록 아쇼카가 불가촉의 신분을 갖고 있다고 하나 크샤트리아의 왕가의 신분이고 보면 목숨을 건 전쟁은 너무나 당연한 것이었다. 그런 전쟁을 무서워하고서야 왕이 될 수 없었다.

찬드라 굽타도 그 무수한 전쟁을 치르고 왕국을 건설했고 빈두사라 자신도 몇 군데 전쟁을 치르고 왕이 되었다. 왕비도 절대로 거부할 수 없을 것이었다. 왕은 무릎을 치고 서둘러 아쇼카를 불렀다.

"어서 탁쉬밀라를 치도록 하라."

왕은 전쟁을 알리는 깃발을 휘둘렀다. 이제 아쇼카가 탁쉬밀라와 전쟁을 하는 동안, 왕궁의 벽에는 왕이 시작한 전쟁 중이라는 깃발이 세워질 것이다.

아쇼카는 자신의 출병에 동참할 신하들을 스스로 모았다. 이미 아쇼카의 용맹과 예언을 들어서인지 신하들은 일시에 줄을 섰다.

그러나 무기가 거의 없었다.

"왕자님, 무엇으로 탁쉬밀라를 친단 말입니까?"

싱하였다. 싱하는 순순한 크샤트리아 출신이었다. 그런데도 그는 몇 년 전 아쇼카를 만나면서부터 친구가 되었다.

아쇼카의 명성과 성인들의 예언을 그도 들었지만, 그보다는 아쇼카의 시원시원한 인물됨이 싱하의 마음에 들었다. 싱하는 인도의 계급주의가 인간의 소중한 영역에까지 울타리를 칠 수는 없다고 했다.

아쇼카가 분명 위대한 인물이 될 것이고, 반드시 그렇게 되어야 한다고 믿고 있었다. 만약 아쇼카와 같은 인물이 그저 불가촉으로 살게 된다면, 세상은 잘못 되어도 한참은 잘못된 것이라고 생각했다.

"나도 그것이 걱정일세."

"전하께서도 너무하시지. 이건 꼭 죽으라는 말씀이신 것 같습니다."

싱하가 넋두리처럼 말했지만 아쇼카는 왕의 그런 마음을 알고 있었다. 그러나 이것 또한 기회가 될 수 있었다.

자신이 왕재임을 세상에 널리 알릴 수 있는 기회…….

만일 아쇼카가 승리를 안고 온다면 왕도 그쯤 해서는 아쇼카의 왕좌승계에 대한 거부의 마음이 사라질 것이었다.

"하늘의 뜻이라면 어찌 무기가 장애물이 될 수 있겠느냐?"

아쇼카는 그렇게 믿고 싶었다. 하늘의 뜻이기에 하늘과 땅이 열려서라도 무기가 모아질 것이라고…….

"제가 신하들에게 가능한 부분까지 최대로 무기를 구해보라 했습니다. 그러나 걱정입니다. 얼마나 모아질지……."

"너무 걱정 말게나."

아쇼카는 하늘을 보았다. 그러나 하늘은 아쇼카의 마음을 모르는지 맑기만 했다.

"출병은 언제이옵니까?"

"빠를수록 좋겠지."

아쇼카는 또 하늘을 봤다. 제발 하늘이 자신의 마음을 알아주길 바랐지만 하늘에는 구름 한 점 없었다.

"마마."

전령이 아쇼카와 싱하 앞에 엎드렸다.

“됐더냐?”

싱하가 전령의 손을 이끌었다.

“사람들이 구름처럼 모여들고 있습니다.”

전령이 말했다. 싱하와 아쇼카가 몰려드는 사람들을 바라보았다. 어디서 구했는지 손에 무기들이 들려있었다.

“전하!”

“싱하!”

싱하와 아쇼카는 격의 없이 얼싸안았다.

“가자! 탁쉬밀라로.”

아쇼카는 마치 전쟁을 위해 태어난 사람 같았다. 아쇼카의 눈에 보이는 것이 적들의 것이라면 그것이 무엇이든지 살아남을 수 없었다. 하다 못해 원숭이라 할지라도 여지 없이 죽음을 당해야 했다.

“전하, 원숭이옵니다.”

싱하가 원숭이의 등뼈를 오른손으로 움켜잡고 있었다. 원숭이는 이미 죽었는지 싱하의 손에서 축 늘어져 있었다.

“원숭이?”

“그렇사옵니다.”

싱하 또한 크샤트리아로서, 전사로는 타고난 사람이었다.

빈두사라 왕의 어떤 대신들은 이 두 사람의 성격을 보고 분명 같은 상황인데도 싱하에게는 크샤트리아의 당연한 용맹성이 발현한 것이라고 했고, 아쇼카에게는 불가촉 천민의 잔인성이 여지 없이 나타난다고 했다.

그들에게는 크샤트리아인 싱하가 어찌 아쇼카 같은 불가촉에게 고개를 숙이는지 이해가 안 가는 일이었다. 그들은 그것을 용납할 수 없었으므로 싱하에게도 불가촉의 천민성을 부여해야 된다고 말하기도 했다. 싱하는 물론 그런 말들을 일축해 버렸다.

"귀가 몇 개인가?"

아쇼카는 싱하에게 죽은 원숭이를 넘겨받았다. 그리고는 훑어보더니 멀리 숲 쪽으로 휙 던졌다.

"무슨 말씀이신지요?"

"히말라야의 원숭이는 귀가 여섯 개라고 하지 않던가?"

아쇼카는 가볍게 웃었다. 성인들이 도를 닦는 히말라야 계곡에서 성인들과 함께 사는 히말라야의 어린이나 원숭이는 귀가 여섯 개라고 했다. 성인들처럼 모든 지혜와 일체의 도를 듣기 위해 두 귀로는 모자라 여섯 개의 귀를 갖고 있다는 것이었다.

아쇼카가 히말라야 원숭이는 귀가 여섯 개라고 농담삼아 하는 뜻을 싱하는 알고 있었다. 이 곳 탁쉬밀라가 비록 히말라야 인접 지역이긴 하지만, 그렇다고 성인들이 선정에 들어 도를 닦는 히말라야 계곡의 숲은 아니었다. 그런데도 아쇼카가 그것을 말하는 의미는 그런 성인들의 마음처럼 혹은 풍문처럼 가능하면 모든 귀를 열어놓고 정치를 하고 싶은 것이었다. 하지만 그럴 수 없는 아쇼카의 처지가 싱하는 안타까웠다.

빈두사라 왕이 아쇼카를 신임하고 있다면 아쇼카는 좋은 왕이 될 재목인 것이었다.

그러나 아차 하면 불가촉의 천민으로 떨어져 온갖 더러운 것을 치우며 인간이기 보다 짐승으로 한 평생을 살아가야 했다. 그에

156

게 왕권의 승계는 인간다운 삶을 위한 절박한 몸부림이었다. 그렇다고 자신이 이우처럼 성인의 도를 얻으려 숲으로 가서 금욕과 절제의 생활을 할 수 없다는 것을 누구보다 아쇼카 자신이 잘 알고 있었다.

싱하는 그런 아쇼카가 안타까웠다.

'이우가 있었다면, 저 원숭이도 장례를 치뤘겠지?'

아쇼카는 동생 이우를 생각했다.

어린 시절에 처음으로 아쇼카가 죽인 코브라를 장례치르던 것과 그 후 아쇼카가 죽인 무수한 것들의 장례를 무덤덤하게 치르던 이우였다.

아쇼카가 전쟁을 위해 탁쉬밀라를 향해 떠나오기 전날 밤, 이우도 숲을 향해 떠났다. 이우는 이제 떠날 때가 됐다고 했다. 훗날 아쇼카에게 자신의 힘이 필요할 때 다시 찾아오겠다고 했다. 그리고 그때는 이생의 마지막 숙제를 하자고 했다. 그것을 위해 지금은 떠날 때라고 했다. 아쇼카는 이우의 그런 말들이 낯설었지만, 아무 질문조차 할 수 없었다.

어린 시절부터 그랬다. 이상하게 빈두사라 왕의 귀여움을 독차지 하는 이우였건만, 아쇼카는 단 한 번도 이우에게 질투나 미움을 느낄 수 없었다. 이우에게는 사람들을 그렇게 만드는 어떤 힘이 있었다.

"와! 와! 와!"

군사들의 함성이 퍼졌다.

“완벽한 승리이옵니다.”

싱하가 환호성을 지르며 기뻐하는 군사들을 가리켰다.

“이제 시작일세.”

아쇼카는 창을 높이 들어보였다.

“시작이라니요?”

싱하도 아쇼카의 마음을 알고 있었지만, 그렇게 물어보는 것이었다.

“인도의 통일을 위해 피를 흘리는 건 이것이 겨우 시작일 뿐이라는 말일세.”

아쇼카의 의지는 확고했다. 싱하는 그런 아쇼카의 모습을 보며 주군을 잘 선택했다는 생각이 들었다.

“뭣이? 아쇼카가 승리를 했다고?”

“그렇사옵니다. 아쇼카가 탁쉬밀라를 치고 마우리아 왕조의 깃발을 세웠다 합니다.”

“본국의 깃발을?”

“그렇사옵니다.”

빈두사라 왕은 기뻐할 수도, 짜증을 낼 수도 없었다.

마우리아의 영토가 늘었다. 그것도 가장 귀찮은 존재였던 히말라야 주변의 탁쉬밀라를 마우리아로 합병했다. 그보다 더 큰 기쁨이 어디 있을까?

그러나 그 곳을 정벌한 이는 아쇼카였다. 아쇼카를 탁쉬밀라에 무기도 없이 출병시켰던 것은 그의 죽음을 의도했던 것이다. 그런데 아쇼카가, 자신이 혐오하는 아들이 승전보를 울린 것이다.

이제 아쇼카의 기세가 올라갈 것이다. 이대로 둘 수는 없었다. 그렇지 않고서는 그렇게 미워했던 자신에게 어떤 복수를 해올 지 모른다는 두려움이 있었다. 빈두사라 왕은 아쇼카를 반드시 죽여야 한다고 생각했다.

"전하!."

그런 왕의 마음을 아는지 대신이 은밀한 목소리를 한껏 낮추어 말했다.

"어서 말하라."

왕은 한시라도 아쇼카를 왕궁에 머무르게 하고 싶지 않았다.

"카사 국을 치게 하소서."

"카사 국?"

카사 국은 빔비사라, 아사세, 난타로 이어지는 난타 왕국의 경계에 있었다. 지금은 그 난타 왕국이 칼링카 국으로 알려져 있었고 카사 국은 칼링카 국과 국경을 접하고 있었다. 카사 국도 예전엔 난타 왕조의 일부였는데 아사세를 거쳐 난타 왕조에 이르면서 왕국이 분할된 것이었다.

칼링카 국은 바다에 인접한 나라였고, 카사 국은 마우리아의 동남쪽에 있는 기름진 평야에 위치하고 있었다. 비옥한 땅을 가진 나라이기에 카사 국은 잘살았다. 붓다 시절부터 빔비사라의 왕국은 부유한 나라였다.

빔비사라는 붓다에게 왕사성을 지어 기증했고 말년에는 왕비와 함께 불가에 귀의하여 스스로 승복을 입었다.

빔비사라 왕이 불교에 귀의하기 전이었다.

그는 늦도록 아들이 없었다. 물론 빔비사라에게는 후궁을 비롯하여 부인이 셋이나 있었고, 두 부인에게는 아들들이 있었다. 단지 왕비에게만 아들이 없었다.

빔비사라는 코살라 국 출신의 제1왕비가 낳은 아들로 왕국을 잇게 하고 싶었다.

그러던 중 어느 선사가 말하기를, 히말라야의 수행승이 빔비사라의 아들로 태어날 운명인데 아직은 그의 명이 조금 남아 있노라고 했다. 그러나 빔비사라는 아들을 낳고 싶은 욕심에 그 수행승의 목숨을 일거에 빼앗아 버렸다.

그러자 곧 왕비에게 태기가 있고, 선사의 예견대로 아들을 낳았다. 그런데 아이는 태어나면서부터 아버지인 빔비사라를 증오에 찬 눈빛으로 바라보았다.

왕자 아사세는 장성하면서 빔비사라를 증오하는 마음이 더욱 깊어 갔다. 그들의 반목은 날이 갈수록 표면화 되었다.

빔비사라와 왕비가 승복을 입고 출가 수행자와 거의 같은 생활을 하며 붓다의 가르침을 따르는 반면에, 아사세는 데바닷다를 따랐다.

빔비사라는 부처에게 보시하기를 원했고, 아사세는 데바닷다에게 보시하기를 원했다.

갈등이 심화되자, 결국 아사세는 무력으로 왕위를 찬탈하여 왕권을 이었다. 그러나 마음을 놓을 수 없던 아사세는 빔비사라 왕을 지하 감옥에 가두었다. 그리고 빔비사라 왕은 지하감옥에서 죽었다.

아사세의 통치기간 중에는 비교적 발전했지만, 아사세가 승계한 후에 나라는 분할되기 시작했다. 이때 난타는 자기의 이름을 따서 난타 왕조를 세웠다. 찬드라 굽타의 난다왕조와는 다른 왕조다.

칼링카 국도, 카사 국도 부유한 나라였다. 광대한 토지와 부강한 생산물을 기반으로 전쟁 준비 또한 철저한 나라였다.

"그 곳에 가면 반드시……."

아쇼카는 죽을 것이었다.

살기 좋은 나라 카사 국의 군사력이 마우리아 왕조의 군사력에는 미치지 못한다지만, 그렇다고 아쇼카의 군사력에 미치지 못할 것은 아니었다. 더구나 빈두사라 왕은 정규군을 아쇼카에게 주지 않았다. 아쇼카가 이끌고 가는 원정군은 싱하를 비롯하여 모두 사병에 지나지 않았다.

"그럴까?"

그래서 이번엔 아쇼카가 남쪽의 카사 국을 치게 하였다.

그러나 아쇼카의 잔인성(?)과 명성은 이미 카사 국에도 소문이 나 있었다. 카사 국의 왕은 군사들을 모으려고 애를 썼지만, 군사들을 모을 수 없었다. 카사 국 사람들은 오히려 아쇼카가 마우리아 왕조의 왕이 되고 예언의 전륜성왕이 될 것이라고 믿었다. 그렇게 되면 언젠가는 카사 국을 치게 될 것이고 인도 전역을 통일하게 될 것이니, 이참에 아예 카사 국을 마우리아에 넘겨 주자고 했다. 괜한 전쟁을 해서 애꿎은 목숨들이 죽어가게 하지 말고 아쇼카가 왕궁까지 편안히 들어갈 수 있도록 길을 터주자고 했다. 카사 국의 왕은 그렇게 할 수밖에 없었다.

아쇼카가 카사 국에 당도하기 전에 아쇼카의 군사들이 도성 안에 편안히 입성할 수 있도록 길을 터 놓고 도성의 문 앞에 깃발을 내걸고 풍악을 준비했다.

전쟁을 치르기는커녕 아쇼카의 무리는 환영받고 있었다.

카사 국에서 아쇼카는 아무도 죽이지 않았다. 왕궁에 마우리아 왕조의 깃발을 세우고 음악 소리를 높였다.

"싱하! 이 나라에선 바다가 가깝지?"

"그렇사옵니다."

"바다가 보고 싶다."

정말 아쇼카답지 않은 말이었다.

그러나 그것이 아쇼카의 본성인지도 몰랐다. 아쇼카에게 숨겨져 있는 본성은 바다처럼 그윽하고 편안한 것인데, 아쇼카의 출생이나 생활이 그를 용맹하고 더욱 잔인하게 이끌어가고 있는 지도 몰랐다.

싱하는 그것을 알고 있었다. 어쩌면 아쇼카의 어머니와 싱하만이 그것을 알고 있는지도 몰랐다.

싱하는 카사 국이 마우리아 왕조에 귀속시키기 위한 모든 조치를 취하고 군사들을 카사 국에 머물게 했다. 그리고 자신은 아쇼카와 함께 바다를 향해 동남쪽으로 갔다.

국경의 개념이 아직 인도에는 없었다. 특별히 전쟁을 선포하고 무기를 든 무리가 아니라면 나라 안으로 들어온 사람이 누구든 별로 신경을 쓰지 않았다.

그것이 인도였다. 인생을 4기로 나누어 학생기, 재가기, 출가기, 유행기를 살아가는 인도의 수많은 유랑인들의 신분을 일일이 조사할 수는 없는 일이었다.

아쇼카는 바다가 보고 싶었다. 아쇼카는 바다를 보기 위해 카사 국을 동남쪽으로 가로질러 칼링카 국을 지났다. 바다는 갠지즈 강보다도 더 크고 웅대하다고 했다. 아니 갠지즈 강과는 비교할 수 없다고 했다. 갠지즈 강의 흐리고 투박한 흙탕물에 비해서 쪽빛 물결이 끝도 없이 펼쳐져 있다고 했다.

물론 갠지즈 강이야 성스러움의 상징이기에 흙탕물조차도 의미가 있는 것이지만, 아쇼카는 갠지즈 강이 싫었다.

갠지즈 강에 가면 그 어느 곳보다도 불가촉들을 많이 볼 수 있었다. 유령처럼 긴 머리카락을 늘어뜨리고 짐승처럼 시체을 치운다거나 오물덩이를 뒤집어 쓰고 있는 불가촉들을 볼 때면 아쇼카는 자신도 그런 신세가 되지 않을까 두렵기만 했다.

그렇게 되지 않기 위해 왕권의 승계가 절실하게 필요했다.

"이 곳이 바다인가?"

아쇼카는 바다를 처음 보았다.

그러나 싱하는 전에도 바다를 본 적이 있었다. 그리고 일출도 본 적이 있었다.

"이 곳이 바로 바다이옵니다."

싱하가 모래사장에 주저앉았다. 모래펄이 부드럽고 고왔다. 아쇼카도 싱하 옆에 앉았다.

바닷가의 오두막에 사는 아이들이 여기저기 모래펄에서 뒹굴며 놀았다. 모래밭은 그대로 아이들의 놀이터였다. 부드러운 모래가 아이들이 뒹굴어도 상처를 입지 않도록 곱게 펼쳐져 있었다. 어떤 아이들은 바위 위에서 폴짝폴짝 뛰며 무언가를 줍고 있었다. 그리고 또 어떤 아이들은 모래사장 가까이 바닷물에 몸을 담그고 앉아 파도가 치는대로 몸을 맡긴 채 파도에 따라 흔들거리며 흥얼흥얼 노래를 불렀다. 평화로웠다.

'바이샤나 수드라로만 태어났어도…….'

바닷가 오두막촌 앞에서 그물을 손질하고 있는 어부 노인을 보며 아쇼카는 그런 생각을 했다.

농민이나 어민 등의 생산에 종사하는 바이샤나 일반 하녀계급인 수드라로만 태어났어도 자신의 서러움이 그렇게 크지 않을 것 같았다. 그건 서러움이라기보다는 불안이었고, 그 불안에 대한 공포였다.

"조만간 이 땅도 다 장군의 땅이 될 것이옵니다."

싱하가 아쇼카의 마음을 알기에 그렇게 말했다.

"내 땅? 그럴까?"

아쇼카는 바다를 보았다. 배를 타고 바닷가에 떠 있는 사람들이 고기를 낚아올리고 있었다.

"모두가 왕의 발 아래 있을 것입니다."

싱하는 아쇼카를 왕이라고 표현했다.

"그럴까?"

아쇼카에게 또 불안이 몰아치고 있었다. 불안 때문인지 뜨거운 태양 때문인지 목이 말랐다.

싱하가 해변의 주변에 있는 야자나무로 가서 열매를 땄다. 야자는 노랗고 단단한 껍질 속에 달콤한 이온수가 가득 들어있는 열매로, 인도에서는 어디나 야자나무가 줄줄이 서 있었다.

노랗게 주렁주렁 매달린 야자열매를 따서 주둥이를 잘라 아쇼카에게 먼저 건네고, 아이들에게도 나누어 주었다.

"일출을 보고 가시지요."

"일출?"

"해가 뜨는 것이옵니다."

"해가 뜨는 것?"

"이슬이 서서히 사라져 가는 이른 아침이 되면 저만치 바다의 끝 수평선에서 태양이 떠오르는데, 그 모양이 어찌나 장관인지 말로는 도저히 형언할 수 없습니다. 마치 바다의 신이 그렇게 태양을 만들어 보이는 것 같더이다."

아쇼카는 바다의 일출을 보기로 했다. 그래서 그물을 손질하는 노인의 집에 머무르기로 했다.

10

아쇼카는 저녁을 먹고, 달빛이 교교히 흐르는 밤하늘을 보려고
해변에 나왔다.

"뭘 보십니까?"

"어둠."

어느 새 싱하가 아쇼카의 옆에 와 있었다. 파도 소리가 어둠 속
에서 철썩거렸다. 습기가 촉촉히 배인 모래가 발바닥 밑에서 간
질거렸다. 아쇼카는 어둠 속에서 파도 소리를 듣고 있었다.

"조금 더 내려가면 타밀 나두의 땅입니다."

"타밀 나두의 땅이라고?"

아쇼카가 어둠 속에서 싱하를 바라보았다. 타밀 나두라면 민속
제의가 유난히도 많은 나라였다.

무당이 성했고 집집마다 남근을 대문간에 걸어 놓았는데, 그것은 다산과 노동력을 상징하는 것이었다. 요즘 들어서는 쉬바 신앙과 타밀 나두의 민속제의를 연결시키고 있었다.

소마 축제와 쉬바의 춤도 성행하는 나라였다. 그리고신화도 많고 전설도 많았다. 더불어 생산물이 풍부한 나라이기도 했다.

"타밀 나두를 우리가 점령할 수만 있다면, 우리는 전 인도를 점령하는 것입니다."

싱하가 말했다. 어둠 속에서도 싱하의 목소리에 배인 자신감을 읽을 수 있었다. 달빛이 아쇼카의 머리에 내리며 고개를 끄덕이는 것을 싱하는 볼 수 있었다.

"그러나……."

싱하는 그것이 어디 쉬운 일이겠느냐고 말하려다가 그만두었다.

"알고 있어."

아쇼카가 싱하의 마음을 안다는 듯이 빙그레 웃으며 싱하의 손을 잡았다.

하긴 그랬다. 전쟁이 그렇게 쉬울까? 아쇼카의 할아버지인 찬드라 굽타가 알렉산더와 히말라야의 눈보라 속에서 치렀던 19년간의 긴 전쟁도 만만치 않았을 것이고, 빈두사라가 치른 전쟁도 결코 쉬운 것은 아니었을 테고, 아쇼카의 전쟁들도 그에 못지 않은 것들이었다.

싱하는 탁쉬밀라의 전쟁을 생각해 보았다. 정말 끔찍한 전쟁이었다. 그때, 그러니까 싱하가 아가나 원숭이를 잡아들고 아쇼카에게 오기 전에 한바탕의 싸움이 있었는데, 그리스 인의 칼이 아쇼카의 목을 향해 꽂히고 있었고, 아쇼카는 그 칼에 꼼짝없이 맞을 위기였다.

싱하는 곁에 있던 부하를 그리스 군사가 휘두르는 칼 쪽으로 밀었다. 그때 바로 싱하의 뒤를 따르던 그리스 인이 싱하를 죽일 수 있는 호기를 잡고 싱하의 목을 막 베려고 했다. 그런데 공교롭게도 아싱하에게 밀린 군사가 아쇼카 대신 칼을 맞고 피를 흘리며 휘청거리다가 싱하에게 칼을 휘두르는 군사에게 푹 쓰러졌다.

그 바람에 둘은 살 수 있었다. 물론 그 둘을 살릴 수 있는 대가로 병사는 죽임을 당했지만 하마터면 싱하도, 아쇼카도 목이 날아갈 뻔한 일이었다.

어쨌거나 아쇼카는 죽음 앞에서 두려울 수 없었다. 그는 태어나면서부터 죽이는 것도, 죽는 것도 두렵지 않은 사람이었다.

애초부터 빈두사라 왕이 아쇼카의 목숨을 빼앗으려고 내보낸 전쟁이기에 무기를 주지 않았고, 출병 직전까지 행여 무기가 준비되지 않을까봐 가슴을 조이다 탁쉬밀라의 전쟁터로 향했다.

알렉산더가 19년의 긴 고생 끝에 빼앗아 조공을 받던 곳이기에 그리스 정부에게도 탁쉬밀라는 대단히 중요한 곳이었다.

상당한 조공액이 그리스로 상납되었고, 바이샤의 대상인들이 무역을 할 때도 그 중간에서 얼마간을 착취해 가던 터라 탁쉬밀라의 수입은 그리스 정부로서도 결코 포기하거나 양보할 수 없었다. 때문에 그 전쟁에는 그리스 정부군이 투입되었다.

그러나 정작 캐쉬미르와 간다라의 군사들은 아쇼카 측과 격전을 치르지 않았다. 물론 당시에는 신권이 정권에 못지않던 때이고 우파 굽타가 붓다의 5대 제자로서 강권을 행사하기도 했지만, 그리스의 속국보다는 아쇼카의 통일국에 남는 것이 유리할 것이라는 생각이기도 했다. 반면 그리스 인들은 치열한 전쟁을 하고 있었다.

우파 굽타가 간다라에서 석가모니 부처님의 5대 제자로 있는 일이기에 가능한 일이었다. 그러나 싱하와 아쇼카는 물론이고 마우리아의 왕가에서도 그런 내막을 알지 못했다. 우파 굽타의 행적은 철저하게 베일에 싸여 있었다.

"아누룻다가 붓다 재세시 천안제일 아누룻다의 후손이라 하옵니다."

천안제일이라면 미래를 예견하는 예지력을 말하는 것이었다. 부처의 아들인 라훌라와 이복동생인 난타 그리고 아난다와 그의 형 데바닷다를 비롯해 왕족을 교화했던 아누룻다는 천안제일 신통이 열려 부처님의 10대 제자가 된 분이었다.

금전원관에서 관상을 보러 가던 날 마주쳤던 아누룻다가 그의 후손이라니 놀라운 일이었다. 그리고 그런 말이 사실이라면 아누룻다가 지금도 가끔씩 하는 아쇼카가 미래의 왕권을 이어 전륜성왕이 될 것이라는 말은 결코 빈 말이나 한 번 해보는 소리가 아닐 것이었다.

"그래?"

"정확한 정보이옵니다."

"그랬군."

　한편 아쇼카는 두려워졌다. 그는 아쇼카 이후 마우리아 왕조가 분열될 것이라고 했다. 왕조는 수많은 혼란을 거듭하면서 이어지고, 아쇼카의 후손이면서도 아쇼카의 후손이기를 거부하는 사람들에 의해서 그나마 명맥이 이어지다가 수백 년이 흐른 뒤 이름 없는 후손이 다시 왕국을 잇고 굽타 왕조라 이름하여 전 인도를 재통일할 것이라고 했다. 그때는 타밀 나두까지의 통일이 가능할 것이라고 했다. 그러니 아쇼카의 통일 왕국에서는 가벼운 마음으로 타밀 나두를 포기하게 될 것이라고 했다. 운명처럼 자연스럽게 아쇼카 자신이 타밀 나두와의 전쟁을 포기하게 될 것이라고 했다. 그렇지만 아쇼카는 자신있었다. 아무리 그래도 타밀 나두는 꼭 차지하고 말 것이다.

　"아- 아- 아- 아- 아- 아-"

　멀리서부터 들려오던 여인의 고함소리가 점점 가까워지고 있었다. 그녀의 목소리는는 고통이나 두려움이 배어 있지 않았다. 뭔가를 알리려는 소리였다. 여인은 연신 그런 소리를 내며 아쇼카와 싱하 쪽으로 다가오고 있었다.

　교교한 달빛이 여인의 머리를 비추었다. 산발한 머리에 걸레같은 옷차림이었다. 아쇼카는 그 여인을 보자, 머리까지 쭈뼛해옴을 느끼고 있었다. 갠지즈 강가에 가면 얼마든지 볼 수 있는 불가촉이었다.

　아쇼카는 왠지 싱하에게 부끄러움이 솟아오르고 있었다. 왕족이 아니라면 아쇼카도 그런 모습이어야 할 것이었다. 머리를 산발하고 누더기를 걸친 여인처럼 남자 불가촉인 아쇼카는 하체만 가리고 소리소리 악을 써대며 인가에 나와야 하는 그런 신분이었다.

단지 왕족이라는 끈이 아쇼카의 현재 상황을 유지시키고 있었다. 아쇼카는 그 여인을 보면서 또 한번 어떤 수단과 방법으로라도 왕권을 이어야 한다고 생각했다. 그런 면에서 여인에게 고마움이 들기도 했다.

"흠! 흠!……"

싱하도 아쇼카의 마음을 꿰뚫고 있었다. 달빛이 밝았다. 부끄러움으로 붉게 물든 아쇼카의 얼굴이 그 달빛에 드러났다.

여인이 산발한 머리 한켠을 올렸다. 여인은 달빛 아래 서 있는 두 사람을 발견하고는 몸을 떨었다. 자칫 죽을 수도 있었다. 감히 불가촉의 신분으로 마을 사람들에게 너무 가까이 다가가 있었다.

불가촉이 마을에 들어서며 소리를 지르는 이유는 사람들에게 가까이 가지 않기 위해서였다. 더럽고 냄새나고 추한 몰골로 행여 사람들에게 피해를 줄까봐 고래고래 소리를 지르며 마을로 들어오는 것이다. 그러면 불가촉이 다가가기 전에 마을 사람들이 피하는 것이다. 행여 그들이 피하기 전에 가까이 갔을 때는, 되려 불가촉이 마을 사람들에게 대가를 치러야 했다.

맞아 죽어도 할 말이 없었다. 눈물 한 방울 흘리지 못하고 죽어야 했다. 그렇게 맞아 죽은 다음에도 행여 그 가족이라는 이유로 불가촉이 마을 사람들에게 반항하는 기색을 보이면, 불가촉 집단은 모두 몰살을 당해야 했다.

여인은 그런 두려움에 떨었다. 산발한 머리를 모래펄에 바싹 붙이고 벌벌 떨었다.

　그러나 여인보다도 아쇼카가 더욱 부끄러움을 느끼고 있었다. 그런 아쇼카의 마음을 알기에 어쩔 줄 몰라 하는 것은 싱하였다.

　싱하가 여인의 손을 잡았다. 여인이 더욱 벌벌 떨며 몸부림쳤다.

　"어서…… 어서……."

　여인은 애써 싱하의 손을 놓으려 했다.

　"어서, 어쩌란 말이냐?"

　아쇼카가 조금 격앙된 목소리로 말했다.

　"어서 죽여 주시옵소서."

　여인이 왈칵 울음을 터트렸다.

　"괜찮다. 일어나거라."

　싱하가 여인의 산발한 여인의 머리를 걷어 눈물을 닦아주었다.

　크샤트리아인 싱하가 불가촉의 손을 잡았다. 붓다의 제자로 귀의하지도 않은 싱하가 불가촉 여인의 손을 잡은 것이다.

　아쇼카의 힘이었다. 싱하는 단지 아쇼카의 부끄러움을 다독거리려는 마음에서 여인의 손을 잡은 것이었다.

　"떨지 마라."

　아쇼카의 목소리에는 자애로움과 부끄러움과 고통이 뒤섞여 있었다. 싱하가 산발한 여인의 머리를 뒤로 넘겨주었다. 달빛에 비춘 여인의 얼굴은 참으로 아름다웠다. 전설로만 전해지는 마하바라타의 주인공 강가(ganga) 여인을 바로 눈앞에 보는 것 같았다. 신분이 낮다고 그 외모까지 추하다는 것은 거짓이었다. 불가촉 여인은 어떤 브라만보다도 고운 피부와 아름다운 눈빛을 갖고 있었다. 어머니를 제외하고 가장 아름다운 여인? 아니 어쩌면 어머니보다도 아름다운 여인이었다.

아쇼카는 어린 시절, 불가촉은 짐승보다도 추하고 못생겼다고 들었다. 그래서 자신도 추하고 못생겼을 것이라는 두려움에 얼마나 거울을 비추었는지 몰랐다. 그러나 지금 여인을 보니, 불가촉이라는 신분이 반드시 추한 외모를 갖지 않는다는 것을 깨닫게 했다.

아쇼카가 여인의 손을 잡았다.

"죽여 주시오소서."

여인은 눈물을 뚝뚝 떨어뜨리고 있었다.

"나도 불가촉이야."

아쇼카가 여인의 눈물을 닦아 주었다. 여인은 이해할 수 없었다. 불가촉이 감히 비단옷을 입고 있다니! 여인은 잘못 들었다고 생각했다. 불가촉 여인은 더 이상 두려움 속에서 허우적거리고 싶지 않았다.

"어서 죽여 주시오소서."

"그럼, 넌 날 죽이겠느냐?"

아쇼카는 죽음을 구걸하고도 두려움에 떨어야 하는 불가촉의 처지에 분노하여 자신도 모르게 목소리가 격앙되었다.

"불가촉이 사람들에게 다가갔다는 이유만으로 죽어야 한다면 난 벌써 골백 번도 더 죽었을 게다."

여인은 싱하를 바라보았다. 아쇼카가 하는 말뜻을 알 수 없다는 표정이었다.

"나도 불가촉이라니, 물론 믿을 수 없겠지……."

아쇼카가 힘없이 여인의 손을 놓았다. 여인이 다시 싱하를 보았다. 싱하가 여인을 보며 고개를 끄덕거렸다. 여인이 비로소 긴장이 한풀꺾였다.

"그래, 이제 믿는구나."

"그럼……."

여인은 그럼 빔비사라의 후손이냐고 묻고 싶었다.

빔비사라에게는 3명의 부인이 있었다. 물론 제1부인인 왕비는 코살라 국의 여인으로 왕에게 가장 사랑을 받던 아사세의 어머니이고 그 외 두 여인이 있었는데, 그 여인들은 모두 크샤트리아가 아니라 브라만이었기에 그 후손은 당연히 불가촉의 신분으로 남았다.

다행히 일부는 왕사성(당시는 국가의 개념이 아니라 왕궁 내지는 성의 개념)을 분할하여 나누어 가졌지만, 일부는 아직도 왕족이라는 얄팍한 끄나풀을 쥐고 어딘가에서 살고 있었다. 그러나 사람들이 빔비사라 왕을 잊고 왕국의 기억도 사라지면 아마 그들도 외거집단으로 밀려나 짐승처럼 살아야 될 것이었다. 불가촉의 사람들은 그런 빔비사라의 후손들을 궁금해했다. 그리고 언제쯤 마을에서 쫓겨나 외거집단으로 밀려올 지를 수군거리곤 했다.

"아마 네가 생각하는 그 사람은 아닐 게다."

아쇼카는 여인의 생각을 읽을 수 있었다.

"그래, 그런 게 있다."

싱하가 얼른 웃으며 말했다.

아무리 경계가 흐트러져 있다고 하나, 만약 아쇼카 일행이 칼링카의 군사에게 들킨다면 꼼짝없이 죽을 것이었다. 지금은 군사도 없이 단둘이 하는 여행이었다.

아쇼카가 천하무적(天下無敵)의 장수라 하나 만약 칼링카 국의 수많은 군대가 에워싸고 진격해 온다면 꼼짝 없이 죽는 것이었다.

다행스러운 것은 여인이 불가촉이라는 것이었다. 적국의 군사들에게도 불가촉은 혐오의 대상이었다. 불가촉은 다른 계급의 사람들에게 다가갈 수 없었다.

단순한 적국의 군사가 아니라 적군의 장수를 발견했다고 해도 그것을 알릴 만한 방법이 없었다. 막사에 도착하기도 전에 불가촉 자신이 먼저 목숨을 잃을 가능성이 훨씬 많았다.

설혹 기회가 닿아 신고할 수 있다 하더라도 불가촉의 신분으로서 그것도 적군과 접촉했다는 죄목으로 처벌될 것이 뻔했다.

그러므로 그 여인이 아쇼카의 정체를 안다 할지라도 문제는 되지 않을 터였다.

"가자."

아쇼카는 여인의 손을 잡았다. 싱하도, 여인도 아쇼카의 뜻을 알 수 없었다.

"너희 집으로 가자."

아쇼카가 여인의 손을 이끌었다.

"아니되옵니다. 차라리……."

여인이 아쇼카의 허리에 찬 칼을 빼내어 스스로 목숨을 끊으려 했다. 두 사람은 여인의 결단에 놀라 바라보고 있었다. 불가촉은 스스로도 자신의 죽음을 가볍게 여겼다.

그들에게는 윤회의 희망도 없었고, 전생의 기억도 없었다. 철저하게 저주받아 태어난, 인간이라기보다 짐승에 가까운 이들이었다.

"너희 집으로 가자고 하지 않느냐? 네가 죽고 싶은 게냐?"

아쇼카는 칼을 뽑아 여인의 목으로 가져갔다. 하는 수 없이 여인은 그들을 데리고 외거집단으로 갔다.

달빛이 세 사람의 머리를 교교히 비추고 있었다.

여인은 타밀 나두의 경계쪽으로 한참을 걸었다. 달빛은 서서히 기울며, 새벽 미명이 바다를 타고 천천히 올라오고 있었다.

"여기이옵니다."

여인이 해안가 야자나무 숲에 발길을 멈추었다. 움막도, 오두막도 없었다. 나무 아래 간간이 보따리가 있었지만, 그것으로 사람이 살고 있다는 자취로 생각할 수는 없었다.

"너희 집으로 가자고 하지 않았더냐?"

아쇼카가 노기 띤 목소리를 여인을 채근했다.

"여기가……."

아쇼카는 설마 하는 마음으로 둘러보았다.

어슴푸레한 새벽 빛에 주위의 처참한 윤곽이 드러났다. 그 곳은 차라리 쓰레기장이었고, 공동묘지였다. 숲의 이쪽에는 쓰레기장이 있고, 저쪽에는 또 시체들이 득실거리고 있었다. 그 가운데 보따리 몇 개만 있을 뿐이었고, 사람들은 없었다.

싱하는 아무 말도 하지 않았다. 그는 불가촉의 삶에 대해 이미 알고 있었다. 그러나 왕궁 안에서만 생활한 아쇼카는 달랐다. 그가 아무리 개방적이고 전투적이고 반항적이라고 하나, 왕의 아들로 금지옥엽 키워진 것을 부인할 수는 없었다.

"당분간은 여기서 살아요."

여인이 야자나무 아래 흩어져 있는 짐들을 정리했다. 모두 자질구레한 것들이었다. 당분간이란 여인의 말처럼 보따리를 싸서 하나씩 훌쩍 들고 가면 그만일 짐들이었다.

아쇼카도 여인이 정리하는 짐들을 몇 개 옮겼다. 싱하는 민망하다는 표정으로 여인과 아쇼카의 주변을 서성이다가 저만치 해변으로 갔다.

"당분간?"

"원래 불가촉은 옮겨 다니며 살아야 합니다."

여인은 아무렇지도 않게 말했다.

"옮겨 다녀야 한다니?"

갠지즈 강가에서 가끔씩 불가촉을 보았지만, 불가촉이라서 옮겨 다녀야 한다는 말을 아쇼카는 처음 들었다.

"불가촉이 감히 마을 사람들처럼 부락을 이룰 순 없습니다. 한 곳에 정착하여 살다 보면 자연히 짐보따리가 늘게 되고 짐보따리가 늘게 되면 움막이라도 틀게 되니 애초에 정착하여 살지 못하게 한 것이지요. 만약 정착하여 사는 기미가 보이는 불가촉 집단이 있으면 군대가 와서 그 곳을 불질러 버린답니다."

아쇼카는 분노에 몸을 떨었다.

"그뿐이 아니지요. 불가촉이 이리저리 옮겨 다녀야 전 인도의 오물이 치워지지 않겠는지요."

"사람들은 모두 어디 있느냐?"

아쇼카는 눈물이 쏟아지려는 걸 애써 참았다. 여인이 고개를 숙이며, 싱하가 거닐고 있는 해변을 가리켰다.

바다 위로 태양이 둥실 떠올라 있고, 그 떠오른 태양 빛을 받으며 싱하가 걷고 있었다. 그 너머 바다에는 사람들이, 불가촉들이 머리를 산발하고 모여 있었다.

그들은 커다란 배를 타고 있었는데 그 배 주위로 아주 작은 배들이 주렁주렁 매여 있고, 그 작은 배 위에는 시체들이 하나씩 누워 있었다. 그 시체 아래에는 갠지즈 강에서 아쇼카가 본 것처럼 짚과 나뭇가지가 수북히 쌓여 있었다.

아쇼카는 야자나무 아래 여인과 나란히 앉아서 그들을 보고 있었다. 사람들은 묶었던 작은 배에 하나씩 불을 붙였다. 그리고 큰 배에 묶인 줄을 풀었다. 훨훨 타오르는 배가 수평선을 넘어 갔다. 그런 동작들이 끊임 없이 반복되었다.

"차라리 바다에 나가 죽겠다고 더러는 저 작은 띠배를 타고 바다를 향해 사라지기도 해요. 도망치는 것이지요. 언젠가 바다에 나타났던 누런 피부의 사람들처럼……. 띠배를 타고 그들의 나라로 가는 것이지요. 그러나 그들이 살았는지 죽었는지는 아두도 몰라요."

여인이 씨익 웃었다. 이젠 아쇼카에 대한 두려움이 없었다.

아쇼카는 여인을 안았다. 그리고 야자나무 아래 펼쳐져 있는 그들 불가촉의 보금자리로 갔다.

"그 밤에 왜 마을까지 왔는고?"

“쓰레기를 치우러 갔습니다.”

“왜 하필 그 밤에?”

“밤엔 사람들이 별로 없기 때문입니다.”

“낮엔 왜지?”

아쇼카는 여인을 모래펄에 쓰러뜨렸다.

“마을 사람들은 불가촉이 나타나면 불쾌해하기도 하지만, 불가촉 여자들을 장난 삼아 죽이곤 한답니다. 간밤 꿈에 커다란 뱅골 호랑이를 안았습니다.”

아쇼카에게 안긴 여인이 수줍게 말했다.

“그래? 그렇다면 아이에게 굽타 성을 주려무나.”

아쇼카는 며칠 동안 여인과 함께 지냈다. 날마다 일출을 보면서 아누룻다가 말한, 후대의 제2차 인도 통일은 이 여인이 낳은 아쇼카의 후손이길 바랐다.

수평선에 출렁이며 아주 미세하게 태양이 하늘을 향해 올라올 때, 어쩌면 아쇼카와 이 불가촉 여인의 아이는 그렇게 바다 저쪽에서 처벅처벅 걸어올 것만 같았다. 아이는 그런 신비함으로 어쩌면 카스트의 높은 벽도 능히 허물어뜨릴 힘이 있을지도 모른다는 생각을 했다.

여인과 함께 지내는 동안 아쇼카는 불가촉의 생활을 낱낱이 볼 수 있었다. 하루 종일 쓰레기와 분뇨를 치우거나 멀리 바다에 나가 시체를 치우고 녹초가 되어 야자나무 아래로 돌아오면, 짐승처럼 누워 잠을 자는 것이 그들의 삶이었다.

마을에 쓰레기를 치우러 갈 때는 마을 사람들이 모두 다 잠이

들었을 것 같은 시간에 하나씩 흩어져 갔다. 마을에 들어갈 때는 꼭 한 사람씩 가야 했다. 여럿이 모이면 혹시 마을 사람들을 해칠 지도 모르기 때문이었다. 혼자서 고래고래 소리를 지르며 짐승처럼 벌벌 기어서 들어가야 했다.

아쇼카는 그런 여인의 삶이 안타까웠다. 그러나 어쩔 수 없었다. 아쇼카는 마우리아 국으로 돌아가야 했다. 그렇지 않다면 아쇼카도 여인처럼 살아가야 했다. 여인을 마우리아로 데려가기란 만만한 일이 아니었다. 아쇼카 자신는 단지 왕자일 뿐이었다. 그것도 왕의 미움을 받는…….

불가촉의 천민을 데리고 왕궁으로 간다면 그나마 인내를 보이고 있는 빈두사라 왕이 당장 아쇼카와 여인을 생매장시켜 버릴 것이었다.

방법이라면 아쇼카가 어서 왕이 되어 칼링카 국을 정복하고, 그 정복된 나라에서 여인을 왕궁으로 데려가는 방법뿐이었다.

아쇼카가 떠나올 때도 여인의 무리는 짐을 싸고 있었다. 가는 곳은 알 수 없었다. 정해진 곳도 없었다. 약속 또한 할 수 없었다.

그들의 다음 주거지는 아침에 보따리를 들고 길을 떠날 때, 그들의 우두머리가 비로소 장소를 정하는 것이었다. 그것도 그 곳으로 떠나는 중간에 바뀌기 일쑤였다.

그런 삶이 불가촉이었다.

여인이 딸을 낳으면 제 어미처럼 불가촉으로 살며 굽타 가문의 피를 받았다는 것조차 잊을 것이고, 여인이 아들을 낳는다 해도 또한 굽타 가문의 이름으로 이어져서 아쇼카와는 소식조차 없는

불가촉의 후손이 될 것이었다. 그가 왕이 된 아쇼카의 자식이라
고 해도 믿어 줄 사람이 없을 것이다. 그들의 슬픈 ‘굽타’ 라는 성
은 그렇게 그들에게만 알려져 내려갈 것이었다.

11

아쇼카가 바다를 향해 떠나간 뒤로 그는 소식이 없었다.

수사이마는 바다를 본 적이 없었다. 하지만 바다는 아주 먼 나라 끝에 있고, 그 곳에 이르기까지는 수많은 위험이 도사리고 있다고 들었다. 그러니 분명히 아쇼카는 바다에 이르지도 못하고 죽었을 것이었다.

싱하가 전통적인 크샤트리아로 아무리 용맹하다 하더라도 머나먼 적지를 아쇼카와 단둘이 여행하는 것은, 죽기를 각오하지 않고서는 할 수 없는 일이었다.

어쨌거나 수사이마는 조만간 아무 탈없이 왕위를 물려받게 되리라 생각했다. 아니 수사이마는 왕이나 진배 없었다. 금전원관에서 관상을 본답시고 괜스레 엉뚱한 소리를 해서 왕과 백성들의 심기를 어지럽힌 방갈라 아밧사지를 만나면, 당장 능지처참해 버릴 것이었다.

방갈라 아밧사지의 목에 현상금을 걸었다. 누구든 방갈라 아밧사지를 죽이고 그의 목을 잘라오기만 하면 자신이 왕위에 오른 다음, 그를 대신으로 삼겠다고 했다. 물론 그 전에 땅과 금으로 충분히 치하할 것이었다.

그러나 방갈라 아밧사지는 어디에 숨었는지 코빼기도 보이지 않았고 간간이 무사들이 잘라오는 목은, 애꿎은 선사들의 것이었다. 수사이마는 그런 무사들을 여지없이 능지처참으로 다스렸다. 죄목은 태자 능멸이었다.

방갈라 아밧사지에 관한 소문은 끝이 없었다. 여기저기서 방갈라 아밧사지를 보았다는 사람들이 속출했고, 그가 아쇼카를 왕으로 삼기 위해 산 속에서 기도를 하고 있다고도 했다.

그러나 최근 들어서는 애꿎은 목을 잘라오는 사람들의 발길도 뚝 끊어졌다.

수사이마는 대신들에게 방갈라 아밧사지를 잡아들이는 명을 직접 내려야겠다고 생각했다. 그는 궁리한 끝에 노대신들에게 아들 중 한 명씩을 차출하여 방갈라 아밧사지를 잡으러 보내라고 했다. 그러나 아무도 그 명을 받드는 대신이 없었다.

수사이마는 권력을 장악하기 위해 너무나 많은 사람들의 목숨을 빼앗았다. 또한 그의 권력을 유지하기 위한 일에는 죽음이 뒤따르는데 자기 자식을 죽음으로 내몰 아비는 없었던 것이다.

대신들의 마음이 그에게서 떠나가고 있었다. 수사이마는 화가 치밀어서 견딜 수 없었다. 그래서 한 노대신을 궁궐에 불러놓고 자기의 부하들을 시켜서 흠씬 두드려 패게 했다.

"인명과 왕좌는 하늘이 내는 것이옵니다. 어찌 운명을 거스를 수 있겠사옵니까?"

대신은 피를 토하면서 수사이마를 원망하였다. 수사이마에게 두들겨 맞는 노대신은 아쇼카를 군사와 무기도 없이 전쟁을 하라고 탁쉬밀라와 카사 국으로 보내게 했던 대신이었다.

"나를 위해 아들 하나를 내줄 수 없다는 말이냐?"

"전하의 아들 한 분을 이 노신하를 위해 내줄 수 있겠습니까?"

수사이마에게는 세 명의 아들이 있었다.

"이놈아, 내 아들과 니놈의 아들이 어찌 같을 수 있겠느냐?"

"전하!"

노대신이 죽었다. 수사이마를 한껏 노려보며 쓰러졌다. 그리고 그렇게 죽어간 노대신의 이야기는 곧 온 마우리아에 퍼졌다.

신하들은 각자 자기 아들 중 한 명씩을 모아 집단을 만들어 방갈라 아밧사지를 찾아 나선다는 명분으로 왕궁을 떠나게 했다. 신하들은 자신의 아들들을 숲으로 보내 무술을 연마하도록 했다. 때가 되면 언제든지 불러들일 수 있도록 내린 조치였다.

그러나 수사이마는 그런 내력을 알지 못했다. 그저 이제는 모든 것이 자신을 위해 준비되어 있다고 믿고 있었다. 이제 그는 아쇼카에게 마음을 쓰지 않았다.

불가촉인 아쇼카와 자신의 신분이 하늘과 땅의 차이보다 더 큰 것이었고, 대신들도 그것을 잘 알고 있었다. 어찌 자신들보다 훨씬 낮은 신분의 사람을 왕으로 받들고 싶겠는가?

수사이마는 이제 곧 자신이 왕좌를 이을 것이기에 벌써부터 왕의 흉내를 내고 있었다.

귀찮은 아쇼카도 돌아와 결혼을 했다. 하지만 수사이마의 관심 밖이었다. 아쇼카가 많은 후궁들을 거느리고 자손들이 번성해 갔지만, 그 또한 수사이마의 관심을 벗어나 있었다.

어차피 왕좌는 자신의 것이기에 아쇼카 따위에게는 분노조차도 부질없고 아까운 것이었다. 이제 방갈라 아밧사지에 대한 증오도 서서히 잊혀져 가고 있었다.

빈두사라 왕도 과거의 예언이 수사이마를 위해 있었던 것이라 믿게 되었다. 괜스레 아무 것도 모르는 사람들이 아쇼카을 운운해서 혼란만 일으켰었다고 생각하게 되었다.

아쇼카는 여전히 변방으로 내몰리며 전쟁을 했고, 공은 수사이마가 차지하고 있었다. 아쇼카의 인도 각지에서의 승리로 마우리아는 제법 큰 땅을 소유하게 되었다.

이제 빈두사라 왕도 늙었고, 왕권은 곧 수사이마에게 승계될 것이었다.

그러던 중 서북부에서 전운의 소식이 전해졌다. 마우리아를 친다는 것은 자살행위였다. 일찍이 빈두사라가 아쇼카의 죽음을 바라며 보냈던 전쟁에서 마우리아는 백전백승이었고 주변국들은 감히 아쇼카가 있는 마우리아와의 전쟁을 꺼려 했다. 그러므로 서북부의 아리안 족이 마우리아를 침공해 오고 있다는 소식은 빈두사라 왕을 비롯한 마우리아 내에 상당한 놀라움이었다.

왕은 이참에 수사이마에게 왕권을 물려주고 아쇼카를 전쟁터에 보내 죽여야겠다고 생각했다. 왕은 예전처럼 대신들을 불러 놓고 그 의도를 피력했다.

왕이야 알 수 없었다. 대신들의 자제들이 숲으로 가서 무술을 연마하여 지금은 수사이마에게 대적할 만한 정예군이 되었다는 것을 알지 못했다. 그들이 여전히 불가촉 천민인 아쇼카를 경멸하고, 수사이마를 왕으로 세우기 위해 아쇼카의 죽음을 원하고 있다고 생각했다. 예전처럼 군사는 없었다. 아쇼카 스스로 마련해야 했다.

신하들은 왕의 그 명령을 받고 서둘러 아쇼카의 처소로 들었다.

"전하, 불쾌히 여기지 마소서."

신하들은 아쇼카의 옷을 벗기며, 온몸에 노랑 물감을 골고루 바르기 시작했다.

그리고 축 늘어져 다 죽어가는 시늉을 당부하며, 아쇼카를 서너 명이 부축하여 왕에게 갔다.

"왕이시여!"

"전쟁에 보내라지 않았소?"

왕은 여전히 아쇼카를 보는 게 불쾌하기만 했다. 그래서 왕이 있는 곳에 아쇼카가 출입하지 못하도록 법으로 금지시켰었다.

아쇼카를 부축하고 들어온 신하들이 아쇼카의 병을 핑계로 그런 금기를 깬 것이었다.

"전하! 왕자님이 이렇 듯 중병에 걸렸습니다. 아무래도 이번에는 수사이마 왕자님께서 전쟁터에 나가야 할 듯하옵니다. 아울러

목숨이 경각에 달린 왕자님이오니, 대전 출입의 금족령을 풀어
주시오소서."
　왕의 눈에도 아쇼카는 죽음이 임박한 것으로 보였다. 아쇼카는
죽을 것이다. 그런 아쇼카에게 그 정도의 배려는 문제될 것 같지
않았다. 어쨌거나 아쇼카도 자신의 피를 이어받은 자식이었다.
죽음을 목전에 둔 자식이 일견 불쌍하기도 했다. 더구나 아쇼카
의 전공으로 마우리아는 이제 인도 대륙에서 손에 꼽히는 거대국
가가 되어 있었다.
　그래서 이번에는 수사이마 왕자를 서북부의 전쟁터로 보냈다.
전쟁에서 승리하여 돌아온 후로 왕좌 승계를 미루었다.
　그러나 수사이마는 아쇼카를 전쟁터로 보낼 때와 달리, 왕실이
갖고 있는 모든 군사를 동원하여 전쟁터에 나아가게 했다.
　궁궐에는 군사가 별로 남아 있지 않았다.

"전하, 이때이옵니다."
대신들이 아쇼카에게 말했다.
"이때라니?"
"결국 하늘의 뜻이옵니다."
"하늘의 뜻?"
아쇼카가 망설임 깃든 눈빛으로 하늘을 향했다.
"전하, 부왕에 대한 죄책감 때문인지요?"
싱하도 아쇼카 옆에서 대신들을 거들었다.
　부왕. 아쇼카에게는 빈두사라 왕에 대한 애정이 티끌만큼도 없

었다. 오히려 미움과 원망만이 히말라야 산을 덮고도 남았다. 혹 자신이 부왕을 갈기갈기 찢어죽인다 해도 죄책감은커녕 원망이 가시지 않을 것이었다. 침묵은 지난 긴 시간들에 대한 회한이었다.

아쇼카는 다시 노랑 물감을 칠하고, 이번에는 군사들에게 부축을 시켰다.

"전하, 마지막으로 전하를 뵈러 왔습니다."

아쇼카는 일부러 죽음을 눈앞에 둔 사람처럼 힘없이 말했다.

"그래?"

"전하, 소자의 마지막 선물을 받아 주시겠는지요?"

"선물이라고?"

"예. 전하를 위해서 마지막으로 선물을 준비했사옵니다."

"들이라."

빈두사라는 일단 받아뒀다가 버릴 요량이었다. 아쇼카가 주는 것이라면 무엇이든지 싫었다. 비록 아들이라 해도 불가촉의 천민이 주는 것을 크샤트리아인 자신이 낼름 받을 수는 없었다.

그렇게 빈두사라는 아쇼카가 자신의 아들이라는 인연의 끈보다 불가촉이라는 신분을 더 실감하고 있었다.

아쇼카는 경계를 선 군사들 밖에 선물이 있노라고 했다.

그리고는 붉은 보자기로 싼 상자를 든 서너 명의 병사들을 더 안으로 들였다.

"전하, 선물을 꺼내 드려도 괜찮겠는지요?"

"맘대로 하라."

불가촉답게 선물 하나 건네는 데도 이것저것 요구가 많다고 생

각하면서, 빈두사라 왕은 아쇼카에게 마지막 적선을 베푸는 기분
으로 참고 있었다.

아쇼카는 붉은 보자기를 천천히 걷었다. 그리고 상자를 열었다.
그 상자 안에는 왕에게 전할 보물 대신 전쟁에 쓰이는 칼들이 들
어 있었다.

왕은 얼핏 칼들을 보았다. 그러나 잘못 봤겠거니 했다.

아쇼카는 왕이 사태를 파악하기 전에 군사들에게 칼을 하나씩
을 나누어 주었다. 그리고 왕에게 다가가 스스로 왕의 머리를 베
었다.

순식간에 일어난 일이었다.

아쇼카는 스스로 왕위를 승계하고 예법대로 빈두사라 왕의 장
례를 치렀다. 그리고 빈두사라 왕이 여러 왕자들을 불러놓고 금
전원관에서 상을 볼 때 그 곳으로 가지 않고 숲으로 가려는 자신
에게 한 번 가기나 해보라고 했던 아누룻다를 찾아 대신으로 삼
았다. 그러나 아누룻다의 노란 가사는 그대로 입게 했다.

수사이마는 전쟁을 끝내고야 그 소식을 접했다. 그는 질풍처럼
왕궁으로 달려오고 있었다. 그리고 아쇼카는 왕궁으로 오고 있는
수사이마의 소식을 들었다.

그는 궁으로 통하는 네 문 중, 두 문은 힘센 군사들에게 지키게
하고, 또 한 문은 대신들이, 그리고 동문은 자신이 지켰다.

만약 수사이마가 하늘이 정한 전륜성왕의 재목이라면, 그는 대
신이 있는 문으로 갈 것이었다. 어쩌다 힘센 군사가 있는 두 문으
로 간다해도 수사이마에게 가능성은 전혀 없는 것은 아니었다.

190

군사들과 싸워 이길 수만 있다면 수사이마에게 가능성이 있었다.

일찍이 수사이마에게 반대하던 세력들이 숲에서 무술을 익히고 아쇼카를 위해 성으로 출발을 했지만, 도착하려면 아직 많은 날들이 남아 있었다.

그래서 아쇼카는 이 계획을 세웠다. 어쩌면 수사이마가 전륜성 왕의 재목인지도 몰랐다. 그러기에 그에게 기회는 주고자 하는 것이었다.

그것이 인도인들의 사고방식이었다. 비록 적군이라 하나 일말의 피할 길을 주는 것이 인도에서의 경쟁이었다. 힘이나 전략, 다른 어떤 것보다도 운명이나 공덕이 인생과 미래를 좌우한다고 믿는 것은 꼭 불가의 귀의자가 아니더라도 인도인들의 공통된 생각이었다.

그렇다고 그 운명에 소극적인 것은 아니었다. 승리의 운명이 만약 자기 것이라면 당연히 그것을 취하게 되겠지만, 만약 그것이 자기 것이 아니더라도 자신의 노력에 감복해서 자기쪽으로 밀려올 수 있도록 최선을 다하는 것이 인도인다운 대처 방식이었다. 아니 크샤트리아다운 태도였다.

인도의 공(空)은 바로 그런 것이었다. 허무주의가 아닌 원(만물의 법)이 만들어낸 색즉시공(色卽是空) 공즉시색(空卽是色)……

성의 동쪽 문에서 아누릇다는 나무로 아쇼카의 형상을 만들어 말에 태워 성문 밖에 세워 두었다. 그리고 그 목각인형 앞으로 교묘한 불구덩이를 만들었다. 불구덩이 안은 불이 활활 타오르지만, 불구덩이 밖으로는 연기가 한 줄기도 빠져나오지 않았다. 그

불구덩이를 만든 사람이 아니고는 그 곳에 그런 불구덩이가 있으
리라는 상상을 할 수 없을 것이었다.

아누룻다는 아쇼카의 대신이 아닌, 사문인 양 수사이마를 맞았다.

"왕자여, 아쇼카(목각인형)가 동문 밖에 있습니다."

아누룻다는 정보를 제공하는 사문처럼 수사이마에게 바싹 접근
하여 아쇼카의 목각인형이 서 있는 곳을 아주 친절하게 안내해
주었다. 물론 사문의 신분으로 일반인도 못하게 되어 있는 거짓
말을 할 수는 없었다. 그러기에 수사이마는 들을 수 없었겠지만
아쇼카라는 말 뒤에 목각인형이라는 말을 가만히 집어 넣었다.

"그래요?"

수사이마는 아누룻다가 아주 작게 말하는 목각인형이라는 말을
알아듣지 못하고, 사문은 절대로 거짓을 말하지 않는다는 계율을
알기에 귀가 솔깃했다.

"전쟁이 무슨 필요가 있겠습니까? 왕자님께서 손수 아쇼카를
잡는다면 저절로 왕이 되는 게 아닌지요?"

맞는 말이었다. 여하튼 수사이마는 아누룻다를 믿었고, 자신이
왕이 되면 아누룻다를 곁에 두고 그의 예언을 종종 들어야겠다고
생각했다.

수사이마 생각에도 아쇼카만 죽이면 모든 문제는 해결되는 것
이었다. 수사이마는 아누룻다가 고마웠다. 하지만 그는 아쇼카를
서둘러 죽여야 한다는 급한 마음에 인사도 않고 말을 몰았다.

"이럇!"

조금만 더 달려가면 아쇼카의 목을 댕강 자를 것이었다. 수사이

마가 달려오는 모습에 아쇼카는 겁을 먹었는지 꼼짝도 하지 않고 있었다. 말은 속도를 더 내어 힘차게 아쇼카의 앞으로 달려가고 있었다.

"내 칼을 받아라!"

수사이마가 칼을 높이 휘둘렀다. 그러나 뭔가 이상하다는 감지를 하고 말머리를 돌렸을 때는, 말은 이미 가속이 붙을대로 붙어 있었다. 수사이마가 고삐를 아무리 죄어도 그의 애마는 앞으로만 질주하였다.

"아악!"

비명소리와 함께 수사이마는 거세게 타오르는 불구덩이에 삼켜버렸다. 수사이마의 충신이며, 싱하의 먼 친척이기도 한 바드라 아유다가 수사이마를 찾아왔지만 수사이마는 이미 통구이가 되어 있었다.

"바드라 아유다, 이젠 나를 섬길 수 있겠소?"

아쇼카가 바드라 아유다에게 말했다.

"죽을지라도 불가촉을 왕으로 섬기진 않겠소. 나는 차라리 숲으로 갈 것이오."

바드라 아유다는 떠났다. 숲으로 떠난 바드라 아유다가 얼마 후, 아라한이 되었다는 소식을 아쇼카도 싱하로부터 들을 수 있었다. 이제 아쇼카에게는 적이 될만한 세력이 없었다.

아쇼카는 마우리아 왕조의 제3대 왕이 되었다. 이제 천하는 그의 발 아래에 있었다. 그러나 바드라 아유다가 떠날 때 남긴 말처럼, 사람들이 슬슬 근성을 드러내고 있었다.

불가촉 출생인 아쇼카, 그것도 자기들 스스로 세운 왕이니 마음대로 할 수 있다는 것이 쿠데타를 일으킨 대신들의 생각이었다.

심지어는 궁녀들도 아쇼카의 사랑이 행여 자기에게 미칠까 두려워했다. 아쇼카가 저만치 나타나면 슬슬 뒤걸음질쳐 사라지곤했다.

왕좌에 오르면 모든 문제가 다 해결될 줄 알았다. 그러나 아쇼카는 왕좌에 오르기 전보다 더 외롭고 힘들었다. 그때는 적이 분명하게 보였는데, 왕좌에 오르고 보니 보이지 않는 반역자와 적들이 아쇼카를 더욱 괴롭혔다.

자기들의 마음에 들지 않는다 하여 언제 또 아쇼카를 치고 자기들이 바라는 자로 새 왕을 삼을지 모를 일이었다.

아쇼카는 애초에 그들의 기고만장함을 꺾어야겠다고 생각했다. 그래서 억지스러운 요구를 때때로 했다.

"궐 내에 있는 모든 과일나무를 베어내고 가시나무를 심도록하라."

아쇼카는 모든 신하들을 모아놓고 명령했지만, 아무도 귀담아듣지 않았다. 아쇼카는 궁궐 여기저기를 거닐며 과일나무를 베고 가시나무를 심었나 확인하고 다녔다.

"가시나무를 베고 과일나무를 심는 법이지, 어찌 과일나무를 베고 가시나무를 심으란 말이야?"

"그런 어리석은 명령을 들을 필요가 있겠어?"

궁궐 여기저기 모여있는 신하들이 수군덕거리는 소리를 아쇼카도 들었다. 아쇼카는 신하들을 모아놓고 다시 명령을 내렸다.

“궁궐 내에 있는 모든 과일나무를 베시오.”

아쇼카는 다시 궁궐 여기저기를 둘러보며 베어진 과일나무를 확인하고 싶어했다. 그러나 과일나무는 단 한 그루도 베어져 있지 않았다.

“궁궐 내의 과일나무를 모두 베라고 하지 않았소?”

“전하, 어찌 과일나무를 베고 가시나무를 심는단 말입니까?”

신하들은 되려 아쇼카의 명령이 잘못되었다고 질타를 했다.

아쇼카는 대신들을 궐내에 모아놓고 싱하를 불렀다. 싱하는 여전히 아쇼카의 명령에 충실히 복종을 하고 있었다.

“지금 궐내에 있는 모든 대신들의 삼족을 잡아들이라.”

싱하는 궐내에 있는 대신들의 삼족을 잡아들였다. 싱하가 잡아들인 사람들의 숫자가 500명은 족히 넘었다.

“싱하, 잡아들인 모든 사람들을 죽이라. 아니 내가 그들을 죽일 것이니라. 만약 조금이라도 반항하는 자가 있거든 그 자리에서 능지처참하라.”

아쇼카는 스스로 500여 명을 죄다 죽였다. 피가 궁궐에 강물처럼 흘렀지만, 아쇼카는 눈 하나 까딱하지 않고 죽은 대신들의 자리를 채울 새 대신들을 임명했다.

어쨌거나 아쇼카는 왕권을 바로잡아야 마우리아 왕조를 이어갈 수 있다고 믿었다. 그래서 아쇼카 자신에게 반항하거나 자신의 출생신분이 불가촉이라 하여 무시하는 자가 있으면 누구든 그 자리에서 목숨을 빼앗을 것이라 다짐했다.

그래도 아쇼카의 마음은 불안하기만 했다. 언제 누가 뒤에서 칼을 들이댈지 모르는 일이었다.

아쇼카는 그런 불안을 달래며 궁궐을 걷고 있었다. 채녀들과 궁녀들이 두려운 표정으로 아쇼카의 뒤를 따르고 있었다.

"저 꽃이 무엇인고?"

왕은 빈두사라의 커다란 보리수 옆에 만발한 작은 나무 한 그루를 보았다. 하얀 꽃이 화려하게 만발한 나무였다.

"무우수라 하옵니다."

언제부터인지 사람들은 보리수를 무우수하고도 불렀다. 싱하는 일부러 그 나무의 이름을 보리수라 하지 않고 무우수라 했다.

"그건 나도 알고 있네. 보리수가 아닌가? 그리고 그 옆에 부왕의 보리수가 있지 않는가?"

아쇼카가 궁금해하는 것은 그 나무의 이름이 아니라, 아버지의 보리수 옆에 언제 저렇게 작고 소담스런 보리수가 심어졌는지였다.

"벌써 여러 해 전의 일이지만, 제가 처음 전하와 만나고 그것을 기념하기 위해서 심은 나무이옵니다."

싱하가 작은 보리수의 잎을 만졌다.

"자네가?"

"꽃이 아름답지요?"

싱하는 떨어져 내린 꽃을 조심스럽게 주웠다. 아버지의 보리수 옆에 있는 작은 보리수…….

"무우수…… 내 이름과 같지?"

아쇼카는 아련한 기억을 더듬으며 혼자말처럼 중얼거렸다. 지금은 도를 구하러 숲으로 떠난 아우 이우가 이 보리수 옆에서 어린 시절 코브라의 장례를 치뤘던 것이었다.

"그렇사옵니다."

"잘 보호하도록 하시오."

아쇼카는 무우수를 잘 보호하라고 당부했다.

며칠 후에 아쇼카는 무우수가 보고 싶어졌다. 싱하가 아쇼카와 만난 것을 기념하는 나무라 그랬고, 아쇼카 자신과 이름이 같은 데다 풍성하게 핀 꽃들 또한 아름다웠다.

그러나 무엇보다도 빈두사라 왕의 보리수 옆에 있는 것이 마음에 들었다. 아무리 아쇼카가 부왕의 미움을 받았다고 하나 부왕의 대를 이은 왕이기에 앞으로 부왕의 보리수처럼 자신의 보리수가 커지면, 그때는 자신이 꼭 전륜성왕이 되리라는 희망이 보리수 아래에서 생겼다.

아쇼카는 홀로 무우수를 찾아갔다. 그러나 부왕의 보리수 옆에서 그렇게 탐스럽게 꽃을 피우고 있던 아쇼카의 보리수는 앙상하게 변해 있었다. 아니 흉물스럽게 변해 있었다.

저만치서 그 앙상한 작은 보리수를 보며, 아쇼카는 분노와 놀람에 몸을 부르르 떨었다.

그런데 마침 채녀가 그 곁에 잔뜩 화가 난 얼굴로 서 있었다.

아쇼카는 다가가지 않고 한동안 그 채녀의 행동을 주시했다.

"보호하라고? 피부는 거칠고 손발은 커서 흉물스러운 왕과 이름이 같은 너를 내 어찌 보호하겠느냐?"

채녀는 아쇼카가 그 주변에 있는 것을 모르는지 아쇼카를 갖은 욕설로 비방하며 무우수 가지를 싹뚝싹뚝 꺾어내고 있었다. 구우

수는 더 이상 꺾여질 가지도 남아 있지 않았다.

"네, 요년!"

아쇼카는 채녀의 머리채를 낚아챘다. 체면 따위는 아쇼카에게 문제가 되지 않았다.

"아야야."

채녀는 그저 누군가 장난치고 있는 줄 알았다가, 자신의 머리채를 쥔 사람이 아쇼카임을 알고 얼굴이 새파랗게 질리는 것이었다.

"다시 한 번 더 주둥이를 놀려봐라!"

아쇼카는 채녀의 머리채를 쥐고 흔들어댔다.

"한 번만 살려주시오소서."

채녀는 머리채가 아쇼카에게 머리가 잡힌 채로 발발 떨었다.

"네년이 그런 말을 감히 지껄일 때는, 이미 목숨을 걸지 않았더란 말이냐?"

아쇼카는 칼을 빼들어 당장에 채녀의 목을 베어 궁궐의 담장에 내걸었다. 그리고 무우수의 관리를 맡았던 채녀들의 머리를 죄다 잘라서 이미 잘린 채녀의 머리 옆으로 줄줄이 매달았다.

12

인도 왕실의 뒷방도 여느 나라와 다르지 않았다.

왕실의 뒷방이라 하나, 뒷방은 뒷방이었다. 왕실의 뒷방이기에
그 곳을 지키고 있는 사람은 더욱 비참한 것이었다.

예전에 기우제를 보고 왕궁으로 돌아오던 아쇼카가 범했던 여
인 사라도 그 뒷방의 주인으로 살아가고 있었다.

아쇼카가 칼링카 국의 바다에서 돌아온 뒤로 결혼도 하고 또
아들도 낳았지만, 그 이후로도 간간이 들려주던 발걸음을 뚝 끊
었다.

이상한 일이었다. 아쇼카가 사라의 뒷방을 찾아 줄 때는 아쇼카
의 행동이 더할 수 없이 증오스럽고 그 신분에 자존심이 상했는
데, 막상 찾아주지 않으니 더욱 초라해지는 자신을 느꼈다.

사라는 아들을 보았다. 아쇼카를 쏘옥 빼닮았다.

그렇다고 아이까지 미워할 수는 없었다. 그렇게 할 수 없었다. 고슴도치도 제 자식은 귀하다던데, 사라에게도 아이는 귀하고 애 틋했다. 아이의 신분이 앞으로 어찌될지 모르는 일이기에 더욱 그랬다.

아쇼카는 이제 사라를 잊고 있었다. 사라는 아들의 미래가 두려웠 고, 자신에 대한 아쇼카의 행동이 원망스럽다 못해 증오스러웠다.

그러나 언제까지나 그런 아쉬움이나 증오에 휩싸여 살 수 없었 다. 사라는 똑똑한 여자였다. 자신의 운명을 개척하고, 그 목적을 위해 앞으로 나아갈 수 있는 여자였다. 사라의 그 목적을 이루기 위해서는 이 뒷방을 벗어나야 했다. 부끄럽지만 목적을 이루기 위해서라면 당당해야 한다고 다짐했다.

"이 아이가 파사이디인가?"

빈두사라의 왕비(편의상 이제 그녀를 상왕비라고 해야겠다)가 오 랜만에 사라의 방을 찾았다. 파사이디가 어렸을 때는 종종 찾아 오곤 했지만, 지금은 상왕비 역시 사라의 방을 자주 찾지 않고 있 었다. 아들이 만들어낸 사라와 파사이디의 상황에 대한 미안함 때문이라는 것을 사라도 잘 알고 있기에 상왕비에게만은 미움을 가질 수 없었다.

상왕비는 사라의 옆에서 산스크리트 어를 공부하고 있는 파사 이디를 보며 말했다. 산스크리트 어는 귀족의 언어였다. 인도 땅 에는 민족과 지역마다 각기 다른 언어가 통용되고 있었고 불가촉 의 신분으로는 그 언어를 배울 필요가 없지만, 그나마 아직은 왕궁에 살고 있다는 끈으로 산스크리트 어를 공부할 수 있었다.

그렇다고 파사이디가 산스크리트 어만을 공부하는 것은 아니었다. 사라는 억지처럼 불가촉을 비롯한 천민들이 사용하는 팔리 어를 가르쳤다. 그것은 파사이디에게 신분을 일깨워주기 위해서였다. 또한 아쇼카에 대한 미움을 심어 주기 위해 가르쳤던 것이다.

그래서 궁인 중에 팔리 어를 잘하는 사람을 골라 파사이디를 가르치게 했는데, 그 궁인이 팔리 어를 가르칠 때만은 불가촉의 복장을 하고 들게 했다.

파사이디는 궁인을 두려워했다. 머리를 풀어 헤치고 짐승처럼 엎드려 자신에게 팔리 어를 가르치는 궁인은 언제나 두려움의 존재였다.

그래서 어머니인 사라의 의도대로 파사이디는 궁인을 볼 때마다 아버지인 아쇼카에 대한 미움을 키워가고 있었다.

"그렇사옵니다."

사라는 파사이디를 보며 말했다. 파사이디는 산스크리트 어를 공부하던 것을 덮고 밖으로 나갔다.

"많이 컸구나."

상왕비는 미안한 마음으로 사라를 곧게 보지도 못하고 있었다. 다만 파사이디가 덮고 나간 책과 공책 꾸러미를 물끄러미 보고 있었다.

"그렇사옵니다."

사라는 마지막 기회라고 생각했다. 그러나 어설피 서두를 수는 없었다. 상왕비가 파사이디가 나간 문을 망연히 바라보고 있었다. 도마뱀들이 나무줄기를 타고 줄줄이 기어오르고 있었다.

도마뱀은 나무줄기에만 있는 게 아니라 사라의 방 안에서도 스물스물 기어다니고 있었다. 천장에는 도마뱀들이 서로 짝짓기를 하려는지 빙빙 돌며 구애를 하고 있었다.

도마뱀이란 인도인들에게는 매우 친숙한 존재였다.

도마뱀은 모기를 잡아 먹으며 살았다. 그래서 모기들이 있는 주위에는 도마뱀들이 들끓었다. 모기에게 물려 고통을 받을 때 도마뱀을 푹 고아 먹거나 구워 먹으면 독성과 고통이 제거되었다. 뿐만 아니라 사람들이 미리 도마뱀을 먹으면 모기에 물리지 않았다.

불가촉 천민들에게는 심심풀이 간식이기도 했다. 그리고 때로는 먹거리가 되기도 했다. 사라는 파사이디에게 일부러 도마뱀 구이를 먹게 했다.

상왕비의 눈에 눈물이 어렸다. 사라에게 드디어 기회가 오고 있었다.

"태자 책봉을 했다지요?"

사라는 애써 담담하게 말했다.

"그러나 꼭 태자가 왕위를 잇는 건 아니잖던가?"

상왕비는 잠시 얼버무리다 말을 이었다. 아마 상왕비도 알고 있을 것이었다. 브라만인 사라가 제 발로 궁궐에 들어와 궁녀가 되었을 때는 파사이디처럼 불운한 아들이 아닌 왕재를 낳고 싶은 꿈이 있었을 것이었다. 그런 마음이라면 상왕비가 누구보다도 잘 알고 있었다. 그래서 쉽게 말을 이을 수 없었다.

그리고 사라가 꿈꾸었던 왕자는 아쇼카가 아니라 수사이마였다. 왕비도 그런 사라의 마음을 알았던 것이다.

상왕비만이 아니라 누구나 알 수 있었다. 어쩌면 그녀도 상왕비인 자신처럼 누군가의 강한 예언을 들었을 지도 모를 일이었다.

그러나 운명은 하늘이 정하는 것이고, 사람들은 그 운명에 따라 단지 최선을 다할 뿐이라는 것이 상왕비의 마음이었다. 게다가 예언이 모조리 맞다면, 이 세상에는 왕재가 수두룩할 것이었다.

한편 상왕비에게는 두려움이 없지 않았다. 전륜성왕의 다음 대에는 통일된 나라가 다시 분열되리라고 했던 불길한 예언을 떨쳐 버리고 싶었다.

그렇게 생각하니 사라가 더욱 측은해졌다. 어쩌면 왕궁에 들어올 때부터 그녀의 운명은 잘못된 것이었는지도 몰랐다. 사이비 예언가의 거짓 예언을 듣고 왕재를 낳으리라는 희망에 부풀어 왕궁에 들어왔지만, 애꿎은 운명이 파사이디에게 아픈 미래를 안겨 주었는지도 모를 일이었다.

"그러나……."

사라의 눈에서 왈칵 눈물이 쏟아질 듯했다. 그러나 사라는 상왕비에게 눈물을 보이고 싶지 않았다.

생각해 보면 상왕비 또한 슬픈 운명이었다. 비록 큰아들인 아쇼카가 왕위를 이었다 하나, 둘째인 이우는 출가를 하여 소식도 알 수 없고, 남편이었던 빈두사라 왕은 아들에게 죽임을 당하지 않았던가?

빈두사라가 죽었을 때 상왕비는 스스로 세티(순장)의 풍습대로 당연히 남편을 따라 무덤 속으로 들어가 생매장을 당하겠다고 했다. 그러나 아쇼카는 상왕비를 제외한 빈두사라의 전 왕비와 후궁들을 순장시켰다.

상왕비가 사라의 손을 잡았다. 사라는 눈에 힘을 주며 애써 참았던 눈물을 떨어뜨렸다.

"저……"

사라는 말을 꺼내기가 쉽지 않았다.

"저……"

"말을 해야 알지 않겠니? 어쩌면 너와 나는 같은 병을 앓는 사람이 아니겠니? 내가 전에 했던 생각을 네가 지금하고 있을 게야."

상왕비는 다시 사라의 손을 잡고 따스하게 쓸어주었다. 상왕비 앞에서 사라는 의지가 꺾였다. 그냥 이렇게 파사이디와 왕실의 뒷방에서 살아야겠다는 생각마저 들었다.

"아닙니다."

사라는 자신의 생각을 접었다.

"스스로 살 길을 구하라."

의외였다. 상왕비가 단호한 목소리로 말했다. 사라의 눈에서 주루룩 눈물이 흘러내렸다.

"내가 너를 지켜주지 못하는데 너의 살 길까지 막을 순 없지 않겠니?"

상왕비가 사라의 눈물을 닦아 주었다.

"마침 제1왕비가 나와 고향이 같은 산치 여인이니, 왕비를 통해 왕에게 너를 풀어주라 할 게야."

상왕비는 사라의 마음을 아주 정확히 알고 있었다. 어쩌면 그 말을 하려고 일부러 오랜만에 사라의 방을 찾았던 것이었을까?
이유야 어찌되었건 파사이디는 상왕비에게 첫째 손주였다. 사라
를 왕궁 밖으로 나가도록 한다는 것은, 파사이디가 손주라는 것
을 포기한다는 것과 같았다.

분명 사라는 재가를 할 것이었다. 재가를 해서 운이 좋으면 파
사이디의 신분상승이 가능할 것이었다. 가령 브라만에게 재가를
해서 그의 아들로 삼는다면 파사이디는 불가촉이 아니라 브라만
의 신분을 가질 수도 있었다. 물론 그것은 쉽지 않았다.

그러나 사라라면 충분히 그렇게 할 수 있다고 상왕비는 믿고 있
었다. 그런 확신이 있기에 지금 이런 결단을 내릴 수 있는 것이었
다. 또한 그것이 할미로서 어쩌면 파사이디에게 해줄 수 있는 유
일한 것이라고 생각했다. 사라는 하염없는 눈물만 흘리고 있었다.

"눈물…… 나도 예전에 많이 흘렸다. 어쩌면 지금도 그 눈물을
멈추지 못하고 있는지 모르지."

상왕비의 눈에도 눈물이 어렸다.

"감사…… 감사합니다……. 절대로 마마를 잊지 않겠습니다."

"이것……."

상왕비가 준비해왔던 보따리를 사라에게 내밀었다.

"풀어봐라."

사라는 조심스럽게 상왕비가 내민 보따리를 풀었다.

금이었다. 금괴들이 가지런하게 보따리에 싸여 있었다. 사라는
놀란 눈으로 왕비를 보았다.

"내가 너에게 해줄 수 있는 게 이것뿐이라니 슬프구나."

왕비는 여전히 미안한 시선으로 고개를 떨구었다.

"마마……."

사라는 눈물조차도 흘릴 수 없었다. 복잡하고 미묘한 감정에 싸여 상왕비에게 와락 안겨들었다.

"네가 마음을 독하고 단단히 먹어야 할 게야. 그러나……."

상왕비는 사라의 안겼던 사라를 밀며 말했다.

"어렵겠지만……."

사라는 상왕비의 다음 말을 기다렸다.

"용서하거라."

상왕비로서야 무엇보다도 그 말이 하고 싶었을 것이었다. 하긴 상왕비의 가슴에도 어느덧 아쇼카를 향한 원망이 두껍게 자리하고 있었다. 아들만 아니라면 아쇼카는 남편을 죽인 원수였던 것이다. 아마 그것도 운명인 것이라고 포기를 하기에 그나마 견딜 수 있었지만, 가끔씩은 아들이 원망스럽기도 했다. 그렇다고 남편인 빈두사라까지 죽일 필요까지야 없지 않았느냐는 억지가 들기도 했다.

물론 그것이 화근을 없애는 것이라는 것을 상왕비도 잘 알고 있었다. 하지만 외로운 밤을 보내는 날이면 상왕비의 가슴에 자리한 원망은 커가기만 했다.

사라는 대답하지 못했다. 대답할 수 없었다. 절대로 아쇼카만은 용서할 수 없을 것이었다. 그리고 무슨 일이 있어도 아들 파사이디를 통해서 복수를 할 것이었다.

상왕비 앞에서는 그런 다짐이 사라지고 말지만, 그런 원망을 영원히 없앨 수는 없었다. 왕비도 사라의 마음을 알기에 어렵게 한 번 용서하라고 말을 꺼냈을 뿐, 다짐을 받을 생각은 하지 못했다.

사라는 상왕비가 준 금괴와 자신이 그동안 모은 금괴를 들고 아들의 손을 잡고 왕궁을 나왔다. 다른 물건은 일체 들고 나오지 않았다. 그리고 우여곡절 끝에 범익과 재혼했다. 범익은 브라단으로 아쇼카의 신임받는 신하이기도 했다. 그리고 파사이디를 불가촉의 신분에서 크샤트리아로 신분상승을 시킬 수 있었다.

그러나 사람들은 모두 알고 있었다.

파사이디가 아쇼카의 버림받은 자식이란 것을 알기에 수군거림은 끊이지 않았다. 파사이디는 그런 수군거림을 들을 때마다 다짐을 하곤 했다. 영원한 신분상승을 하고 말리라는……

13

아쇼카가 채녀들의 목을 베어 궁궐의 담장에 매달자, 사문인 아누룻다 대신이 아쇼카를 찾아왔다.

"왕이시여!"

"오, 아누룻다!"

아쇼카도 아누룻다를 부르고 싶었었다. 피를 보고 나면 언제나 그랬다. 아누룻다를 보면 동생 이우 생각이 났다.

아누룻다의 나이는 이우와 비슷해 보였고, 숲으로 떠난 이우도 아누룻다처럼 사문이 되었다는 소식을 들었기 때문이었다.

아누룻다도 이우처럼 장례를 치르기 위해 채녀들의 몸뚱이를 갠지스 강가에 버렸다고 했다. 아누룻다의 그런 행위가 더욱 아쇼카를 이우 생각으로 이끌었다.

“왕이시여!”

“무엇이든 말하시오.”

“그런 일은 아니 되옵니다.”

“그런 일이라니?”

아쇼카는 자신이 죽인 채녀들의 일이라고는 미처 생각하지 못하고 있었다. 아누룻다 자신이 수사이마를 죽이는 데 누구보다 기여한 사람이 아니던가?

“죽이는 일 말입니다.”

“……?”

“사람들이 포악한 아쇼카라고 합니다.”

“포악한 아쇼카라고?”

“그렇사옵니다.”

“그런 소문이 뭘 어쨌단 말이오?”

“이젠 전하께서 직접 죽이시면 아니 되옵니다.”

“그렇다면 내 출생신분이 불가촉이라 하여 나를 업신여기는 자들과 나를 왕좌에 오르게 했다고 하여 나를 자기들의 뜻대로 조종하려고 하는 그런 자들을 어쩌란 말이오?”

“꼭 필요하시다면, 죽이는 자를 따로 두소서.”

“죽이는 자?”

“그렇사옵니다. 죽이는 자는 따지고 보면, 어느 시대에나 있었습니다. 왕권을 위협하는 신하는 있기 마련이고, 그런 신하들의 위협을 받는 것이 왕좌입니다. 가장 신임을 받고 강력한 세력을 누리는 것이 신하이지만, 결국 그 신임받던 왕으로부터 죽임을 당하는 것 또한 신하인 것입니다.”

“으음…….”

“찾아보면 있을 것이옵니다.”

“어디에? 그런 자를 안단 말이오?”

“있사옵니다.”

아쇼카는 아누룻다가 가르쳐준대로 기리카라는 산으로 싱하를 보냈다. 싱하는 기리카 산의 직사를 찾아 나섰다.

아누룻다가 가르쳐 준 사람은 바로 그 직사의 아들이었다.

기리카는 소년이었는데 소년답지 않게 포악함이 지나쳤다.

소년이 차마 그렇게 할 수 있다고는 상상하지 못할 정도로 또래 아이들을 잡아 패거나 결박하곤 했는데 거의 초죽음이 되곤 했다. 만약 맞다 죽으면 아무도 몰래 기리카 산 언덕이나 기리카 산의 계곡에 던져 두곤 했다.

그러나 그의 부모조차도 그런 그를 나무라지 못했다. 자신의 뜻에 거슬리는 자가 있다면, 비록 부모라 할지라도 결박하고 패는 것을 예사로 여기는 기리카였기 때문이었다. 그래서 사람들은 그를 ‘흉악한 기리카’ 라고 불렀다.

싱하는 묻지 않고도 기리카 산의 숲에서 기리카를 찾아낼 수 있었다. 그는 소년답지 않게 외모도 흉악하고 거칠어 보였다. 싱하는 함께 온 군사들을 물리고 기리카에게 다가갔다.

낯선 사람이 가까이 오는 것을 보고 기리카는 눈을 부라렸지만, 곧 자신이 상대하기에는 역부족이라는 것을 깨달았는지 덤덤한 표정으로 그를 맞았다.

“너는 왕을 위해 흉악한 사람들을 죽일 수 있겠느냐?”

싱하는 기리카의 옆에 앉으며 말했다.

“사람들을 죽인다고요?”

기리카는 죽인다는 말에 귀를 세웠다. 그에게는 그것만이 유일한 흥미거리였다. 지금도 사슴 한 마리를 죽이고 산에서 내려오던 길이었다.

기리카가 즐기는 것은 죽음 앞에 선 생명의 두려움이었다. 기리카가 칼을 들이대면 죽음을 두려워하는 생명은 눈에 가득 눈물을 담고 기리카를 바라보거나 반항을 하기 위해 최후의 기운을 뻗쳐보곤 했다. 그러나 기리카의 힘을 감당하지 못하고 몸이 축 늘어지는데, 그 죽고 난 육신은 한동안 따뜻하다가 싸늘하게 식었다.

기리카는 막 죽은 짐승의 부드러운 털이야말로 가장 아름답고 부드럽다고 생각했다. 잠깐 동안이지만 말이다.

“그래. 사람들을 죽이는 거야.”

“왕을 위해서요?”

“그래. 왕을 위해 흉악한 자들을 죽이는 거지.”

“온 잠부드리파(인도)의 죄있는 자라도 나는 다 죽일 수 있습니다. 하물며 이 한 나라의 죄인 정도야 왜 내가 못 죽이겠습니까?”

기리카는 당장이라도 떠날 차비를 했다.

“부모에게 인사는 해야 되지 않을까?”

싱하는 기리카의 손을 잡았다.

“그럼, 잠깐만 기다리십시오.”

기리카는 마음이 급했다. 지금까지는 불법적인 살생이었지만 이젠 왕의 명령을 받은 합법적인 살인이었다. 그런고로 부모님들도 당연히 기뻐할 것이었다. 기리카는 부모에게 하직인사를 하고 이제야 자신이 때를 만났다며 부모에게 말했다.

"국왕이 별것이겠습니까?"

기리카는 아버지의 귀에 대고 살짝 말했다.

"뭐라고?"

"국왕이 누구이옵니까? 국왕의 신분이 나보다 나을 게 하나도 없지 않습니까?"

"안 된다."

"뭐라고요?"

기리카는 어이가 없었다. 아버지는 기뻐할 줄 알았다. 자신이 왕의 명령을 받아 이제부터는 합법적으로 사람들을 죽이고 언젠가 기회가 오면 왕이 될 수도 있다는 소식을 아버지라면 누구보다 기뻐해 줄 것이라고 생각했다.

그런데 아버지가 일언지하에 안 된다고 했다. 기리카는 분노를 참을 수 없었다. 그래서 칼을 휘둘러 아버지를 죽이고, 어머니도 비밀보장을 위해서 죽였다.

"안 된다."

"이놈아!"

기리카가 하직인사를 하겠다고 안으로 들어가고 나서 그런 소리가 들렸고, 남녀의 비명이 교차했다. 싱하는 직감하고 있었다. 안으로부터 피냄새가 배어 나왔다.

"가시죠."

기리카는 피묻은 칼을 시신의 옷자락을 찢어 휙 닦고 나섰다.

"시체는?"

싱하는 시체를 가리켰다.

"그냥 두고 가죠."

기리카가 당당하게 앞장을 섰으므로 누구도 시체를 거둘 엄두를 내지 못했다.

"네가 기리카인가?"

아쇼카는 기리카를 보았다. 인상만 보아도 흉악함을 직감할 수 있었다.

"제가 기리카이옵니다."

기리카는 왕의 앞에서 오른쪽 무릎을 꿇었다.

오른쪽 무릎을 꿇는다는 것은, 전사에게는 상대를 존경한다는 예였다. 그러나 기실 기리카는 아쇼카를 존경하지 않았다. 아쇼카의 신분을 알기 때문이었다. 크샤트리아인 자신의 신분에 비한다면 저 밑바닥의 계급이었다. 그런데도 무릎을 꿇은 것은 아쇼카의 신임을 일단 받아보자는 의도였다. 그래야 뒤통수도 칠 수 있는 기회가 올 것이라는 걸 소년 기리카는 알고 있었다.

아쇼카는 자신을 위해 거침 없이 무릎을 꿇는 크샤트리아를 처음 보았다. 그래서 기분이 좋았다.

"내 너를 위해 무엇을 해 줄까?"

"집을 지어주소서."

"집?"

"그렇사옵니다. 지옥의 집이옵니다."

214

"지옥의 집이라고?"

"누구든 들어오면 나갈 수 없는 집이옵니다."

"들어오면 나갈 수 없다니?"

"문을 하나만 만들어 누구든 그 문으로 들어오면 살아 나갈 수 없사옵니다."

아쇼카는 기리카를 위해 집을 지어주었다. 왕궁보다 좁긴 했지만 부족할 것이 없는 집이었다.

그 안에서 무엇이든 해결할 수 있도록 좋은 시설을 갖추었다. 그러나 기리카의 요구대로 문은 오직 하나였다. 누구든 들어가면 다시 나오지 못하고, 기리카의 칼날에 여지없이 목이 잘리곤 했다.

기리카는 누구든 죄인으로 그 집에 끌려 들어오면, 목을 쳐 죽이고 시체를 던졌다.

그러나 그렇게 죽이는 것은 의미가 없다고 생각하게 되었다. 다시 말하면 죽이는 것에 더 의미를 부여해야 나중에 아쇼카의 자리를 빼앗을 수 있을 것이라는 생각이 든 것이었다. 기리카는 많은 고민을 하다가 절을 찾아갔다. 지옥의 형상에 대해서 묻고자 함이었다.

그러나 사람들은 기리카만 보면 인간 백정이 왔다며 슬슬 피해 달아나기 일쑤였다. 기리카에게 지옥에 대해서 가르쳐 주는 사람이 아무도 없었다.

기리카는 기원정사를 찾았다. 기원정사 앞의 우물가에는 둘을 긷는 행자들이 있었고, 도를 깨우치기 전의 우바리처럼 걸러를 빨고 있는 행자들도 있었다.

기원정사는 급고독 장자가 지은 유명한 절이다. 부처님이 빔비사라 왕에게 머무르고 있을 때, 대상인이었던 그는 부처의 명성을 듣고 절을 지어 보시하기를 바랐다. 부처님은 도시에서 멀지도 않고 너무 가깝지도 않은 곳에 마련하라 했다. 그런 곳을 알아보니 조카 기타 태자의 숲이 적격이었지만, 기타 태자는 그 숲을 팔 생각이 없었다.

그러나 급고독 장자가 워낙 간청하는지라 땅을 온통 금으로 덮으면 그 금이 덮인 만큼의 땅을 팔겠다고 했다. 설마 하는 마음에서였다. 누가 땅에 금을 덮어 살 것인가? 그러나 급고독 장자는 자신의 재산을 처분해가며 그렇게 하고 있었다. 이에 감동된 기타 태자가 그 아름다운 숲을 보시했다.

기원정사는 가장 아름다운 숲을 가진 정사로 알려져 있다.

그리고 급고독 장자는 자신의 외아들을 출가시켰으니 그가 바로 목련의 제자이고, 반야의 공(空) 사상을 크게 깨달은 수보리였다. 수보리는 결집으로 깨어지고 상처받은 종단을 떠나 있었다.

가섭과는 그 스승 목련 시대부터 소원하던 사이가, 오히려 자신은 데바닷다의 청정을 지지하고 싶었지만 가섭이 그렇게 놔두지 않았다.

수보리는 히말라야로 떠났다. 데바닷다처럼 오직 수행만을 하며 남은 생을 마감했다. 수보리는 다행히 가섭을 비난하는 발언을 하지 않은 탓에 데바닷다같은 모함은 받지 않았다. 단지 사람들의 기억에서 잊혀졌을 뿐이었다.

기원정사는 그 수보리의 제자로 맥을 이어가고 있었다.

‘저것들이 뭘 알겠어?’

기리카는 행자들을 보며 혼자 중얼거렸다.

기원정사는 정말 크고 웅장하며 화려한 절이었다. 중앙에 2층으로 올린 복합식 주건물이 있고, 그 주변에 여러 개의 부속 건물들이 늘어서 있었다.

“이 절 주지가 누구냐? 당장 날 주지에게 안내하거라.”

기리카는 걸레를 빨고 있는 행자의 목을 움켜잡고 악다구니를 썼다.

“우기(우리 나라의 장마철처럼 비가 오는 계절)가 아닌지라…….”

행자는 겁에 잔뜩 질려 기어들어가는 목소리로 말했다.

“우기가 어쨌다는 거냐?”

기리카의 손에 힘이 들어갔다. 행자가 고통스럽게 말했다.

“스님은 지금 안 계시옵니다.”

“안 계신다?”

기리카가 움켜쥐었던 손을 놓고 칼을 빼들었다. 기원정사는 비하라였다. 비하라는 우기에만 스님들이 머무는 정사였다. 지바카 정사는 스님들이 상주하는 반면, 기원정사에는 스님들이 우기에만 있었다. 건기에는 대부분 히말라야나 그밖의 고행지로 수도를 위해 떠났고, 단지 절을 지키는 몇몇 스님만이 남아 있었다.

그러나 요즘에는 사리탑을 중심으로 모여든 신도들이 내는 기부금이 만만치 않기에 그것을 관리하려는 스님 몇몇이 남아 있었다. 재물이야 스님들이 직접 만질 수 없지만 그렇다고 지키지 못할 것도 아니었다. 재물에 손을 대지만 않는다면 주거나 받을 수도 있었다.

기원정사에도 제법 많은 재물이 있었다. 게다가 거부인 급고독 장자가 죽으면서 자신의 모든 재산을 기원정사에 헌납했기에 재물은 더할 수 없이 많았다. 어쩌면 왕실보다도 부자인 사찰이었다.

기원정사는 왕사성의 죽림정사와 함께 대표적인 비하라였다. 그러나 기리카가 그런 것을 알 리 없었다.

"히……히말라야에 계시옵니다."

다른 행자들은 어느 새 도망을 쳐버렸고, 기리카에게 잡힌 행자는 하얗게 질려서 벌벌 떨고 있었다.

"다른 중들도 있을 게 아니냐?"

"비구스님들은 모두 큰스님과 함께 계시옵니다."

종단은 재가자들이 이끌고 있었다. 처음에 8개의 불사리 중 인도에 남아 있는 7개의 사리탑을 중심으로 모여든 신도들은 집단을 만들어 가게 되었고, 7개뿐인 불탑만을 중심으로 신도들이 모이다 보니, 여러 가지 불편함이 있어 이제는 절을 중심으로 재가자들이 모여들었다. 부처님이 임종시 장례를 재가자들에게 맡김으로 해서 불탑이나 절간의 살림이 재가자들에 의해서 운용되고 유지되었다. 그런고로 우기가 아니라 하더라도 재가자들의 편리를 위해서 때때로 행자가 아닌 비구들도 절에 남아있곤 했다.

기리카는 행자의 말이 엉뚱한 변명일 것이라는 생각이 들었다. 자신을 무시하는 행위라는 생각도 들었다. 그래서 단칼에 행자를 베고 도량(道場) 안으로 들어갔다.

"지옥을 말해 주지 않으면 당장 이 절을 모두 불질러 버리겠다."

기리카는 경내에서 길길이 날뛰고 있었다.

"내가 가르쳐 주겠소."

기리카 앞으로 나선 것은 모리아였다. 모리아는 수보리의 4대 법손이었다.

그는 병이 들어 히말라야로 떠나지 못하고 기원정사에 남아 있었다. 모리아는 이것도 운명이라고 생각을 했다.

기원정사. 그 아름다운 사찰이 이제 그 끝을 보이고 있었던 것이다. 모리아는 눈물을 보이며 노구를 주장자에 의지하고 섰다.

"어서 말하시오."

기리카는 모리아의 병든 노구를 노려보며 눈을 부라렸다.

"중생으로 지옥에 나면 이런 경험을 하게 되오. 지옥의 입구는 들어온 자를 뜨거운 쇠집게로 입을 벌려 열고 뜨거운 쇠탄자를 그 입에 넣고 구리 쇳물을 쏟아 넣으며, 쇠도끼로 그 몸을 자르거나 착고와 쇠사슬로 몸을 묶게 되오. 그밖에 불수레, 화로, 숯불, 끓는 쇳물, 재강물, 혹은 칼산의 칼나무……."

모리아는 말을 끝내지 못하고 피를 토하며 쓰러졌다. 기원정사에 신도들이 끊기고, 마침내 폐허가 된 사찰이 무너져 내리는 것을 모리아는 죽어가며 환영으로 보고 있었다.

기리카는 쓰러져 있는 늙은 사문의 목을 베었다. 그리고 돌아와서 모리아 사문이 가르쳐 준 대로 자기집을 개조했다. 스스로 염라대왕이 된 것이었다.

기리카가 그렇게 스스로를 염라대왕이라 칭하고 있는 사이에도 아쇼카의 정복사업은 계속되고 있었다. 마지막 남은 것은 칼링카 국뿐이었다.

아쇼카는 자신이 아무 염려 없이 정복사업을 할 수 있는 것에는 기리카의 역할이 크다고 생각했다. 기리카가 아쇼카의 반대세력들을 깨끗이 죽여 줌으로써 아쇼카는 걱정 없이 전선에 나갈 수 있었던 것이었다.

칼링카 국을 정복하기만 한다면 타밀 나두를 제외한 전 인도가 아쇼카의 손아귀에 들어온다. 예언자들은 아쇼카가 타밀 나두까지 정복하지 못하리라고 했지만 아쇼카는 자신있었다. 타밀 나두 정도야 마음만 먹으면 단번에 정복이 가능할 것이었다.

탁쉬밀라도 정복한 아쇼카가 아니던가? 인도 땅에서 아쇼카의 세력이 미치지 못할 곳은 없었다.

생각 같아서는, 예언자들이 아쇼카의 힘이 미치지 못할 것이라고 했던 타밀 나두부터 공격하고 싶었지만, 타밀 나두는 삼각형의 땅덩이인 인도의 맨 아래 부분에 있었다. 길게 흘러내리듯 삼각형의 각이 진 남부에 자리하고 있는 땅이 타밀 나두였다. 그 곳으로 가려면 칼링카를 먼저 정복해야 했다. 그래서 아쇼카의 계획에 칼링카가 타밀 나두보다 한 발 앞서고 있었다.

아쇼카는 칼링카 국의 전선으로 나아갔다. 오래 전에 만났던 불가촉의 여인이 생각났다.

'아일…… 낳았을까?'

아쇼카는 칼링카 국의 하늘을 보았다. 맑은 하늘에 구름이 둥둥 떠가고 있었다. 커다란 구름 하나가 저만치 앞서가고, 한참을 떨어져 조금 작은 구름과 더 작은 구름이 그 큰 구름을 따르듯이 흐르고 있었다.

아쇼카는 불가촉의 여인과 그 여인이 낳았을 아이 소식이 궁금했다. 그러나 그 아이는 불가촉이었다. 그렇다고 새삼스럽게 자존심을 뭉개가며 아이를 찾아 왕궁으로 데려갈 수도 없었고, 설사 데려간다 해도 별 뾰쪽한 수가 없었다.

'차라리……'

아쇼카는 무서운 상상을 했다. 불가촉으로 살아가기보다는, 그 불가촉 천민 집단에 굽타 가문의 씨를 남기기보다는 그 씨앗을 깨끗이 제거하고 싶었다.

그것이 사나이다운 결단이라고 아쇼카는 생각했다. 여인과의 그 짧은 기억을 잊을 수는 없지만, 그런 기억은 사나이에게 단지 추억일 뿐이었다. 추억을 현실로 이어가며 추태를 부린다면 진짜 사나이가 아니라고 아쇼카는 생각하고 있었다.

아쇼카는 하늘의 구름을 다시 보았다. 눈가에 핑그르 눈물이 감돌았다.

"모두 죽여라!"

아쇼카는 그렇게 명령했다.

"전하! 민간인은……."

싱하가 간언을 했지만 아쇼카의 귀에는 들어오지 않았다.

"눈에 보이는 자는 모두 죽이라. 만약 한 놈이라도 살려주는 자가 있다면 내가 그놈을 베리라."

아쇼카는 칼을 높이 들었다.

우! 우! 우!

용감한 아쇼카의 군사들은 칼날에 붉은 피를 줄줄이 흘리며 앞으로 전진했다. 적군의 전사들은 물론, 어린이와 노약자와 심지어는 사문들까지도 칼날에 쓰러져 갔다.

칼링카는 무력한 나라였다. 아쇼카의 군사 밑에 쓰러진 시체가 10만이 넘었다. 시체들의 피가 강물처럼 흘러내렸다.

아쇼카는 그 시체들 위를 거닐며 비로소 인도를 통일한 감격에 휩싸였다. 방갈라 아밧사지의 예언. 더 나아가면 오래 전부터 내려오던 예언이었다.

아쇼카는 이제 최초로 인도를 통일한 왕으로 남을 것이었다.

그러나 인도를 통일한 정복왕으로서의 희열도 잠시, 허무가 태풍처럼 밀려왔다. 횡 하니 밀려오는 허무에 가슴 한구석이 뻥 뚫린 것 같았다.

아쇼카는 시체들 사이를 누비며 걸었다. 노란 가사. 아쇼카의 발 밑에 채이는 노란 가사를 보았다.

'이우도 이런 가사를 입었을까?'

그 가사를 보니 이우 생각이 났다. 이우가 보고 싶었다.

그러나 이우는 왕궁을 떠난 이후로 단 한 번도 소식을 전해오지 않았다. 아마 아쇼카 자신이 왕으로 있는 동안은 그럴 것이라는 것을 알고 있었다.

'사문만은 살려 주라고 할 걸 그랬어.'

아쇼카는 그런 생각을 하며 사문의 벗겨진 가사를 덮어 주려고 쓰러진 시체를 돌렸다.

"아악!"

아쇼카의 비명이 고통스럽게 울렸다.

"전하!"

싱하가 아쇼카의 옆에서 가사 입은 시체를 보았다.

싱하도 놀라 말이 나오지 않았다. 아쇼카는 그 노란 가사를 입은 사문의 시체 앞에 주저앉았다.

"이우야!"

아쇼카는 태어나서 처음으로 눈물을 흘렸다. 어려서부터, 아니 태어나면서부터 울지 않아야 한다고 생각했었다. 그래야 아버지인 빈두사라의 뒤를 이어 왕이 될 수 있는 것이라고 믿었다.

왕이 되지 못할 경우, 불가촉이 되어 짐승만도 못한 인생이 된다는 것은 상상도 하지 않았다. 그래서 더욱 발버둥쳤다. 그런데 아쇼카의 바람 뒤에는 철저하게 희생된 동생 이우가 있던 것이었다.

아쇼카는 이우가 어린 시절에 그랬던 것처럼 이우의 시체를 이우가 마지막에 입고 있던 노란 가사로 곱게 덮어서 강가에 띄워 보냈다.

이우는 죽어서도 그렇게 마지막 보시를 하고 싶다고 했었다. 그것이 육신에 집착하지 않는 지혜이고, 그 지혜가 있어야 다음 생의 업장을 받지 않는다고 했었다.

아쇼카는 믿기지 않았다. 이우가 죽었다는 것을……. 그것도 자신이 그를 죽게 했다는 것도…… 모두 꿈이었으면 하고 바랐다.

애초에 이런 것이 왕인 줄 알았다면 왕이 되는 것을, 적어도 인도 전역을 통일하겠다며 전쟁을 일삼는 것만이라도 피했을 것이었다. 그런 생각을 하다 보니 또 빈두사라 부왕이 원망스러웠다.

수사이마를 왕으로 세우고 자신의 목숨을 빼앗기 위해서 전쟁터에 내보낸 것이 계기가 되었던 것이었다.

타밀 나두를 제외한 인도 전역을 통일하고도 아쇼카는 실망스런 표정으로 귀국했다.

"전하!"

"무슨 일인가?"

아쇼카는 두려웠다. 싱하의 표정이 바짝 긴장되어 있었기 때문이었다.

"전하!"

싱하가 차마 말을 잇지 못하고 입술을 깨물었다.

"어서 말하게."

"전하!"

"무슨 일이란 말인가?"

아쇼카는 어떤 긴장감을 느끼고 있었다.

"기리카의 집에서 지난 주에 죽어간 사람이……."

싱하가 겨우 말을 꺼내고 있었다. 참으로 싱하답지 않은 일이었다.

"죽어간 사람이?"

아쇼카는 싱하를 주시하고 있었다. 이우의 죽음 때문이었다. 이우가 죽고부터는 아쇼카의 냉혈 기질이 사라지고, 따뜻한 심성으로 바뀌고 있었다. 그리고 외로움에 빠져들었다. 그것을 알기에 싱하는 걱정스럽게 말을 꺼내는 것이었다.

"후궁들의 왕자와 공주라 하옵니다."

"왕자와 공주가?"

“근친상간의 죄를 범했다 하옵니다.”

“근친상간……?”

“게다가 브라만 후궁의 공주와 크샤트리아 후궁의 왕자이었다 하옵니다.”

싱하는 아쇼카의 표정을 살피며 조심스럽게 말했다.

‘브라만 후궁의 공주와 크샤트리아 후궁의 왕자라……’

아쇼카는 자신의 기억이 되살아났다.

브라만의 어머니와 크샤트리아 아버지 사이에서 난 불가촉인 자신의 후궁들은 대부분 브라만이거나 크샤트리아였다. 그러다 보니 자식들의 신분은 자신보다 더 밑바닥으로 떨어졌다.

‘차라리 죽음이 나을지도 모르지.’

아쇼카는 다시 눈물을 흘리며 그런 생각을 했다. 자식들에게도 살 길을 열어주고 싶었다. 그러나 그것은 일부일 것이다. 왕좌를 잇는 자식을 제외하고는 어차피 불가촉이 되어야 할 것이었다. 아쇼카는 기리카를 탓하고 싶지 않았다.

“지금은 누가 그 집에 있다더냐?”

아쇼카가 기운 없이 물었다. 더 이상 왕자와 공주에 대해서는 말하고 싶지 않았다.

“니그로다라는 사문이 한 사람 있다 하옵니다.”

“사문? 사문이 무슨 죄를 지었다던가?”

“걸식을 하러 잘못 들어갔다 하옵니다.”

“걸식을 하러?”

“걸식을 하러 들어간 곳이 기리카의 집이었고, 기리카는 사문에게 관례대로 한 번 지옥에 들어온 이상 비록 그것이 실수였다 할지라도 살아나갈 수는 없는 일이라며 죽음을 강요했다 하옵니다."

"그래서?"

"지금은 죽음을 기다리고 있다 하옵니다."

"죽음을 기다려?"

기리카가 며칠이나마 삶을 연장해주며 죽인다는 말은 일찍이 들어보지 못했다. 아쇼카로서는 이해할 수 없었다.

"사문이 울더랍니다."

"울다니? 사문이라면 삶과 죽음에 해탈한 사람이 아니더냐?"

"사문이 울은 건 죽음이 두려워서가 아니라 죽기 전에 해탈을 이루지 못해서라고 합니다."

"그래서?"

"사문이 한 달만 여유를 달라 했고, 기리카는 그럴 수 없다 했으나, 결국 일 주일의 여유를 주기로 했답니다."

아쇼카는 이우 생각이 났다. 가슴이 아려왔다. 보리수 아래에서 코브라의 장례를 치뤄주던 이우와 전쟁터에서 자신의 전사에게 칼을 맞아 죽어 있던 이우의 환영이 살아났다.

아쇼카는 사문을 살리고 싶었다. 그러나 기리카를 설득할 만한 마땅한 이유가 없었다.

아쇼카는 직접 죽음의 집으로 들어가기로 했다. 왕자와 공주가 어떻게 죽었는지, 죽으면서 아버지를 얼마나 원망했을지 아쇼카는 직접 보아야 한다고 생각했다. 그리고 사문을 살려내고 싶었다.

아쇼카는 죽음의 문을 열었다.

14

이레.

니그로다 비구는 오직 일곱 날의 여유를 얻었다. 도를 깨우치기에 이레는 너무 짧은 지도 몰랐다.

이레는 금방 가 버렸고, 그 이레 동안 무수한 사람들이 죽어가는 것을 지켜봐야 했다.

"이년아, 이리 들어가라."

기리카는 여인의 머리채를 낚아채 절구통에 넣어 절굿공이로 가루를 만들었다. 여인은 왕궁에서 온 어느 후궁의 딸이라고 했다. 아쇼카의 딸이었다.

아쇼카의 혈육은 그 신분이 내려갈만큼 내려간지라 기리카는, 죽이는 여인이 비록 왕의 딸이라고는 하나 크샤트리아인 자신의

신분보다 한없이 낮은 까닭에 별달리 황송하거나 거북하거나 하
지 않았다. 그저 그렇게 죽이는 것에 재미를 붙인 악마답게 그녀
를 절굿공이로 득득 갈았다. 여인의 죄목은 왕궁의 요리사인 브
라만에게 욕을 했다는 것이었다.

　브라만인 어머니와 불가촉인 아버지 사이에서 태어난 공주는
브라만의 어머니를 닮아서인지 아름다웠다. 그런 미모라면 충분
히 그런 오만 정도야 있을 법한 것이었다.

　그러나 공주라 할지라도 브라만과 그녀의 사이에는 15계급의
차이가 있었다. 인도의 전설대로라면 그녀의 전생은 필시 축생이
었을 것이므로 이생을 포함해 수억 겁의 생을 열심히 수행전진하
고 도를 닦아도, 대부분 수억 겁의 후생에서조차 브라만이 될 수
없었다.

　기리카는 여인의 핏덩이 한 조각을 니그로다 비구에게 던졌다.

오오, 참으로 자비로운 스승께서는
바르고 묘한 법을 연설하시되
이 몸은 모여 있는 물거품 같아
이치로 보아 참 알맹이 없다고

아까 아름답던 여인의 그 모습은
지금에 와서 과연 어디 있는가
나고 죽는 것 버려야 하겠거늘
어리석은 사람은 탐하여 집착하네

마음을 잡아매어 거기에 두어
이제 마땅히 사슬 벗어나
세 가지 유(佛·法·僧)의 바다를 건너
필경에는 다시 나지 않게 하리라

이렇게 부지런히 방편으로써
부처님 법을 알뜰히 닦아
일체 결박을 끊어버리고
마침내 아라한이 되게 되었네

처참하게 짓이겨진 여인의 살점을 비구에게 던진 기리카가 니그로다 비구에게로 다가왔다. 그리고는 그 큰 입을 한껏 벌려 야비하게 웃었다. 악귀에 들린 악마의 웃음이었다.

니그로다 비구는 기리카를 그저 바라만 보고 있었다.

"이제 기한이 다 되었다."

"무슨 기한이더냐?"

니그로다 비구의 얼굴과 가사에는 온통 피에 뒤범벅된 여인의 살점이 묻어 있었다. 그러나 비구는 눈도 깜짝하지 않았다.

"이레가 아니었더냐? 니놈의 목숨을 오직 이레만 연장한 것이 아니었더냐? 이제 그 이레가 다 되었으니, 니놈이 어떻게 죽어야 할 지는 이레 동안 보아온 터라 잘 알지 않겠느냐?"

기리카는 악마와 같은 포악한 웃음소리를 내뱉었다. 그리고는 니그로다 비구에게 어슬렁어슬렁 다가갔다.

내 마음 이미
무명의 큰 어두움 벗어났거늘
온갖 유(有)의 덮개를 덮어버리고
그리하여 번뇌 도적 죽어버렸네

슬기의 해가 이제 나왔거니
마음과 뜻의 식(識)을 밝게 살피고
나고 죽음을 밝게 환히 보았나니
이제는 사람을 가엾이 여길 때

거룩한 법 그대로 따라 닦아
나는 이제 내 이 몸뚱이를
네가 하는 대로 맡기었거니
다시는 아까워 아끼지 않으리라

기리카는 게송을 읊는 비구의 목을 휘어잡고 말했다.
"그따위 게송은 지옥에서 계속 읊어도 좋다."
"오-옴. 옴옴옴 옴옴옴옴."
비구는 마음을 모아 보았다.
기리카는 니그로다 비구를 손아귀에 휘어잡은 채 끓는 기름통
으로 가서 비구에게 먼저 공포심을 주고자 했으나, 비구는 옴의
반복으로 마음을 벌써 집중하고 호흡도 멈추어 삼매에 들어 있었다.
죽음 앞에서 떠는 사람들의 공포. 어쩌면 기리카는 그것을 즐기

고 있었는지도 몰랐다. 그래서 비구의 죽음은 싱거웠다.

그렇더라도 비구의 시체를 잘 말려두어 사람들에게 공포감을 증대시킬 생각이었다. 죽기 전에 이미 공포를 벗어난 비구를 기리카는 용서할 수 없었다.

기리카는 결가부좌(結跏趺坐)를 틀고 이미 선정에 들은 비구를 기름통에 던졌다. 불은 평소보다 잘 붙었다.

"그래, 그래. 어서 타올라야지."

기리카는 성인들이 도를 닦을 때 생전에 훌륭했던 스승이나 아름다웠던 여인의 시체를 인생무상(人生無常)의 표본으로 말려두고 보는 습관을 알고 있었다.

번데기가 껍질을 벗어나듯 영혼이 육신으로부터 벗어나고 나면 아무리 아름다웠던 여인도 쭈글쭈글 미이라가 되어야 하며, 아무리 훌륭했던 스승도 한 마디 가르침을 줄 수 없는 나무토막과 별반 다르지 않게 된다는 표본이었다.

기리카도 성인들처럼 비구를 그렇게 할 것이었다. 기름통에 절어 죽은 비구의 몸뚱이를 말려 기리카의 집 한 귀퉁이에 세워둔다면, 죽을 자들의 공포가 세 배쯤은 커질 것이었다. 기리카는 열심히 불을 지폈다.

자신의 만족을 위해 보다 잔인하게 죽은 비구의 시체가 필요했다. 흉물스러울수록 사람들의 공포도 증가할 것이었다.

"누구 없느냐?"

밖에서 부르는 소리가 났다.

"또 웬놈이야?"

기리카는 끓는 기름에 절어죽은 비구의 시체를 보여줄 수 있는 새로운 죽음의 지원자가 나타난 것이 한없이 기뻤다.

비록 반말을 지껄이고 있지만 그놈도 조만간 죽을 것이고, 죽이는 순간 기리카 자신에게 감히 반말을 지껄인 죄를 충분히 더 얹어 벌해야겠다고 생각했다.

기리카는 즐거움과 흥분으로 문을 열었다. 놀랍게도 문 앞에 아쇼카가 있었다. 싱하를 대동하고 아쇼카가 찾아왔다.

기리카는 그것을 운명이라고 생각했다. 예정된 운명이었다. 왕이 죽고 이제 자신이 새로운 왕으로 등극할 것이었다. 이 운명을 위해 기리카는 부모를 죽이고 이 곳에 온 것이었다.

"들어가자."

아쇼카는 거리낌없이 기리카의 집 안으로 들어갔다.

기리카의 솥은 벌겋게 달아올라 있었다.

"왕이시여, 보시옵소서."

기리카는 솥뚜껑을 열었다.

비구의 죽음을 아쇼카에게 보여줄 수 있다는 것은 무한한 기쁨이고 영광이었다. 그것은 새로운 운명의 예고였다.

기리카는 솥뚜껑을 열었다.

'하나, 둘, 셋!'

보다 잔인한 모습을 왕에게 보여주고 싶었다.

그러나 그런 그의 기대와는 달리 너무나 놀라운 광경이 눈앞에 펼쳐졌다. 비구는 연꽃 좌대에 올라 여전히 선정에 들어 있었다.

기리카가 놀라 솥뚜껑을 떨어뜨렸다. 하지만 바라만 보고 있을 수는 없었다. 하는 수 없이 비구의 목을 베려고 칼을 집어 들었지만, 비구는 결가부좌를 튼 채로 허공으로 떠올랐다. 잔잔한 미소를 띠고 눈은 반쯤 감은 채였다.

아쇼카는 살아있는 비구를 보고 한없이 기뻤다.

"형체는 분명 사람인데 무슨 신통이 그렇게 기이한고? 나를 위해 말해줄 수 없겠느냐?"

아쇼카는 알 수 없는 존경심에 우러나온 합장을 했다. 그런 존경의 합장은 정말 난생 처음 해보는 것이었다.

"불법으로 하여 집착을 벗어나 유(有)를 여의었습니다."

"불법이라고?"

아쇼카는 다시 이우 생각이 났다. 비구도 이우처럼 노란 가사를 입고 있었다. 게다가 비구의 눈은 이우의 눈처럼 쌍커풀이 깊고 맑았다. 아쇼카는 마치 이우가 살아 돌아온 것 같은 느낌이었다.

"약 100여 년 전에 이미 일체지(一切智)를 깨달으신 분이시옵니다."

"일체지라면?"

"우주의 모든 근원과 아뢰야식의 지식까지도 크게 깨달아 우주 안에도 밖에도 모르는 것이 없게 된 것이지요."

"어찌 그럴 수가……."

"그분은 현생만이 아니라 우주 이전의 과거와 수억 겁을 달려 나가야 할 미래 우주의 과거도 이미 깨우쳐 알게 된 분이시지요."

"미래까지?"

미래라는 말에 금전원관에 왕자들의 상을 보았던 방갈라 아빗

사지가 생각났다. 어머니의 말대로 고향으로 떠난 방갈라 아밧사
지는 여전히 소식이 없었다. 사람들은 그가 히말라야에서 머문다
고 했지만 아직 확인하지는 못했다. 어머니는 알고 싶어했었다.
아쇼카 자신 또한 그랬다. 그래서 비구에게 또 묻지 않을 수 없었다.

"그분이 남긴 예언이 있더냐?"

비구는 뭔가를 생각하는 표정이었다. 그러나 쉽게 입을 열지 않
았다.

"있더냐?"

"있사옵니다."

비구의 표정은 단호했다.

"무슨 예언이더냐?"

"전하에 대한 예언이옵니다."

"나라고?"

"어서 말하라."

왕은 가슴이 떨려오는 것을 주체할 수 없었다.

"부처님이 말씀하셨습니다. 내가 죽은 지 백 년이 지나면 파탈
리푸트라 읍에는 3억의 집이 있고, 그 나라에는 아쇼카라는 왕이
있을 것이다. 그는 잠부드리파(마우리아 왕조)의 왕으로 전륜왕이
되어 바른 법으로 다스리고 교화할 것이다. 그리고 7개의 사리로
불법을 두루 펴 온 잠부드라에 나누어 8만4천 사리탑을 세울 것
이다."

"무슨 인연으로 그런 예언을 했단 말이오?"

"전생에 대왕께서 두 친구들과 놀 때 부처님께 모래공양을 드

234

렸습니다. 그 공덕으로 부처님은 다음 대에 선과를 받게 될 대왕의 오늘을 예언하신 것입니다."

그러나 아쇼카는 믿을 수 없었다. 그런 과보라고 한다면 적어도 크샤트리아는 되었어야 할 것이었다. 자신의 신분이 크샤트리아만 되었어도 그렇게 불안하고 서럽지 않았을 것이었다. 그런 신분이라면 자식이 기리카에게 셋이나 죽도록 놔두지 않았을 것이었다. 고슴도치도 제 자식은 귀엽다던데 하물며 사람인 아쇼카가 자식 귀여운 줄을 모르지는 않았다. 다만 그들에게 삶을 주는 것이 기리카에게 죽는 것보다 더 행복하리라는 자신이 없었다. 죽음은 차라리 신분을 던져 버리는 길인지도 모른다는 생각이었다. 그래서 방관한 것이었다.

"비구는 신분이 뭐고?"

이런 질문도 아쇼카로서는 처음 해 보는 것이었다. 때때로 그런 질문을 하고 싶어도 열등의식을 겉으로 드러내는 것 같아 할 수 없었다.

"바이샤이옵니다."

이우가 아무리 브라만인 어머니를 닮았다고 하나, 이우도 신분은 아쇼카처럼 불가촉이었다.

"바이샤라면?"

인도의 카스트 중에선 세 번째였다. 브라만, 크샤트리아, 바이샤, 수드라.

"상인이지요. 소승의 아버지는 상인이었는데 바다에서 풍랑을 만나 집안이 몰락하고 보니 인간 세상사가 다 무상하다는 생각이 들어 출가를 했습니다.”

비구는 다시 한 번 합장을 했다. 그의 부모를 위한 합장이었다.

“불가에선 신분이…….”

이미 자존심의 한 가닥을 놓고 난 후라서인지, 그런 질문도 지금은 쉬웠다.

“신분은 상관없습니다.”

“상관이 없다?”

“그렇습니다. 계행(戒行) 제일 우바리는 석가족의 이발사였는데 출가를 하여 아라한이 되었고 데바닷다와 난다를 비롯한 여러 부처님 속가 형제들의 인사를 받았습니다.”

우바리에 대해서는 아쇼카도 들어본 적이 있었다.

“율장(律藏)을 만든 우바리 말인가?”

“그렇습니다. 우바리는 불가 행동지침인 율장을 설한, 그 우바리입니다.”

“음…….”

“대왕께서도 이제 바른 법을 펴시오소서.”

비구가 아쇼카를 위해서 다시 합장을 했다.

사랑하고 가엾이 여기는 마음으로
모든 중생을 괴롭히지 말고
부처님 법을 닦아 익히고
부처님 사리를 널리 펴십시오

비구가 게송을 읊고 나서 다시 아쇼카를 향해 합장을 했다.

아쇼카는 눈물이 흘렀다. 흐르는 눈물을 감추고 싶지 않았다. 그의 눈앞에 새로운 세계가 펼쳐지고 있었다. 부처님의 한량없는 자비의 세계였다. 아쇼카는 감격스럽고 벅찬 가슴으로 무릎을 꿇고 엎드렸다.

"내가…… 내가…… 잘못했습니다. 너무나 큰 죄를 지었습니다. 이제부터라도 부처님께 귀의하여 크고 높으신 뜻을 이루겠습니다."

아쇼카는 눈물을 흘리며 게송을 읊었다.

나는 이제 부처님께 귀의하옵고
위없이 훌륭하고 묘한 그 법과
여러 비구 중 높은 이에게
목숨이 다하도록 귀의합니다.

나는 이제 마땅히 용맹스럽게
세존님 명령을 받들어 가서
이 온 잠부드리파 안에
여러 부처님 탑을 두루 세우리

갖가지 모든 공양과
비단 수술을 달고 깃대 세우고
세존님 탑을 갖가지로 장엄하여
묘하고 아름답기를 다시 없게 하리다

비구는 교화된 아쇼카를 보고 빙그레 웃었다.

"스승이시여!"

아쇼카는 오체투지(五體投地:전신을 땅에 대고 올리는 존경의 큰
절)로 삼배를 올렸다. 비구는 다시 잔잔한 미소를 띠고 허공으로
사라져 갔다.

"가자."

아쇼카가 싱하에게 말했다.

"왕은 여기서 나갈 수 없습니다."

기리카가 칼을 빼들고 왕의 앞으로 나섰다. 살기등등한 기리카
의 눈이 섬뜩했다.

"네가 날 죽일 심산이더냐?"

"흥!"

기리카의 입가에 기쁨과 조롱의 미소가 흘렀다.

"정녕 죽일 생각이더냐?"

칼을 빼들고 나서는 싱하를 말리며, 아쇼카가 다시 기리카에게
물었다.

"처음 약속은 어떻게 된 것이옵니까?"

"무슨 약속?"

아쇼카가 말했다.

"이 곳에 들어온 자는 누군든 살아나갈 수 없다고 하지 않았습
니까?"

기리카의 입가에 기괴한 웃음이 퍼졌다. 칼을 높이 들고 아쇼카
를 향해 힘껏 내리쳤다. 그러나 싱하가 빠르게 몸을 날려 칼을 쥔

기리카의 손목을 휘어잡았다. 그렇지 않았다면 아쇼카의 목이 번
뜩이는 기리카의 칼에 떨어졌을 지도 모를 일이었다.

"당신은 누구 편이란 말이오?"

기리카는 그 부리부리한 눈을 부라리며 싱하에게 대들었다.

"누구 편이라니?"

싱하는 여전히 기리카의 팔을 붙들고 있었다.

"당신은 크샤트리아가 아니오?"

"그래서?"

싱하가 기리카의 손목을 잡은 팔에 힘을 주자, 기리카의 칼이
바닥으로 떨어졌다.

"나 역시 크샤트리아요. 만약 내가 왕이 된다면 불가촉에게 '전
하' 라고 고개를 숙이지 않아도 되지 않겠소?"

역시 아쇼카가 불가촉이기에 갖게 되는 의식이었다. 그렇기에
기리카는 언제든 기회만 오면 아쇼카를 죽이고 왕이 될 작정이었
던 것이었다.

"누가 먼저 들어왔더냐?"

아쇼카는 목소리는 가라앉아 있었다. 옛날이라면 갈기갈기 찢
어 죽여도 직성이 풀리지 않을 것이었다. 그러나 지금은 오히려
기리카가 불쌍하게만 보였다.

"그거야 당연히 내가 먼저 들어왔죠."

"정말이냐?"

"그것이 뭘 어쨌다는 거요?"

"당연히 먼저 들어 온 놈을 먼저 죽여야 하지 않으리."

아쇼카는 기리카가 떨어뜨린 칼을 쥐고 기리카의 목을 베었다. 그리고 기리카의 집을 불질러 버렸다. 지옥의 집은 검은 연기를 내며 재가 되어갔다. 물론 기리카의 시체도 그 지옥과 함께 재가 될 것이었다.

아쇼카는 그 불길 속에서 이우를 보았다. 노란 가사를 오른쪽 어깨에 흘러내리 듯 걸치고 아쇼카를 보며 빙그레 웃고 있었다. 그리고 그 모습에는 범할 수 없는 엄숙한 자애로움이 있었다.

아쇼카는 자기도 모르게 합장을 하고 앉았다. 오체투지를 하고 사문에게 그랬듯이 예를 올렸다. 여전히 이우는 불길 속에서 빙그레 웃고 있었다.

불길이 검은 연기를 내며 허공으로 휘감기고, 이우의 모습은 마치 살아있는 것처럼 발그스레한 홍조를 띠고 있었다. 아쇼카는 자신의 잘못으로 하여 이우가 죽었다는 사실조차도 실감이 나지 않았다. 불길이 다하고 나면, 이우가 그 불길을 헤치고 뚜벅뚜벅 걸어나올 것만 같았다.

아쇼카는 동생이 걸어나올 그 시간을 기다리며 꼼짝을 하지 않으며, 동생의 자애로운 시선을 바라보고 있었다.

불길에 휘감기던 검은 연기가 사라지고 붉은 불길이 여러 갈래의 혓바닥처럼 이우의 몸을 감쌌다. 하지만 이우는 불길 속에서 뜨거움도, 고통도 없이 여전히 자애로운 미소로 아쇼카를 보고 있었다. 잠시 후 어디선가 금시조 한 마리가 나타나 이우의 주위를 세 바퀴 돌고는 이우를 태우더니 이내 허공을 가르며 사라졌다.

참으로 한 순간에 일어난 일이었다. 그리고 그 순간 아쇼카는 큰 깨달음을 얻었다. 돈오(頓悟)를 맛본 것이다.

온몸에 열이 오르더니 엉덩이 밑으로 괴었다가 척추를 타고 머리로 올라왔다. 그리고 그 열은 눈으로 뿜어져 나오기 시작했다.

그것은 수행을 많이 한 요긴들에게나 있는 쿤달리니의 현상이었다. 수행의 근처에도 가보지 않은 아쇼카에게 깨달음과 함께 일어난 현상이었다. 아쇼카의 눈은 이제 그 옛날의 살기등등한 눈이 아니었다. 쿤달리니의 지혜가 뿜어져 나오는 지자(智者)의 눈이었다.

아쇼카는 이제 사그러지는 그 불길을 보며 자신에게 주어진 한 생의 인연을 깨우쳤다. 이제 그 인연의 완성을 위하여 남은 생을 보내리라 다짐하며 아쇼카는 발길을 돌렸다.

그러나 아직 확신이 없었다.

그래서 지자(智者)에게 가보고 싶었다.

기리카의 집이 불에 타고 난 다음부터, 사람들은 기원정사에 드나들지 않았다.

기리카가 기원정사에서 지옥의 모양을 듣고 그대로 흉내낸 것이라는 소문이 났고, 그렇다면 왕으로부터 어떤 추궁이 자칫 신도들 자신에게 떨어질지도 모른다는 두려움 때문이었다.

15

"계작정사로 가자."

아쇼카 왕은 먼저 계작정사로 갔다. 계작정사는 야사파의 제자들이 머물고 있는 곳이었다.

야사라면 바라나시의 부호인 장자의 아들이었다. 그는 부자들이 누리는 호화생활을 했지만, 그런 생활에 만족하기는커녕 오히려 염증을 느끼고 있었다.

그래서 무엇이 진정한 삶의 의미인가를 생각하며 녹야원(부처가 처음으로 다섯 비구를 만나 설법을 한 곳으로 사르나트라고 한다. 사르나트는 사슴이 많았기에, 아름다운 사슴동산이라는 뜻의 녹야원으로 불리웠다)을 걷고 있었다.

그 곳에서 붓다를 만나 진정한 삶이란 화려한 사치의 향락이 아닌 붓다를 따르는 길이라는 판단을 했고, 곧 화려한 옷을 벗고 사문의 가사로 갈아입었다.

한편 야사의 집에서는 야사가 없어져서 이리저리 찾아 다니다가 녹야원에서 붓다를 만난 아들 소식과 아들이 이미 사문에 귀의했음을 알았다.

야사의 어머니는 외아들의 귀의에 어쩔 줄 몰라 했지만, 그 아버지는 잘한 일이라고 칭찬했다. 또 야사에게는 특별히 친한 친구 서너 명이 있었는데, 그 친구들도 야사를 따라 모두 사문에 귀의 했다.

야사파. 가섭이 법맥을 이을 수 있었던 결정적인 힘은 그 야사파의 협력이었다. 야사파가 마지막에 가섭의 편이 되지 않았다면 아마도 법맥은 가섭파가 아닌 데바닷다나 수보리로 이어졌을지 모를 일이었다.

물론 데바닷다는 철저한 금욕주의자로, 붓다와는 사뭇 다른 주장을 펴는 이가 석가모니의 법맥을 잇는다는 게 억지일지 모르겠지만 적어도 수보리는 가능한 일이었다.

그러나 이미 공(空)을 얻어 무애심을 실천하고 있는 수보리보다는, 가섭이 법맥을 이어 법에 큰 획을 그을 수 있다고 생각한 야사파는 가섭을 택했다. 그리고 그런 야사파의 결단에 아난도 뒤늦게 가섭을 도왔다.

계작정사는 그 야사파의 제자가 이끌어 가는 정사였다. 야사가 장수를 했고, 그 1대 제자 또한 장수했다. 지금은 2대의 제자가 정사를 맡고 있었다.

244

거부인 야사의 아버지가 정사에 보시한 재산은 엄청난 것이었다. 더구나 계작정사에는 사문이 많지 않았고 야사파의 사문이 된다는 것은 사문으로서 대단한 긍지를 가질 정도로 까다로운 관문을 통과해야만 했기에, 사문 중 대다수는 일찌감치 야사파의 제자가 되기를 포기했다.

그런저런 이유로 계작정사의 몇 안 되는 사문들은 야사의 아버지가 넘겨준 재산으로 비교적 편안하게 도를 구하고 있었다.

아쇼카는 스스로도 왜 계작정사에 가고 싶은지 몰랐다.

아쇼카가 계작정사의 도량을 들어섰다. 노승이 정사의 입구에 나와 있었다.

아쇼카는 맨 앞에서 동행하던 싱하의 말을 세웠다.

"전하!"

노승이 고개를 떨구고 바닥에 엎드렸다. 모래펄에 오체투지를 하고 있었다. 노승의 발이 노란 가사 뒤에서 가지런히 모아졌다. 코끼리의 발등처럼 거칠고 발가락이 벌어진 발이었다.

모래 바람이 노승의 가사 위로 흩날렸다. 아쇼카는 말에서 내려 노승을 일으켰다.

"스님!"

아쇼카가 노승의 손을 잡았다.

"히말라야를 흘러내린 물이 모두 바다로 가진 않습니다. 그러나 그렇게 바다에 이르는 물이 없다면, 그 일부의 물도 바다로 갈 수 없습니다."

　노승이 아쇼카가 쥔 두 손 중, 오른손을 빼어 아쇼카의 손을 다시 쥐었다. 노승은 이미 아쇼카가 계작정사로 올 사실을 예견하고 있었을 뿐만 아니라, 아쇼카의 마음에서 일어나고 있는 변화도 알고 있었다.

　"스님!"

　"살고 죽는 건 다 전생의 업이고, 인연입니다. 더 큰 것을 위해 희생할 수 있는 건 값진 것입니다."

　"스님, 이우의 명복을……."

　그러나 아쇼카는 이우의 명복을 빌고 싶었다.

　"스스로 지은 죄가 없고 갚을 것이 없는데, 무슨 명복을 빌란 말입니까? 이미 해탈하여 더 이상의 인연이 없는 분에게 세상의 인연을 끌어들이란 말입니까?"

　"그러나……."

　"다른 길이 있을 것입니다. 인연은 연연하여 이어가는 것보다 완전히 끊을 수 있다면 더 크고 값진 것입니다. 선이거나 사랑이거나 동정이라는 포장으로 다른 인연을 애써 부를 필요는 없는 것입니다. 물론 먼저 간 사람의 죄를 감하기 위해 공덕을 베푸는 것은 아름다운 일이나, 선사에게는 없는 죄를 어찌 갚겠습니까? 그보다 예언을 이루십시오. 인연이란 있다 보면 악연이 되기 십상입니다."

　"보다 쉽게 가르쳐 주십시오."

　아쇼카는 노승의 앞에 꿇여 엎드렸다.

　"노승이 뭘 알겠습니까?"

노승이 아쇼카의 어깨를 들었다.

"스님!"

아쇼카는 결국 자신의 모든 자존심을 버릴 수 있었다. 노승이 아쇼카를 맞아 그랬던 것처럼 노승의 앞에 오체투지로 꿇어 엎드릴 수 있었다.

"왕궁으로 돌아가시면 알 수 있사옵니다."

"……?"

"귀한 분이 와 계실 것이옵니다."

"귀한 분이라면?"

"가시면 압니다. 어서 가십시오. 그분이야말로 이제부터 전하의 예언을 이루기 위해 많은 것을 도울 것입니다."

노승은 끝내 누구라는 말을 하지 않았다. 이우에 대한 명복을 빌어 주겠다는 말도 하지 않았다. 단지 이루어야 될 예언이라니, 아쇼카로서는 답답하기만 했다.

"예언이라면 죽음의 집에서 사문이 말한 것이 아니겠는지요?"

싱하가 돌아오는 길에 말했다.

"8만4천 보탑?"

아쇼카는 기리카의 집에서 만났던 사문을 떠올렸다.

"사리 스투파 말입니다."

스투파. 스투파는 인도에서 흔히 볼 수 있는 둥근 돔형의 탑을 말했다. 그 탑의 꼭대기에는 뾰족하게 활시위처럼 쌓아있는 부분이 있다. 그 돔 안에는 부처가 재가자들에게 나누어 주라 했던 사리가 있었다. 현재 그런 사리탑이 인도에 7개 있었다.

"그렇게 해서 이우에 대한 나의 업을 씻을 수 있을까?"

아쇼카는 '업'이라고 했다. 처음으로 써 보는 말이었는데도, 아주 오래 전부터 흡사 입에 익은 말처럼 부드럽게 나왔다. 마치 거미가 술술 실을 뽑아 집을 짓는 것처럼, 혹은 누에가 술술 실을 토해내는 것처럼…….

"제 생각엔 이미 시작된 것 같습니다."

"그래?"

"……."

싱하는 말하지 않았다.

말을 하지 않고도 이제는 아쇼카의 마음을 알 수 있었다. 다만 아쇼카가 무엇을 하든 어떤 행동을 하든 지켜주고 싶었지만 어쩐지 그렇게 할 수 없을 것 같았다. 싱하는 그렇게 자신의 운명을 예감하고 있었다.

아쇼카는 서둘러 왕궁으로 돌아왔다. 왕궁에 우파 굽타가 와 있었다. 아쇼카는 단 한 번도 우파 굽타를 본 적이 없었지만 그를 보자 단번에 그가 우파 굽타임을 알 수 있었다.

우파 굽타는 그대로 이우를 생각나게 했다. 이우가 왕비인 어머니를 그대로 닮았다고들 했지만, 우파 굽타를 보니 그런 것만도 아니라는 생각이 들었다.

우파 굽타는 나이가 들었다 뿐이지, 그대로 이우의 미래였다. 이우가 살아있다면…….

아쇼카는 우파 굽타를 맞아 그의 손을 잡았다. 칼링카 국과의 전쟁에서 이우가 죽지 않았다면, 우파 굽타 삼촌처럼 다음 대에 이렇게 건강하게 살아서 왕궁으로 올 수 있었으리라 생각을 하니 눈물이 괴었다.

"혹시?"

"맞습니다."

우파 굽타는 허탈하면서도 시원하게 웃었다.

"그럼?"

"쉽게 말씀하시지요. 내가 바로 그 우파 굽탑니다."

"정말 삼촌이 맞습니까?"

우파 굽타는 빙그레 웃으며 고개를 끄덕였다. 아쇼카는 고개를 떨구었다. 삼촌이라는 반복되는 확답을 듣고 나자, 우파 굽타를 똑바로 볼 수 없었다. 죄책감 때문이었다.

"대나무가 화살이 되기 위해선 휘어져야 합니다. 휘어지는 대나무에게 책임을 물을 겁니까?"

"그도 역시 전생에 업이고, 인연인 것입니다."

"비록 왕께서 전생의 붓다 시절에 친구들과 놀다가 모래르 공양을 지어드려 큰 공덕을 지었습니다만, 어디 전생에 그런 선한 공덕뿐이겠습니까? 악업도 지으며 사는 게 당연한 인간사인 것을……. 그 원한과 악업으로 스스로 고통을 지어 만들었으니, 이제 그 악업을 다하고 선업을 지을 차례인 게지요."

"그렇다면……?"

"8만4천 보탑을 지으십시오."

"하오나……."

아쇼카는 시선을 떨구고 고개를 저었다. 아무리 천하의 아쇼카라 하나 자신이 없었다.

보탑에는 이미 거대한 경제 집단이 모여 있었다. 물론 붓다의 사후부터 경제 집단이 모여들었던 것은 아니었다. 처음에는 그저 붓다에게 마지막 공양을 올렸던 대장장이 춘다를 비롯한 가난한 재가자들이 인도 내에 7개의 스투파(1개는 인도가 아닌 해외에 지었다)를 지었다.

그러나 붓다가 죽은 사후의 인도는, 붓다를 대신할 새로운 상징물을 필요로 했다. 붓다 시절에는 붓다에게 직접 가르침을 들었지만 붓다가 입멸하여 더 이상의 가르침을 받을 수 없으니, 그 상징물이나마 세워 받들고 싶어했다.

그래서 그 사리 스투파에는 불자들이 모여들었고, 스투파를 돌며 염불을 외우곤 했다.

불자들은 빈손으로 그런 행사에 참여하지 않았고 저마다 보시금들을 탑의 관리자에게 바치곤 했는데, 세월이 흐르다 보니 그렇게 모여든 재산이 만만치 않아 이제는 막강한 경제력을 가진 집단이 되었다.

예나 지금이나 권력은 재력과 결부되는 것이고 탑의 주위에 모여든 재가자들의 집단에도 돈을 바탕으로 한 힘이 존재하고 있었다. 그리고 그 힘은 사문들의 집단과 연결되어 감히 그 누구도 범할 수 없는 것이었다.

불자가 아닌 아쇼카도 그런 사실을 알고 있었다. 인도인이면 누구나 알고 있었다. 그리고 인도인은 불자가 아니라도 그 스투파의 집단에 보시를 하였다.

아쇼카만이 보시를 금하고 있었다.

"탁쉬밀라를 기억하십니까?"

아쇼카가 그 탁쉬밀라를 잊을 리 없었다.

"탁쉬밀라라 하셨습니까?"

"그렇지요."

"왜?"

"조카님께서 그리스 인들을 물리치러 오셨을 때, 이미 멀리서 조카님을 뵈었습니다."

"그럼?"

"등잔 밑이 어둡다지 않습니까? 지바카 정사에 있었습니다."

지바카 정사라면 아쇼카도 가 본 적이 있었다. 탁쉬밀라와 전쟁을 치르고 나서 구경삼아 지바카 정사를 들렀었다.

그런데 그 곳에 우파 굽타가 있다고는 상상도 못했다. 하긴 그때만 해도 삼촌인 우파 굽타에 대해 특별한 관심을 갖고 있지 않았던 때였다. 그저 부왕인 빈두사라가 그리워하고 있었지만, 부왕에게 애정이 없는 아쇼카로서야 관심 밖의 일이었던 것이다.

그러나 지금은 달랐다. 죽은 이우와 같은 가사를 걸치고 있기 때문인지도 모르겠지만 결코 그 이유만은 아니었다.

"내 운명도 그리고 이우님, 조카님의 운명도 따지고 보면 모두 오늘을 위한 것이었을 겝니다."

"그러나 목숨이 어찌 수단이었겠습니까? 단지 저의 실수였지요."

아쇼카는 다시 또 핑 도는 눈물을 보이지 않으려고, 도마뱀이 빙빙 돌고 있는 천장을 한동안 뚫어지게 응시했다. 눈물과는 담

을 쌓은 아쇼카이건만, 이우의 죽음 후로는 아쇼카의 눈물은 귀
한 것이 아니었다.

"슬퍼만 하고 계시렵니까?"

"그러나······."

"처음이 어렵지, 그 다음은 결코 어려운 것이 아닙니다."

그건 아쇼카도 알고 있었다. 탁쉬밀라와의 전쟁이 아쇼카에게
오늘의 왕권을 갖게 한 것이었다고 해도 과언이 아니었다. 탁쉬
밀라와의 전쟁에서 승리함으로 해서 인도 전역에는 아쇼카의 신
화가 떠돌았고, 아쇼카의 침략에 지레 겁을 먹었다. 그러기에 스
스로 나라를 내주기도 하였다.

그렇더라도 이번에는 그 첫번째 시도조차 자신이 없었다. 보탑
은 그렇게 큰 집단으로 성장되어 있었다. 우파 굽타가 빙그레 웃
었다.

"제가 어디에 있었습니까?"

우파 굽타의 의도를 아쇼카는 알 수 없었다. 우파 굽타가 간다
라에 있었다는 것과 8만4천 보탑이 어떤 관계가 있다는 것인
지······.

"지바카 정사를 이미 왕의 권한 아래에 두기로 합의가 되었습
니다."

아쇼카의 눈이 커졌다. 아쇼카도 보았다. 지바카 정사의 사리
스투파를······.

우파 굽타가 다시 웃었다.

"지바카 정사의 재산으로 두어 개의 보탑을 더 분할할 수 있을

것입니다."

아쇼카는 간다라에 사람들을 보냈다. 아누룻다가 총인솔자가 되었고, 그 아래 500인의 무리였다. 그리고 사리 스투파를 열었다. 먼저 어머니와 아내인 왕비의 고향 산치에 새로운 사리 스투파를 세웠다.

이제 아쇼카는 불교의 가르침에 뿌리를 둔 다르마(法)를 정치 이념으로 삼고 교세 확장에 온 힘을 기울였다. 그의 머리 속에는 그것밖에 없었다.

16

　기원정사는 기리카와의 인연으로 재가자들이 줄어들고 사문들마저 기원정사를 떠나가기 시작했다.

　아쇼카의 두 번째 스투파 사업의 대상은 기원정사였다.

　기원정사와 인연을 맺던 사리 스투파마저도 이젠 폐허가 되다시피 했다. 아쇼카는 그 사리를 열어 또 수많은 사리 보탑을 지었다. 그리고 세 번째와 네 번째는 지바카 정사의 재산으로 분할할 수 있었다.

　그러나 그 이후부터는 국고와 왕실의 재산으로 해야만 했다. 왕비들이 갖고 있던 금괴도 모두 새로운 스투파의 건설에 쓰여졌다.

　아쇼카는 더 이상 전쟁을 통한 영토 확장에 관심이 없었다. 이것은 예언자들이 말했던 타밀 나두는 아쇼카의 지배에서 제외될 것이라던 예언에 고스란히 들어맞았다.

그러나 아쇼카에게 그런 예언은 이제 관심 밖이었다. 오직 스투파의 확장에만 온 신경이 집중되어 있었다.

아쇼카의 머리 속에 사라는 없었다. 무수한 다른 후궁들의 고향에 사리 스투파를 세워 주면서도 사라의 고향만은 잊고 있었다. 그는 사라에게 아들이 있었다는 것도 잊고 있었다.

아누룻다만이 사라가 재가하여 남편으로 섬기는 범익을 가끔 만나며 파사이디의 성장을 지켜보고 있었다.

"전하!"

아누룻다였다.

"왜 그러시오?"

"파사이디를……."

아쇼카는 두려웠다. 이젠 살생 따위는 하고 싶지 않았다. 설마 아누룻다가 파사이디를 죽이자는 제안이야 하겠나 싶으면서도 사람의 일이란 또 모르기에 가슴을 졸였다.

"파사이디도 분명 전하의 소생이옵니다."

"그래서?"

아쇼카의 목소리가 떨리고 있었다.

"파사이디를…… 태자의 곁에 두면 어떻겠는지요?"

"정령 그 말을 하려고 했는고?"

아쇼카는 안도의 한숨을 쉬는 자신을 들키지 않으려고 애쓰며 말했다. 아누룻다는 아쇼카의 눈을 보았다.

"그렇게 하시오."

의외로 쉬운 결단이었다.

우파 굽타는 말없이 그들을 바라보고 있었다. 아쇼카는 도를 구하는 보살로서 부족함이 없었다.

"저도 한 말씀 드려도 괜찮을런지요?"

우파 굽타가 흐뭇한 표정으로 앞으로 나왔다.

"삼촌, 말씀하시지요."

처음부터 그랬지만 여전히 아쇼카는 우파 굽타에게 깍듯한 여의를 지키고 있었다.

"청이옵니다."

"도대체 무엇인데 그렇게 뜸을 들이시는지요?"

우파 굽타는 다시 또 머뭇거렸다.

"어서 말씀을 하시지요. 목숨이라도 내놓으라시면 내놓을 작정입니다."

"그렇다면…… 아들과 딸을 한 사람씩 승단에 출가를 시키시지요.'

우파 굽타는 잠시 머뭇거리다가 빠르게 말했다. 우파 굽타가 비록 결혼을 해보지 않은 동진 출가승이라 하나, 그렇다고 애비의 마음을 헤아리지 못하는 것은 아니었다.

비록 아쇼카가 불가촉인 자식들의 미래가 두려워 죽음을 방조했다거나 죽음을 유도했더라도 지금은 아니었다. 그런 아쇼카에게 또 자식을 내놓으라 하는 것은 아쇼카의 마음에 자칫 상처를 줄 수 있다는 걸 우파 굽타도 잘 알고 있었다.

한동안 침묵이 흘렀다.

아쇼카도 뭔가를 곰곰이 생각하고 있었다. 그러다가 아쇼카가 먼저 침묵을 깼다.

"사문들은 다 어디에 필요한 것인지요?"

아쇼카는 그것이 왕으로서 혹은 보살로서 모범을 보이는 것이라는 것을 추측할 수 있었다. 왕의 자손들이 먼저 사문이 됨으로써 많은 출가승을 배출하기 위한 시작이라는 것을…….

"왕의 노력만 생각한다면 슬픈 일이지만 인도에서 불법은 그리 오래가지 않을 겁니다. 물론 왕께서 세운 스투파들은 먼 훗날에도 붓다의 기억을 갖게 하겠지만……. 그 날을 위해 포교사가 필요한 것이지요."

아쇼카는 마힌다를 생각했다. 마힌다는 태어날 때부터 이우를 닮아 있었다. 그러나 강요할 수는 없는 일이었다. 그렇기에 아쇼카는 자식들을 모두 불러모았다.

"누가 여기 우파 굽타를 따라 사문에 출가하겠느냐?"

아쇼카는 자애롭게 자식들을 둘러보며 물었다. 그의 눈길이 싱가미타에게 이르렀다.

싱가미타의 불행은 아쇼카의 욕심이 부른 것이었다. 싱가미타는 아이를 안고 있었다. 얼마 전에 싱가미타의 신분상승을 시켜주려고 크샤트리아와 억지로 혼인시켰다. 아쇼카가 사문에 귀의를 하고 난 후였다.

아쇼카의 경우처럼 아버지보다 어머니의 신분이 위일 경우에는 그 자식이 불가촉으로 신분 하락을 하지만, 반대로 아버지의 신분이 어머니의 신분보다 위일 경우, 그 자식은 아버지의 신분을 따르게 되어 있었다.

그런 제도의 맹점을 꿰뚫고 아쇼카는 싱가미타의 신분을 상승시켜주려 했던 것이었다. 그것으로 숱하게 죽어나간 자식들에게 미안한 마음을 조금이나마 갚을 수 있다고 생각했다.

그러나 싱가미타가 아이를 임신했을 때 싱가미타의 남편이 이유도 없이 죽고 말았다. 결국 싱가미타는 울면서 왕궁으로 돌아와 유복자를 낳았다. 그때 아쇼카는 하늘이 무너지는 것 같았다.

마침 아쇼카의 옆에서 아쇼카를 늘 도와주던 싱하의 죽음과 맞물려, 그 슬픔은 더욱 컸다. 싱가미타의 남편이 죽고, 채 열흘도 안 되어서의 일이었다.

마힌다가 앞으로 나섰다. 싱가미타도 앞으로 나섰다. 둘은 한 후궁에게서 난 형제였다.

그리고 그 후 인도의 각지에서 출가 사문을 모았다. 포교를 담당할 사람들이었다. 아쇼카는 우파 굽타의 주관 아래 포교회의를 가졌다. 그리고 분리한 스투파들을 나누어 외국으로 보냈다.

마힌다가 스리랑카로 간 것을 비롯하여(그리고 후에 싱가미타도 스리랑카에 갔다) 인도네시아, 티벳, 방글라데시 그리고 자바까지…… 필리핀을 제외한 아시아의 모든 곳으로 포교사들이 파견되었다.

아쇼카는 전 국토라도 포교를 위해 내놓을 사람처럼 오직 불교 포교에만 힘쓰고 있었다.

태자는 불안해지기 시작했다. 이러다가 아버지인 아쇼카에게 왕좌를 이어받기도 전에 왕국이 거덜나는 것이 아닌가 걱정이 되었다. 보고 있을 수만은 없었다. 그래서 결단을 내린 것이 왕실의 곳간 열쇠를 빼앗는 것이었다.

"이놈아!"

태자는 곳간을 막 열려는 신하를 세웠다.

"마마!"

신하가 열쇠를 꽂다 말고, 곳간 앞에 엎드렸다.

"내놔라."

태자가 신하를 향해 손을 내밀었다.

"마마!"

신하는 고개를 떨구었으나, 열쇠는 여전히 쥐고 있었다.

태자는 칼을 빼어들었다. 열쇠를 쥐고 있던 신하의 목을 베었다. 핏자국이 낭자하게 곳간 앞에 퍼졌다.

태자의 성격은 마치 예전의 아쇼카처럼 거칠고 사나웠다. 다른 점이라면 아쇼카가 정의로움에 거칠고 사나웠다면, 태자는 욕심과 이기심으로 가득 차 있었고 그 욕심과 이기심을 채우기 위해서라면 물불을 가리지 않았다.

게다가 근원을 알 수 없는 원망과 증오가 눈동자에 가득 차 있었다. 어쩌면 칼링카 국의 왕사성 빔비사라의 아들 아사세와 같았는지 모른다. 태자는 왕의 것을 모두 빼앗고, 은수저와 은주발만 남겨 두었다.

그러나 왕은 태자를 원망하지 않았다. 그것까지도 왕이 지니기에 사치란 생각이 들었다. 밥이란 야자잎에 올려놓고 먹어도 같은 밥인데, 은수저와 은주발은 또 무슨 소용일까 싶었다.

마침 싱가미타가 마힌다를 쫓아 스리랑카으로 간다고 했다. 붓다의 보리수를 들고 가서 스리랑카에 심겠다고 했다. 아쇼카는 자신의 은주발과 은수저를 싱가미타에게 주었다. 스리랑카의 포교를 위해 쓰라 했다. 싱가미타가 그리랑카에 간다면 그 곳의 포교는 마음을 놓을 수 있을 것이었다. 싱가미타는 여자이지만 배포가 크고 호기가 있었고 말주변과 사교에도 능하니 싱할라 족의 마하세나 왕이 싱가미타를 홀대할 수 없을 것이었다.

아쇼카는 싱가미타에게 무엇이든 들려보내고 싶었다. 그러나 줄 것이 없었다. 유복자인 어린 아들을 데리고 먼 길을 떠나는 싱가미타에게 왕은 은주발과 은수저 외에는 줄 것이 없었다. 왕은 아쉽게 싱가미타를 보냈다.

그러나 태자의 생각은 달랐다. 불법의 포교라는 쓸데없는 일에 자신의 마지막 남은 주발까지 주는 아쇼카 왕과 왕비는 음식 먹을 자격도 없다고 여겼다. 태자는 왕과 왕비를 지하 감옥에 가두어 버렸다. 먹을 것은 아무것도 주지 않았다.

아쇼카도, 왕비도 여윌대로 여위어 가죽만 남았다. 그래도 그들은 태자를 원망하지 않았다. 생명이 주어져 있는 동안, 조상대부터 쌓인 업을 씻기 위해 부지런히 경을 외웠다. 시간이 가면서 기력은 없어졌지만 어둠에 익숙해지자, 서로 얼굴을 바라볼 수 있었다. 아니 바라본다기보다 느낄 수 있었다.

아쇼카와 왕비는 그것만으로도 행복했다. 이 정도의 느낌이라도 서로 가질 수 있게 해준 태자에게 감사했다. 이젠 모든 업을 다 잊고 선업도, 악업도 없는 해탈을 이루고 싶었다.

왕비가 먼저 어지러움을 느끼며 쓰러졌다. 아쇼카는 스스로 자신의 손가락을 물어 뜯어 피를 내었다. 비쩍 마른 아쇼카의 손가락에서 핏방울이 한 방울씩 왕비의 입으로 떨어져 내렸다. 축 처졌던 왕비가 팔을 들어 아쇼카의 목을 감쌌다. 따뜻했다. 그러나 피를 마셨다고 왕비의 정신이 갑자기 돌아오지는 않았다.

단지 아쇼카가 그렇게 손가락의 피를 흘리고 있는 동안은 왕비의 생명이 끊어지지 않았다. 아쇼카도 정신이 희미해졌다. 어지러움이 까맣게 밀려오면서 왕비를 부축하고 있는 팔에 힘이 빠져 하마터면 왕비를 떨어뜨릴 뻔했다. 아쇼카는 전신의 기운을 팔에 모으고 여전히 왕비가 자신의 피를 받아먹을 수 있게 했다.

원망도, 미움도 없었다. 왕비를 향한 사랑마저 남아있지 않았다. 선업도, 악업도, 그리움도 없었다. 오직 편안함만이 있을 뿐이었다.

죽은 이우의 얼굴이 환하게 보였다. 따뜻함이었다. 좌선을 하고 앉아 삼매에 들은 것처럼 평화스러웠다.

색즉시공. 모든 색의 삶이 변하여 비로소 이룬 완벽한 공이었다.

왕비는 조금씩 기운이 돌면서 방울방울 왕의 피가 여전히 왕비의 입으로 떨어져 내리고 있었다. 끈끈한 액체에 놀라 정신을 차렸다. 사위는 조용했다. 아무런 감각도 느낄 수 없었다. 다만 자신이 왕의 품에 안겨 있고 왕의 손가락에서 피가 내리고 있음을 알고 손가락의 피를 추스리려는 순간, 왕이 그대로 굳어있다는 사실을 깨달았다. 왕은 왕비의 움직임에 그대로 푹 쓰러졌다.

왕비의 통곡소리가 지하감옥에 울렸을 때, 태자는 지하감옥의 문을 열어주었다. 마치 예전에 죽음의 집을 지키던 기리카처

262

럼…….

　태자는 아쇼카를 양지바른 곳이 묻어 주었다. 어머니인 왕비도
세티(순장)를 시켰다. 예전에 찬드라 굽타가 여러 왕비들을 난다
왕조의 마지막 왕의 무덤에 생매장시켰듯이…….

17

태자는 아쇼카 왕으로부터 직접 왕권을 승계받지 않았지만 자신이 왕이 될 것임을 의심하지 않았다. 당연히 왕이 될 것라고 믿었다. 마우리아 왕조는 증조 할아버지 찬드라 굽타가 세운 왕국이다. 할아버지 빈두사라 대에 이르러 상업으로 번창하였고 많은 부를 축적할 수 있었으며, 아버지 아쇼카 대에 이르러 타밀 나두를 제외한 전 인도를 통일했다.

통일 왕국의 인도는 대제국이었다. 그러나 지금의 인도는 벌써 산산조각나기 시작했다. 순식간이었다.

태자가 아쇼카 부부를 지하감옥에 가두고 아쇼카 부부에게 감시의 선을 늦추지 않는 사이, 인도의 여러 민족들이 여기저기서 일어나 마우리아로부터 독립했다.

　태자는 마우리아의 땅을 지키는 데 관심을 쏟기보다, 아쇼카 부부를 지키는 데 더 관심을 쏟았다. 칼링카는 다시 일어나 자기들의 나라를 세웠다.

　인도는 다시 3개로 분할되었는데 여기저기서 일어나고 있는 내분을 고려한다면, 인도는 어쩌면 그보다 더 많은 분열을 예고하고 있었다.

　태자는 인도 분열의 책임까지도 아쇼카에게 있다고 생각했다. 전혀 이익을 주지 못하는 불법의 포교에 나라의 국고가 바닥이 났기에 칼링카 국의 독립이 가능했던 것이라고 아쇼카를 되려 원망했다.

　거기다 한술 더 떠서 오래 전 아쇼카가 타밀 나두를 완전히 정복하지 못했기에 마우리아의 국고가 쉬이 바닥난 것이라고 했다.

　하긴 타밀 나두는 만물이 풍성한 기름진 땅이었다. 지금 태자는 그 땅을 빼앗아 물려주지 않은 아쇼카를 원망하고 있었다. 결코 태자의 성에 차지 않지만 그나마 이 정도의 마우리아 왕조나마 태자의 손에 넘어올 수 있는 것도 다 자신이 아쇼카의 죽음을 관리했기 때문이라고 공공연히 말하곤 했다.

　태자는 스스로 왕권을 잇기 위해 대신들을 모았다.

　"마마!"

　파사이디 옆에 서 있던 아누룻다가 앞으로 나왔다.

　태자의 몸에 오싹 소름이 끼쳤다. 천안제일의 아누룻다가 앞으로 나오는 것은 심상치 않은 일이었다. 만약 태자가 왕위를 승계하는 데 문제를 제기한다면 태자로서도 어쩔 수 없었다.

그러나 태자는 자기 나름대로 위로를 해 보았다. 아누룻다는 파사이디를 자신의 곁으로 보내준 충신이라는 데 생각이 미치자, 안도의 한숨을 쉴 수 있었다.

'그래. 아니겠지.'

태자는 그렇게 위로하며 어쩌면 아누룻다가 자신의 승계에 환호를 보내고 축배를 권할 지도 모른다고 생각했다.

이제 태자는 오히려 아누룻다의 말을 기다리고 앉았다.

"마마!"

아누룻다가 무겁게 태자를 불렀다. 그러고 보니 아누룻다의 호칭은 전하가 아닌 마마였다. 태자는 왈칵 겁이 났다. 여차하면 아누룻다의 목숨을 빼앗아야겠다는 데 생각이 미쳤다.

"이 나라는 찬드라 굽타께서 세우셨지만 사실 아쇼카 왕께서 일으킨 나라입니다. 그분이 전생의 악업이 깊어 생의 끝까지 고통을 겪으셨지만 선업도 또한 많아서 많은 공덕을 이루셨습니다. 그러나……."

아누룻다는 대신들을 바라보았다. 자칫 목숨을 내놓아야 할 것이었다. 물론 두려움은 없지만 자신에게도 한 생의 의무가 있고, 지금 그 의무를 실행해야 한다는 것도 알았다.

대신들의 표정은 아누룻다에게 고정되어 아누룻다와 마찬가지로 긴장하고 있었다. 아누룻다는 마지막 용기를 내야 했다.

아쇼카 왕이 지하 감옥에서 죽어가던 날, 우파 굽타도 죽었다. 그의 임종에 아누룻다가 있었고, 우파 굽타는 아누룻다의 손을 잡으며 말했다.

"자네의 한 생도 이제 곧 그 의미를 다할 수 있을 걸세. 결코 목숨에 연연하여 이루어야 할 업을 다음 생까지 숙제로 가져가지 말게."

아누룻다는 우파 굽타가 남기고 간 그 말의 의미를 알았다. 아누룻다는 다시 태자를 보았다. 한결 용기가 났다.

"보시 공덕을 다하지 못하여 태자님께서는 왕좌를 이을 수 없습니다."

아누룻다의 목소리는 단호했다. 그리고 대신들을 주욱 둘러보았다. 긴장과 분함으로 뒤엉킨 태자의 얼굴이 붉으락거리고 있었다.

"맞습니다!"

"맞습니다!"

"맞습니다!"

여기저기서 아누룻다에게 보내는 동의의 소리들이 튕겨져 나왔고, 당황한 태자는 칼을 마구 휘둘렀다.

"왜? 내 아버지의 나라를 이을 수 없단 말이오?"

그러나 그런 태자의 외침은 허공으로 퍼져 흔적도 없이 흩어지고만 있었다.

"그럴 수 없소!"

다시 또 대신들의 목소리가 하나로 모여 퍼졌다.

"그럼 누구요? 누가 왕이 되어야 한단 말이오?"

이미 손에 쥐었던 칼을 군중 속의 한 대신에게 빼앗긴 태자는 아누룻다의 멱살을 쥐고 고래고래 소리질렀다.

"여기 이 범익의 아들 파사이디입니다."

아누룻다는 파사이디를 가리키며 의연하게 말했다.

"파사이디라고?"

태자가 다시 파사이디에게 달려가서 멱살을 움켜잡았다.

그러나 소용없는 몸부림이었다. 태자에게 남은 마지막 애처로 움까지 씻어내는 추함이었다.

"그러나……."

대신들 사이에서도 파사이디를 왕으로 세우는 것에는 머뭇거리 는 세력이 있었다.

그가 아쇼카의 아들이 아니라 범익의 아들이었기 때문이었다.

"파사이디가 예전에 아쇼카의 아들이란 사실을 모르는 사람은 손을 드시오."

아누룻다의 목소리가 대중 속으로 퍼졌다. 이로써 마우리아 왕 조는 끝이 나고 있었다.

그러나 아쇼카가 예전에 불가촉 여인과 인연을 맺어 태어난 아 들은 굽타의 이름을 쓰며 다음 대로 이어지고 있었다.

소설
아△카

1999년 10월 23일 초판 인쇄
1999년 10월 25일 초판 발행

지은이 이 명 희
펴낸이 김 동 금
펴낸곳 우리출판사

등록 제9-139호
서울특별시 서대문구 충정로3가 1-38호
TEL. (02) 313-5047 · 5056
FAX. (02) 393-9696

ISBN 89-7561-114-0 13810

정가 7,000원

＊ 잘못 제작된 책은 교환해 드립니다.